Pour Naïma

Avec ma sympathie et l'espoir que les Valentini vous accompagnent agréablement.

LES VALENTINI

Marie Cayron

Marie CEYNAC

Les Valentini

Éditions Bénévent

Du même auteur :

Mélanie, Éditions Bénévent, 2010

Éditions Bénévent, 2012

Envois de manuscrits :
Éditions Bénévent – B.P. 4049 – 06301 Nice Cedex 4

Il faut écrire pour soi,
c'est ainsi que l'on peut arriver aux autres.

Eugène Ionesco

À Karine

PREMIÈRE PARTIE

MARIE

CHAPITRE I

À plat ventre sur le bord du lavoir communal, le torse et les pieds nus, une culotte délavée serrée par une vieille ceinture, l'enfant aux cheveux rebelles et sombres, regarde avec ravissement la course hardie de son vaisseau. Il rit. Pourtant malgré le hâle d'une vie au grand air, il n'est nul besoin d'un œil averti pour deviner qu'il ne mange pas à sa faim tous les jours. Son profond regard noir est parfois traversé d'un éclat avide et son expression, lorsqu'il ne sourit pas, est déjà empreinte d'une gravité d'où a disparu toute innocence.

– Coulé ! lance son ami Jean placé un peu plus loin.

– Tu vas voir, je t'envoie toute ma flotte ! dit-il en mettant à l'eau les trois boîtes d'allumettes qu'il avait en réserve.

– Émile !

– Ma mère, grommèle le gosse.

Il se relève en vitesse et court vers l'endroit d'où vient l'appel. Leur maison est proche. C'est une construction modeste, au toit de chaume, comme on en voit encore souvent dans le Perche en ces années cinquante. L'intérieur, mal éclairé par deux fenêtres basses, est d'une propreté méticuleuse, mais dépouillé de tout superflu.

Le père, Emilio Valentini, d'origine italienne, la mère, Marie, et les quatre enfants y vivent à l'étroit. La toilette se fait à l'évier dans la pièce commune, et l'eau est tirée à la pompe au dehors, été comme hiver. La grande cheminée de pierre noircie, imprégnée de cette odeur indéfinissable de bois brûlé, de graisses chauffées, du fumet de tous les repas qu'elle a cuits naguère reste l'âme de la pièce, bien qu'une lourde cuisinière en fonte soit maintenant utilisée. Les poutres apparentes ont été blanchies à la chaux ainsi que les murs, ce qui contribue à donner un air propret.

Emilio est arrivé dans ce petit village de Beauce autour des années trente. Il était maçon, l'ouvrage ne manquait pas et deux bras vigoureux avaient été les bienvenus. Lors de la fête de la Saint-Jean au village, il avait rencontré Marie, orpheline, alors bonne à tout faire dans la grosse ferme des Tourville, sur le plateau. Un an plus tard, ils se mariaient. Bientôt, un fils, Lucien, était né. Emilio avait voulu que son aîné portât le nom de son père, Luciano, mais francisé, tant il avait le souci de s'intégrer à ce pays qu'il aimait. Certes, ils n'étaient pas riches, mais habitués tous deux à travailler dur, ils se contentaient de peu. Ils s'aimaient et étaient heureux.

À force d'efforts et d'économies, ils avaient acheté cette vieille maison à l'écart du village. Elle ne valait pas grand-chose, vu son état de délabrement, mais Emilio avait su la retaper avec goût. Un jardin, quelques poules et lapins, et le quotidien se déroulait ainsi avec juste l'assurance du nécessaire.

Un jour, Emilio tomba d'un toit, en réparant une cheminée. Il s'en tira, mais resta lourdement handicapé avec une claudication qui le déhanchait curieusement, ce qui lui valut de ne pas être mobilisé, bien qu'il se soit présenté aux autorités. Il voulait servir la France, qui l'avait accueilli et lui avait permis de rencontrer Marie.

D'autres enfants naquirent : Émile, qui allait sur ses douze ans, Sophia l'année suivante, et enfin la petite Giulia qui n'avait pas deux ans. Marie avait insisté pour que ses filles aient un prénom de consonance italienne, pour rendre hommage aux origines de leur père. Giulia était leur souci. De santé délicate, elle réclamait une attention constante. On n'appelait pas facilement le médecin, cela coûtait cher et Marie, avec cette science innée et mystérieuse que possèdent certaines femmes proches de la nature, soignait sa petite avec les plantes.

Tout le village lui reconnaissait des dons particuliers en la matière, mais il n'était pas rare de rencontrer encore au fond des campagnes des esprits mesquins qui, ne pouvant comprendre les choses, ne se les expliquaient que par des pouvoirs diaboliques. Des langues pointues firent courir le bruit qu'il n'était peut-être pas naturel, pour une femme comme Marie, sans instruction, d'avoir de telles connaissances. On se souvenait de la façon dont elle remettait les entorses, réduisait les fractures, quand elle était encore jeune, ou encore son art d'ôter le feu. Il lui suffisait de passer ses paumes sur les chairs blessées et bientôt toute sensation de douleur s'estompait ; quelques jours plus tard, il n'y paraissait plus. Non, décidément, tout cela n'était pas normal.

C'est ainsi qu'au fil du temps, par un mélange de superstition, de bêtise et d'ignorance, la famille Valentini se trouva exclue de la vie du village. Marie avait toujours les nerfs à fleur de peau avec sa nombreuse nichée. C'était une femme menue, sèche, vieillie avant l'âge, elle manifestait peu de tendresse, les taloches venaient facilement, pourtant, c'était une louve quand il s'agissait de ses enfants. Son fils aîné, Lucien, âgé de dix-huit ans, ne vivait plus sous leur toit depuis presque un an. Il avait suivi un cirque ambulant avec l'idée de trouver du travail ailleurs. Sa décision n'avait été dictée que par le souci d'alléger les charges familiales, mais le père ne l'avait pas compris ainsi, ne voyant là qu'une manifestation d'indépendance de son aîné. Marie avait réprimé ses larmes, prit quelques rides supplémentaires et Emilio avait déclaré qu'il n'avait plus de fils.

– Émile ! Alors tu viens ? répéta la voix impatiente.

– J'arrive, j'arrive, dit-il en s'engouffrant dans la maison.

– Où t'étais encore ? On peut jamais mettre la main sur toi.

Émile fixa le bout de ses pieds, tête basse, attendant la fin de la réprimande comme d'habitude.

– Mets une chemise, et va donc voir l'épicier, c'est l'heure où il peut avoir besoin de vous. Emmène Sophia.

Ils partirent en courant chez Bédard, l'épicerie-tabac-café du village. En effet, si les habitants ne souhaitaient pas entretenir de relations avec les parents, ils acceptaient l'aide des enfants Valentini. Ils se donnaient ainsi bonne conscience à bon marché, les payant en nature, un pain par ci, un kilo de sucre par là, c'était autant qu'il n'y avait pas à acheter pour Marie.

Il y avait du monde chez Bédard et lorsque les enfants entrèrent, il se fit un silence. Les clients du bar se tournèrent vers eux, tandis que les femmes qui faisaient leurs achats à l'épicerie échangèrent des regards entendus.

– On vient voir si vous avez besoin de nous, dit Émile.

– Oui, tiens, préparez-moi des paquets de sel, des livres et des kilos et puis des lentilles et des haricots secs aussi.

C'était une tâche facile qui consistait à remplir des sacs de papier kraft, les peser et après avoir replié soigneusement le haut du sac comme l'avait montré Madame Bédard, les fermer avec une grosse agrafe. Sophia remplissait, pesait, tandis qu'Émile fermait et maniait l'agrafeuse. À un moment, madame Bédard passa la tête dans l'arrière-boutique et dit :

– Il faudra que votre mère passe me voir !

– Pourquoi ?

– Posez pas de question, mais n'oubliez pas.

– Ben, vous pouvez nous le dire. On le saura de toute façon.

– Tais-toi, et travaille, dit-elle à Émile.

Elle s'était avancée près d'eux. Ses deux mains potelées aux doigts boudinés posées sur son ventre rebondi, elle les observa en hochant la tête. Ils échangèrent un long regard, puis elle repartit vers ses clientes. Leur tâche finie, nantis d'un kilo de farine, ils rentrèrent chez eux, intrigués.

– Faut qu't'ailles voir la mère Bédard, dit Émile en arrivant.

– Pourquoi ?

– Sais pas, elle a rien voulu nous dire, ajouta Sophia.

L'expression de Marie avait changé. L'inquiétude, puis un sourire avait un instant flotté sur son visage. Des nouvelles de Lucien ? Elle n'en parlait jamais, mais y pensait souvent. Elle prit Giulia dans ses bras et partit chez les Bédard.

– Ah ! Marie, entre. Tiens, viens par ici, on sera mieux, dit la grosse épicière en l'entraînant dans l'arrière-boutique, ce qui ne manquât pas de surprendre Marie. Madame Bédard prit une mine affectée, poussa un long soupir puis, sûre de son effet compte tenu de la qualité du silence, se plongea avec délice dans son récit.

– Figure-toi que ce matin, le Bertrand, le fils aîné des Blondin, il a dit à mon mari qu'on avait des nouvelles de ton fils.

– Lucien ? Son visage s'éclaira.

– Oui, de Lucien, mais te réjouis pas. Il paraît qu'il aurait fait un mauvais coup.

– Qu'est-ce qu'il a fait ? demanda-t-elle, déjà sur la défensive.

– On sait pas grand-chose, remarque. Il y aurait une histoire de fille. Une fille de la ville, poursuivit madame Bédard. Une sale histoire, ça aurait mal tourné.

– Comment ça ?

– Elle est morte !

– Morte ?

Marie fixa durement le visage mou et poudré.

– Comment vous savez ça ?

– Je te dis, c'est le Bertrand qui était à la ville ce matin pour acheter des bêtes. Tout le monde en parlait à la foire. Ça se serait passé samedi soir. On a retrouvé la petite le lendemain matin, et on dit que ton fils…

– Quoi mon fils ?

– Ben on dit qu'il était avec la petite au bal, dit suavement l'épicière.

– Une coureuse, coupa Marie.

– Non pas, il paraît qu'elle était sage, sérieuse... On a vu ton fils sortir avec elle.

– Et alors, qu'est-ce que ça prouve ?

– Ben, tout le monde les a vus ensemble Marie, et après elle était morte.

Sauvage, butée, Marie la dévisageait. La grosse épicière se taisait, savourant cet instant qui lui donnait quelque importance. Comme les autres du village, elle ressentait un vague malaise en présence de Marie et cette fois, c'est elle qui créait l'inquiétude.

– On l'a arrêté ?

– Non, justement, les gendarmes le recherchent, il s'est enfui.

Marie en savait assez. Elle prit la main de Giulia accrochée à elle, et sortit sans rien dire. À peine était-elle seule que dame Bédard, imbue de sa nouvelle importance, revenait dans le café commenter avec force détails, le déroulement de sa conversation à son mari, suffisamment haut pour qu'aucun ne puisse en ignorer le contenu.

Pendant son retour à la maison, Marie se débattait dans une foule de sentiments complexes, le doute, la peur, la douleur, la colère, la détermination. Elle arriva à cette conclusion, logique pour elle : rien ne prouvait que son fils ait quelque chose à voir dans cette affaire, et même si c'était le cas, ce ne pouvait alors n'être qu'un accident. Il fallait donc le protéger. Il allait peut-être chercher à la voir. Dans son raisonnement simple et rude, il ne lui vint pas à l'esprit qu'une autre mère pleurait sa fille, et aussi déterminée qu'elle, réclamerait justice.

Les parents de la jeune fille retrouvée morte dans une ruelle à quelques dizaines de mètres de chez elle, avaient perdu leur raison de vivre depuis ce funeste matin de Juillet où les gendarmes avaient frappé à leur porte. C'était un couple sans histoire. Robert Rondeau était comptable à la laiterie coopérative de Chartres, sa femme Alice tenait leur ménage et faisait de la couture à domicile, aidée par sa belle-mère qui vivait avec eux. Tous leurs soins et leur amour s'étaient cristallisés sur Cécile, leur unique enfant. Petite fille éveillée, rieuse, puis adolescente sage et studieuse, Cécile venait d'avoir dix-huit ans. Elle voulait devenir institutrice. Belle brunette aux yeux pervenche, fine, élancée, elle attirait de plus en plus les regards des garçons. Elle allait souvent au bal le samedi soir avec son amie Laurence ou accompagnée de la grand-mère Rondeau, qui outre son rôle de chaperon, adorait voir danser la jeunesse.

Depuis l'annonce du drame, Alice avait eu des comportements surprenants et déroutants pour son entourage. Après des heures de sanglots, enfermée dans la chambre de Cécile, refusant tout contact avec quiconque, elle était réapparue et avait demandé à voir sa fille. On avait voulu l'en dissuader. Le docteur Sandreau, vieil ami de la famille, avait essayé de la raisonner :

– Alice, elle est à la morgue actuellement, il faut faire une autopsie. Vous savez ce que cela signifie ?

– Je sais, mais je veux la voir. Conduisez-moi auprès d'elle.

Rien, ni personne ne parvint à la faire changer d'avis. On la vit se recoiffer, se poudrer pour cacher la trace des larmes, mettre un chapeau, une veste légère et prendre son sac.

– Alors Docteur, on y va ?

Cette petite femme si insignifiante jusqu'alors, le sidérait. Ce n'était pourtant pas la première fois qu'il constatait de telles réactions. Combien de nouvelles veuves, au cours des années noires de la guerre encore si proches, qui n'avaient été que l'ombre de leur mari, parlant à peine, toujours d'accord et falotes, se révélaient soudain de rudes chefs de famille. C'était des femmes de la terre et la terre n'était pas tendre dans cette campagne beauceronne. Alice était de celles-là. Que les femmes sont donc imprévisibles songeait-il, surprenantes et fortes, ah ! ça oui. Il en avait maints exemples à l'esprit. Son mari et sa belle-mère essayèrent encore de la dissuader de cette visite.

– Il faut que je la revoie Robert, il le faut absolument.

Plus petite qu'eux, elle les dominait du regard. Ils baissèrent la tête. Robert resta avec sa mère qu'il ne pouvait laisser seule avec son chagrin, mais surtout parce que lui n'avait pas la force d'accompagner sa femme.

Durant le trajet, Alice resta silencieuse, semblant se réfugier dans un ailleurs heureux, tant son visage était calme. Seules ses mains crispées sur son sac trahissaient sa tension. Arrivés au bâtiment austère de l'Institut Médico-légal, ils suivirent un long couloir qui les amena dans une petite pièce aux murs laqués où un employé en blouse blanche écrivait. Il se leva à leur entrée.

– Cécile Rondeau, murmura le docteur Sandreau.

Alice attendit debout, immobile, le regard dur et lointain, tandis que l'homme était sorti. Il revint, leur fit signe de le suivre. Ils pénétrèrent dans une pièce plus grande, carrelée de blanc, froide, où les néons dispensaient une lumière crue, agressive. Au centre, un chariot roulant où reposait une forme recouverte d'un drap. Alice s'avança, Sandreau derrière elle, prêt à intervenir. L'employé souleva le drap qu'il rabattit légèrement. Alice promena longuement son regard sur le visage de sa fille, sur le cou tuméfié qui gardait les traces de strangulation, puis d'une main tremblante, caressa le front, les paupières closes à jamais, suivit le modelé des joues, la courbe des lèvres, si gracieuse. Il lui semblait toucher un visage de marbre tant la peau était blanche, et le contact dur et froid. Elle se pencha comme pour l'embrasser et murmura des mots inaudibles à l'oreille de sa fille.

– Venez maintenant, dit doucement Sandreau après quelques minutes.

Elle effleura le front d'un baiser. D'une dernière et longue caresse, elle suivit lentement la forme allongée, jusqu'aux pieds. Puis elle tira à nouveau elle-même le drap sur le visage figé dans sa pureté juvénile et d'un pas ferme, quitta la pièce suivie de Sandreau. Le regard sec, un visage de pierre, elle n'échangea pas un mot avec lui. Ce n'est qu'arrivée près de chez elle qu'elle parla.

– Vous savez ce que je lui ai dit ?

– Non.

– Je lui ai juré que je n'aurai de cesse que son assassin ne soit mort lui aussi.

– Alice, taisez-vous, ne dites pas des choses pareilles !

Elle le regarda sauvagement, comme s'il venait de lui manquer de respect.

Une foule immense était là. Chacun commentait l'horreur du drame avec son voisin de cortège. La famille marchait devant, perdue dans sa douleur. Le corbillard, tiré par deux chevaux noirs caparaçonnés de larmes d'argent, disparaissait sous les fleurs blanches. C'était un négatif en noir et blanc piqueté ça et là de roses pastel.

Alice n'avait plus de larmes, si ce n'est un immense sanglot qu'elle ne put réprimer lorsque la première poignée de terre tomba avec un bruit mat sur le cercueil blanc. Alors, portant lentement à ses lèvres la rose pâle qu'elle tenait dans ses mains, fermant les yeux, elle y déposa un long baiser et se penchant lentement vers le trou où reposait maintenant cette immonde boîte blanche contenant le corps de sa fille, elle laissa tomber la fleur, cette fleur chargée de tout son amour brisé, l'ultime fil ténu la rattachant encore à l'enveloppe charnelle de l'enfant tant chérie.

CHAPITRE II

En rentrant chez elle, Marie vit son mari et comprit aussitôt qu'il savait. Ils se regardèrent en silence.

– Comment t'as appris ?

– Les gendarmes sont venus au chantier, y'avait personne ici.

– J'étais chez les Bédard, c'est elle qui m'a dit.

Après un long moment sans parole, Emilio tapa soudain du poing sur la table avec une rage inouïe en proférant un chapelet de jurons en italien. Marie ne bougea pas.

– On n'avait pas grand-chose ici, maintenant on a le déshonneur !

– Emilio, je suis sûre que c'est pas lui, pas Lucien…

– Tais-toi ! Plus jamais ce nom ici ! T'as compris ? Plus jamais Marie !

– Mais comment tu peux croire ? On sait même pas ce qui s'est passé, personne n'a rien vu. C'est des suppositions…

– Alors pourquoi il s'est enfui ? Pourquoi il se présente pas aux gendarmes s'il a rien fait, puisqu'il sait qu'on le recherche ?

– Je sais pas, il a peut-être peur…

– Un Valentini n'a pas peur, non il est coupable, c'est pour ça qu'il se cache !

Il sortit de la maison, le regard dur, les mâchoires serrées.

Émile et Sophia arrivèrent sur ces entrefaites, tenant chacun un poisson qu'ils avaient pêché dans l'Eure. Ils pêchaient avec du fil attaché à une épingle nourrice sur laquelle ils embrochaient un lombric, et ça marchait !

Les deux gosses comprirent aussitôt qu'il se passait quelque chose de grave. Ils furent stoppés par leur père au passage :

– Écoutez-moi vous deux, et retenez bien ce que je vais vous dire, je le répéterai pas. Le ton était bas, impératif, d'une violence contenue. Votre frère Lucien est un assassin et un lâche ! Les gendarmes le recherchent. Si vous apprenez quoi que ce soit, je vous ordonne de me le dire à moi, pas à votre mère, compris ?

Les deux enfants regardèrent leur mère qui s'était avancée. Emilio resserra son étreinte, les secoua :

– À moi seul, il faut que justice se fasse.

Puis se tournant vers sa femme :

– Tu comprends Marie, y a une gosse qui est morte, ça pourrait être notre fille, tu comprends ça ?

Non, elle ne comprenait pas. Tout ce qu'elle savait, c'est que son fils était menacé et qu'il fallait le protéger. Marie était une femme simple, instinctive. Il ne fallait pas lui demander de réfléchir, elle n'avait pas d'état d'âme, mais une seule faiblesse : ses enfants. Elle en avait trop subi pour s'attendrir sur les autres.

Régulièrement les gendarmes passaient et leur demandaient, d'un air lourd de menace :

– Toujours pas de nouvelles de votre fils ?

Et puis un jour, ils vinrent annoncer que Lucien avait été arrêté et qu'il voulait les voir. Ainsi son fils était pris, elle n'en avait rien su, n'avait rien pu faire pour lui. Une faiblesse soudaine l'obligea à s'appuyer à la table.

– Mais alors, c'est vrai, c'est lui ?

– L'enquête commence madame, on ne peut rien dire.

Elle s'était ressaisie :

– Où je peux le voir ?

– À la prison de Chartres.

C'était à une trentaine de kilomètres. Comment se rendre à Chartres ; ils n'avaient aucun moyen de transport. Il y avait bien un car, mais pas tous les jours et puis ça coûtait cher. Pourtant elle voulait voir Lucien, lui parler, savoir la vérité. Tout en continuant ses tâches, elle cherchait une solution et finit par penser qu'elle trouverait peut-être en route quelqu'un qui pourrait l'avancer.

Alice Rondeau fit entrer les gendarmes dans le salon, rarement utilisé. Elle ouvrit fenêtres et volets pour sortir la pièce de la pénombre.

– Asseyez-vous Messieurs.

Ils déclinèrent l'offre. Son mari et sa belle-mère venaient de les rejoindre.

– Nous venons vous annoncer que nous avons mis la main sur le suspect numéro un.

Alice eut un léger mouvement de tête et fixa celui qui parlait avec une attention difficilement supportable.

– Qui est-ce ?

– Un certain Lucien Valentini, électricien, dix-huit ans.

– Un gosse, murmura la grand-mère.

– Cécile avait le même âge mère, cela ne l'a pas attendri, dit Alice durement.

– Enfin, ajouta le brigadier, seule l'enquête pourra nous éclairer vraiment.

– Qui est chargé de l'enquête ? demanda Robert Rondeau.

– Le commissaire Valois. Il passera vous voir.

– Comment l'a-t-on arrêté ? demanda la grand-mère.

– Tout simplement à son travail, son patron nous a prévenus à son retour.

– Mais attendez, je ne comprends plus, dit Robert, il s'est enfui le jour où… enfin le soir du…

Les mots n'arrivaient pas à franchir ses lèvres.

– Non, d'après ses dires, il ne s'est pas enfui. Pour nous, notre tâche s'arrête là, c'est maintenant le commissaire qui va s'occuper de l'enquête et vous tiendra informés.

Puis, la main au képi, ils prirent congé, Robert les raccompagna. Les deux femmes restées seules, se regardèrent. Leurs idées étaient confuses. Une sorte de soulagement, connaître enfin celui qui était la cause de leur immense malheur, mais aussi une impression curieuse : si ce Valentini était coupable, comment se faisait-il qu'il se soit fait prendre si facilement ? Robert les rejoignit.

– Bon, attendons la visite de ce commissaire, je crois qu'il n'y a rien d'autre à faire pour l'instant, dit-il.

Il se mit à déambuler dans la pièce, s'arrêtant, déplaçant un bibelot d'un air distrait, le reposant ailleurs. Son attitude, depuis la mort de sa fille, avait profondément changé. L'homme calme, plutôt bon enfant, était devenu fébrile, distant, voire irascible. Il poussait souvent de longs soupirs bruyants, tapotait ses doigts sur tout ce qui se trouvait à sa portée, tant et si bien que les deux femmes en étaient presque arrivées à préférer leur tête à tête silencieux et laborieux, à sa présence perturbante. Il ne les réconfortait pas, il les agaçait.

– Je vais à la laiterie, je rentrerai déjeuner. Ça ne sert à rien que je reste ici et il y a tant de travail là-bas.

Il effleura la joue de sa mère d'un baiser rapide, puis face à sa femme, lui prit les mains.

– Courage ma femme, ça ne va pas être les moments les plus faciles maintenant.

Alice se demanda si ces encouragements ne s'adressaient pas plus à lui qu'à elle.

Depuis plus d'une heure, le commissaire Valois interrogeait Lucien. Ses explications étaient simples. Il y avait eu bagarre au bal parce que certains gars, éméchés, avaient chahuté des filles. Les cavaliers de ces dernières s'étaient interposés, d'où l'incident. Cécile avait voulu rentrer à ce moment-là, et lui avait demandé de la raccompagner jusque chez elle. Ils étaient partis aussitôt, Lucien ne s'était pas mêlé à la bagarre qui se généralisait. En vue de sa maison, l'éclairage étant suffisant, Cécile l'avait remercié et ils s'étaient quittés là. Elle n'avait plus que quelques dizaines de mètres à faire.

– Qu'as-tu fait après ?

– Je vous l'ai déjà dit, je suis rentré au magasin de mon patron, il me loge dans une pièce sous les combles.

– On vérifiera. Et après avoir quitté cette jeune fille, tu n'as rien entendu ? Pas de bruits de pas, de cris ?

– Non rien du tout, sinon, vous pensez bien que je serais intervenu.

Valois faisait les cent pas, plongé dans une profonde réflexion. Il se planta soudain devant Lucien.

– Et tu es sûr que toi-même, tu n'as pas essayé de faire quelque chose avec elle ? Seul avec une belle fille dans les rues, la nuit, ça peut donner des idées non ?

Lucien, le visage durci, plongea son regard dans le sien :

– Je vous l'ai déjà dit, commissaire, chez nous les filles on les respecte, on les tue pas.

– Oh ! Pas de grandes phrases mon vieux. On les connaît les gars de la campagne ! Une occasion, ça se refuse pas. T'en as jamais culbuté derrière les meules toi ?

– Non.

– Ben, t'es bien le premier !

Lucien soutenait son regard. Comment faire comprendre à cet homme ? Il se souvenait des paroles maintes fois répétées de son père :

– Chez nous, une fille ça se respecte. Quand ça te démangera trop, il y a des femmes exprès pour ça, t'en trouveras partout. Mais pas une jeune fille tu entends ? Si tu en as vraiment envie, marie-la, fondez une famille.

Lucien avait entendu cela depuis le jour où il avait commencé à regarder les jeunes adolescentes qui ne manquaient pas de l'aguicher parfois. Elles n'avaient pas froid aux yeux et il était plutôt beau garçon.

Sa mère aussi le lui disait, elle qui en avait tant vu dans sa jeunesse. Toutes ces pauvres filles placées dans les fermes qui, dès que leur corsage s'arrondissait, et leur taille s'affinait, devaient céder au patron sous peine de se retrouver sans travail. Elles subissaient en silence, dans la crainte constante de se retrouver enceinte, car alors la colère de la patronne les jetait dehors, sans l'ombre d'une hésitation. Ne pouvant s'attaquer à l'homme, on punissait la fille. La pauvre errait alors sur les chemins, acceptant n'importe quelle tâche pour survivre, tout en se livrant aux faiseuses d'anges pour se débarrasser de l'indésirable fardeau. Combien avait laissé leur vie dans ces pratiques douteuses, dépourvues de toute hygiène. Certaines, plus chanceuses, connaissaient les plantes abortives et pouvaient alors continuer leur tâche. D'autres enfin, plus fortes de caractère sans doute, trouvaient là le moyen de faire chanter le séducteur et obtenaient de jolis avantages, mais celles-là se comptaient sur les doigts d'une seule main.

Lucien s'était parfois demandé si sa mère elle-même, n'avait pas dû subir ces étreintes brutales, tant elle en parlait avec une rage contenue. Au fil des années, ces idées en tout cas, s'étaient ancrées dans sa tête. D'un tempérament vif, certes, il avait assimilé ce respect de certaines valeurs. Le milieu simple et pauvre dans lequel il avait grandi, n'était pas incompatible avec de tels principes, contrairement à ce qu'avait l'air de penser ce commissaire qui le dévisageait d'un air entendu.

– Alors, tu es rentré chez ton patron. Quelle heure était-il ?

– Minuit trente.

– Tiens, tu as pris la peine de noter l'heure avec précision dis donc !

– J'avais quinze jours de vacances et on devait partir tôt le lendemain matin avec un copain, à Dieppe, dans sa famille. Alors j'ai remonté mon réveil. En même temps, la cathédrale sonnait la demie, c'est pour ça que j'ai remarqué l'heure.

– Ensuite ?

– Je vous l'ai déjà dit.

– Eh ! Bien, recommence, on ne sait jamais, il y a peut-être des détails qui t'ont échappé.

– Mon copain est venu me chercher à cinq heures. C'était convenu. On est parti avec sa voiture

– C'est qui ce copain ?

Lucien s'efforçait au calme bien qu'il ait déjà répondu plusieurs fois aux mêmes questions. Le commissaire Valois, hors de son bureau, pouvait passer pour un brave père de famille, avec son ventre replet, son crâne un peu chauve, et une légère couperose qui annonçait un bon vivant. Mais là, il scrutait de ses yeux fureteurs les moindres réactions de son interlocuteur. Il avait pris une foule de notes et maintenant, tout en l'écoutant, griffonnait une succession de signes étranges.

– Alors le nom du copain ?

– Bernard Dupuis.

– On peut le joindre où ?

– Je ne sais pas, après, il est parti sur Paris.

– T'es rentré comment ici ?

– J'ai fait du stop avec des camions, même que celui qui m'a ramené ici était des Transports Dubois, il allait un peu plus loin, à La Loupe.

– On va vérifier tout ça. En attendant, tu vas aller réfléchir à l'ombre.

– Mais puisque je vous dis que c'est pas moi.

– Ils disent tous ça mon vieux, mais tout le monde t'a vu partir avec la petite. Elle, on l'a retrouvée étranglée et violée le lendemain matin, toi, t'avais disparu.

– Mais si c'était moi, vous pouvez quand même bien imaginer que je serais pas revenu comme ça, tranquillement, reprendre mon boulot !

– Ouais, peut-être, mais j'en ai vu d'autres figure-toi. Alors pour l'instant, je te garde au frais. Mais ne t'inquiète pas, si c'est pas toi, ça finira bien par se savoir.

Alors que Lucien était emmené, le commissaire s'assit à son bureau. Il repassait tout dans sa tête. Finalement, cette affaire semblait simple, mais trop simple justement. C'est vrai, ce jeune avait l'air sincère, pas la tête d'un sadique ou d'un assassin. Il n'avait pas l'air inquiet. Mais y avait-il une tête de l'emploi ? Il en avait tant vu dans sa longue carrière, de ces braves gens bien honnêtes à la réputation irréprochable, qui commettaient les crimes les plus odieux. Il savait combien l'humain pouvait dissimuler.

Lui revenait à l'esprit cette sordide affaire qu'il avait dû éclaircir quelques années plus tôt. Un couple sans histoire, lui employé de mairie, elle femme au foyer, sans enfant. Et pourtant un jour, une lettre anonyme avait atterri sur son bureau, l'enjoignant d'aller s'intéresser d'un peu près à ce couple exemplaire. La raison? Des odeurs épouvantables qui s'exhalaient parfois de leur maison, selon l'orientation du vent. Il n'appréciait pas ces méthodes de délation, tellement en vogue durant les récentes années de guerre. Il avait pourtant envoyé une équipe roder autour de la maison, un peu isolée au fond d'une impasse. C'était l'été, il faisait une chaleur caniculaire, et de fait, une odeur insupportable flottait dans l'air surchauffé.

Ils étaient revenus, munis d'un mandat de perquisition. Ce qui les attendait dépassait tout ce qu'ils avaient pu imaginer. Dans la cave, dont le soupirail avait été soigneusement occulté, gisaient cinq cadavres de nouveaux nés. Quatre, plus anciens, n'étaient plus que de minuscules squelettes desséchés, le dernier, plus récent, était dans un état de décomposition avancée. Interrogé, le couple indigne, sans l'ombre d'un remord apparent, déclara avec une simplicité déconcertante qu'ils ne voulaient pas d'enfant et qu'ainsi, dès qu'il en naissait un, on le mettait à la cave où, la bouche fermée par un bâillon pour qu'il ne puisse pas crier et les mains attachées, il mourrait de mort naturelle, puisqu'on ne le nourrissait pas. Écœuré, l'inspecteur avait eu du mal à réprimer une nausée ce jour-là.

Non, on ne pouvait se fier aux apparences, et ce Valentini pouvait aussi bien être un brave gars qu'un parfait salaud.

Marie avait décidé de partir à Chartres à pied.

– Tu pourras pas, avait juste dit Emilio, c'est trop loin.

– Je m'arrangerai.

Elle laissa la petite à la garde des aînés, et après avoir mis sa plus belle robe, son vieux sac de cuir usé au bras, elle partit d'un pas décidé.

Lors de la traversée du village, elle aperçut bien des rideaux qui se levaient et se baissaient dès qu'elle tournait la tête vers eux. Des hommes la saluèrent :

– Ah ! Marie, où tu vas donc endimanchée comme ça ?

Elle ne répondait pas, se contentant de faire un signe de tête. Dès qu'elle était passée, les langues s'activaient en paroles étouffées accompagnées de regards entendus. Tous savaient qu'un jour, il y aurait un malheur, c'était à prévoir. Des gens bizarres, ils ne se mêlaient pas aux autres. Et puis, lui, cet étranger, ce boiteux, il n'avait pas la même éducation. Dur à la tâche, ça on ne pouvait pas le nier. Mais allez savoir comment étaient élevés ses gosses ? Ils n'allaient même pas au catéchisme ! Le Lucien qui était parti, en voilà un qui était coléreux… et la Marie, elle c'était autre chose.

Et chacune de ces commères avait en mémoire un souvenir. Rebouteuse, guérisseuse, ayant toujours un remède en réserve, on la considérait avec méfiance car elle intriguait. On oubliait vite les services rendus pour ne voir en elle que l'image inquiétante des sorcières d'autrefois.

On imaginait sa vie sans la connaître. Seuls les anciens se souvenaient de cette petite fille triste qui était arrivée un jour dans la grande ferme des Tourville. Elle était orpheline. Au fil des années, sa légende s'était forgée. Elle n'avait pas son pareil pour soigner bêtes et gens, trouver les herbes qui guérissaient du tournis ou du gros ventre, réduire une fracture, laver un abcès. Qui lui avait appris ? Tout le monde avait oublié que la vieille Noémie, au service des Tourville depuis toujours, avait pris la petite en affection et lui avait transmis son savoir des plantes, sa connaissance approfondie de la nature, basée sur les observations de toutes les générations qui l'avaient précédée. Oui, on avait oublié tout cela.

On se défiait d'elle et le fiel de la bêtise empoisonnait les esprits. Marie avait depuis longtemps surmonté cette sourde hostilité. Elle n'avait d'abord pas compris, en avait souffert, elle qui aimait tant soulager les autres. Puis, elle s'était repliée sur elle-même, n'utilisant désormais ses connaissances que pour soigner les siens.

Lorsqu'elle eut dépassé les dernières maisons, la longue route bordée de tilleuls s'étira devant elle. Les lourds épis des blés mûrs, prêts à être moissonnés, ondulaient doucement. L'air était chaud. Les martinets et les hirondelles zébraient de leur vol rapide l'azur profond du ciel, ce ciel immense de la plaine beauceronne, à peine griffé par les hampes souples des peupliers autour desquels tournaient les vols criards des corbeaux. Jusqu'au bout du regard, une houle blonde, bruissante d'insectes. Une alouette invisible, au chant rapide et saccadé, l'accompagna un moment.

Son pas régulier résonnait sur la chaussée tremblante de chaleur. La sueur coulait dans son dos, entre ses seins, collait des mèches à son front. Elle ne pensait pas, et avançait.

Une voiture qu'elle entendait venir depuis un moment s'arrêta à sa hauteur.

– Madame Valentini ! Où allez-vous comme ça ?

La voix était chaleureuse. Elle se pencha à la portière pour voir l'occupant. C'était François Leblond, le père de Jean, le camarade d'Émile.

– Je vais à Chartres voir mon fils.

– Eh, bien montez, j'y vais aussi.

Elle hésita, méfiante.

– Allez venez ! Vous vous rendez compte du chemin qui vous reste à faire ?

Elle s'installa à côté de lui. C'était la première fois qu'elle montait en voiture. Immobile, regardant droit devant elle, le menton levé, son sac serré sur les genoux, elle restait silencieuse. À plusieurs reprises, il essaya d'engager la conversation, mais cela n'alla pas plus loin que des banalités sur la chaleur, le début des moissons et le souhait qu'il n'y ait pas d'orage avant la fin du battage.

Il la déposa à proximité de la prison et lui proposa de la ramener. Elle hésita à peine et le remercia d'une ombre de sourire.

Lorsqu'elle se retrouva face à Lucien, séparée par une grille ternie, elle resta longtemps muette, intimidée. Qu'il avait changé ! C'était un homme maintenant, elle avait du mal à retrouver ses expressions. Peu habituée aux effusions, elle dit simplement :

– Ben voilà, je suis venue.

Lucien la dévorait du regard. Sa pauvre mère, il eut voulu lui dire tant de choses ! D'abord et avant tout, qu'il n'avait rien fait, qu'il ne comprenait rien à ce qui lui arrivait. Mais lui non plus n'était pas habile avec les mots. Ils se regardaient et se taisaient.

Un quart d'heure de visite avait dit le gardien. Il ne restait que quelques minutes. Soudain, Marie sembla reprendre vie.

– Lucien, c'est pas toi, dis ? T'as pas pu faire ça ?

– Non, maman, non. Je te le jure sur la petite croix ! assura-t-il en plongeant son regard dans le sien.

Elle soupira doucement en fermant les yeux.

– Alors, ça va mon fils, je te crois et il faudra bien qu'ils te croient aussi.

– Visite terminée !

Lucien se leva. Elle le caressa du regard encore un instant. Il sortit à reculons comme pour s'imprégner de son image. Assise devant le grillage vide, elle demeurait les yeux fixés sur la porte qui venait de se refermer sur lui.

Ne connaissant pas la ville, elle eut peur de se perdre et resta aux alentours de la prison en attendant le retour de son chauffeur.

François Leblond, comme tout le monde dans le village, était au courant de ce qui s'était passé. Il remarqua le changement de son expression, plus détendue, le regard plus doux.

– Vous avez pu lui parler ?

– Oui, et c'est pas lui, j'en suis sûre maintenant, il a juré sur la petite croix.

– Sur la petite croix ?

Elle opina de la tête et ajouta à mi-voix :

– Et là, il peut pas mentir.

Il n'en sut pas plus, elle s'enferma de nouveau dans le silence jusqu'aux premières maisons du village. Elle lui demanda de la laisser descendre, pour éviter les ragots. Il dit que sa femme et lui voulaient ignorer toutes ces histoires, et la déposa devant sa porte.

Toute la famille sortit. Les yeux des aînés s'allumèrent de curiosité à voir leur mère descendre de voiture. La petite se précipita dans ses jupes, tandis qu'Emilio, après des remerciements et une brève poignée de main échangée avec François Leblond, entraîna tout le monde dans la maison.

À peine entré, il laissa éclater sa colère, une de ces colères aussi rare que violente, que petits et grands redoutaient. Tous se taisaient, laissant passer le plus gros de l'orage. Marie ne faiblissait pas, ni humble, ni arrogante. Au bout de quelques minutes, elle dit seulement, profitant d'une accalmie :

– Emilio, c'est pas lui. Il a juré, juré sur la petite croix !

Il la regarda, interdit, encore au bord de l'emportement. Emilio était croyant, mais refusait l'église et tout ce qu'il y a autour, disant que les curés sont tous mécréants, pires que Judas, s'alliant avec l'argent contre les pauvres gens et que Dieu était bien mal servi. Aussi élevait-il ses enfants dans les principes religieux, mais sans prêtre ni messe. Marie approuvait. Elle en avait trop vu de ces bons fidèles qui priaient, se confessaient, communiaient et, à peine passé le porche de l'église, se comportaient comme des moins que rien jusqu'au dimanche suivant. Une bonne aumône, un jambon au curé à l'occasion, achetaient la paix de l'âme bien plus sûrement que la confession. Emilio avait dit à ses enfants que tous ces fatras et simagrées n'étaient pas nécessaires, mais que Dieu était là, sur la petite croix pendue au cou de leur mère, qu'il voyait et entendait tout. Aussi lorsqu'ils jureraient sur elle, cela voudrait dire que c'était sacré et on les croirait.

Lucien avait juré.

Lors de sa visite à la famille Rondeau, le commissaire Valois fut pressé de questions. Chacun pourtant se rendit rapidement compte que l'on n'allait pas très loin… Lucien Valentini était un suspect trop commode, son attitude ne cadrait pas avec les circonstances, mais l'absence du moindre témoin pouvant confirmer ses dires ne facilitait pas les choses. Alice répéta qu'elle voulait la condamnation ferme et sans faiblesse du coupable, mais elle voulait être certaine que ce soit le vrai coupable.

– Je ne crois pas que ce soit ce jeune homme, commissaire. Ses origines, son milieu, ce que l'on sait de son caractère en font le suspect idéal. Mais pour le repos de Cécile et le nôtre, il ne faut pas qu'il y ait de doute.

Elle ajouta que trop d'erreurs étaient commises, qu'il ne fallait pas risquer de détruire un innocent de plus. Son mari et sa belle-mère la regardaient avec la plus totale incompréhension.

Durant cet entretien, le commissaire s'était souvent attardé sur la photo d'une jeune fille placée près d'eux. Le regard rieur, vif, les petites fossettes des joues là où se perd le sourire, des mèches folles, légères, qui semblaient flotter sur le front, toute cette innocence, cette joie de vivre, c'était Cécile. Devant l'image de tant de jeunesse et de fraîcheur fauchées salement, il ressentit une vague de colère et se dit que le salaud qui avait détruit cela, devait payer, durement et sans complaisance. Il demanda une photo de Cécile et promit de les tenir au courant.

Les semaines, puis les mois passèrent. Proches et voisins de la famille Rondeau demandaient souvent où l'on en était, mais l'enquête piétinait. Toutes les déclarations de Lucien avaient été vérifiées. Le commissaire cherchait vainement des témoins qui l'auraient vu raccompagner Cécile, mais surtout la quitter vivante près de chez elle. Lui et ses hommes avaient interrogé tous les jeunes présents au bal ce soir-là, chacun avait corroboré les déclarations des autres. Ils avaient demandé aux voisins proches du lieu du drame, mais compte tenu de l'heure tardive, personne n'avait entendu ou vu quoi que ce soit.

Les Valentini vivaient mal ces moments. S'il en était besoin, le village s'était divisé. Les plus évolués pensaient que pauvreté ne rimait pas forcément avec culpabilité et que, connaissant les principes sévères d'Emilio, si Lucien avait juré sur la petite croix, c'était quand même quelque chose.

Les autres, ravis d'avoir enfin un vrai sujet de conversation, s'ancraient dans la conviction qu'avec des gens comme eux, il fallait s'attendre à tout.

Marie traversait cette épreuve de façon ambiguë. Vaincue un moment par l'apparente culpabilité de son fils, elle avait plié sous le poids de sa peine, puis lentement, avait recouvré son énergie, offrant à la curiosité morbide sinon un air serein, du moins l'attitude de celle qui est confiante. Les sentiments les plus farouches l'animaient. Elle ne pouvait bien sûr mener l'enquête, mais elle avait à sa manière, pris les choses en mains. Elle savait maintenant que le coupable vivrait lui aussi un jour, les affres de l'angoisse, de la peur et enfin de la mort.

Une pensée l'effleurait parfois : les parents de Cécile, leur douleur, leur attente, cependant elle se persuadait dans le même temps que leur situation était moins cruelle que la sienne.

Alice révélait un aspect complètement inattendu de sa personnalité. Jusqu'alors, elle ignorait les ressources de son cœur et de son âme. Au fil des entretiens qu'elle avait avec le commissaire Valois, elle sentait l'ambiguïté de la situation, la fragilité des soupçons pesant sur Lucien. Tout l'accusait et pourtant elle acquerrait la certitude que ce ne pouvait être lui le coupable.

Lorsqu'elle parlait de ses doutes à son mari ou sa belle-mère, elle ne rencontrait qu'un jugement froid fait de lieux communs qui la choquaient : on récoltait toujours ce que l'on avait semé, les chiens ne faisaient pas des chats.

La mort de Cécile avait des prolongements imprévus. Outre le chagrin incommensurable dans lequel elle avait plongé cette famille, elle la divisait, la détruisait lentement, sourdement. Robert Rondeau et sa mère ne demandaient que jugement et punition. Alice aspirait à cela aussi bien sûr, mais animée par une foi profonde, un besoin vital de justice, elle ne voulait pas ajouter à ce drame le spectre de l'erreur judiciaire. Elle avait trouvé assez de force en elle pour faire taire le besoin de vengeance absolue au bénéfice de la recherche de la vraie réalité des faits. Son mari lui reprochait cette attitude. Elle se murait dans le silence.

L'enquête piétinait et le commissaire Valois dut donner un coupable à la justice, pressé par sa hiérarchie et le juge Pamiers, chargé de l'instruction. Ce fut Lucien Valentini. La simplicité évidente des faits, l'impossibilité de trouver le moindre témoin qui eut pu accréditer ses dires, le moindre indice qui eut pu apporter quelques éclaircissements, et la plaidoirie vibrante des avocats de la famille Rondeau fit le reste. Cependant, faute de preuve irréfutable de sa culpabilité, compte tenu des déclarations de l'accusé qui, toutes, après vérifications, avaient pu être confirmées, un doute encombrait les esprits et le Tribunal dans sa grande clémence, ne requit pas la peine de mort. Lucien n'était pas majeur. Il fut condamné à dix-huit ans de réclusion criminelle, dix-huit ans, l'âge de Cécile.

À l'énoncé du verdict, Marie poussa un gémissement de bête blessée. Elle n'avait pas quitté son fils des yeux une seconde. Il faisait non de la tête, mais tout son être se tassait, vaincu, cassé.

Des remous agitaient le public qui avait suivi avec passion cette affaire, il n'y avait pas souvent de crime à Chartres. On se bousculait, on commentait la sentence. D'aucuns la trouvaient trop légère, d'autres trop lourde.

Alice ne ressentit aucun soulagement, au contraire. Elle avait la conviction qu'au meurtre odieux de sa fille venait de s'ajouter le drame de l'erreur, de l'injustice légale, officielle. Son mari affichait par contre une visible satisfaction et recevait, presque avec le sourire, les témoignages de sympathie. Il voulut y associer sa femme, mais elle s'était levée et allait vers le couple Valentini. Ils restaient assis, terrassés, seuls. On avait emmené Lucien.

Emilio Valentini fixait le vide, la mâchoire crispée, l'œil noir sous les sourcils broussailleux, rasé de frais, mal à l'aise dans son costume du dimanche, les mains sur les genoux. Marie fixait ses pieds, les yeux noyés de larmes. Elle n'était plus que souffrance et tout en elle se révoltait. Mais ces gens avec leur savoir, leur intelligence, leur éducation, en avaient ainsi décidé. Son fils était reconnu pour toujours coupable du meurtre odieux d'une jeune fille de son âge.

– Monsieur, Madame Valentini…

Ils levèrent la tête.

– Je suis la maman de Cécile.

Ils le savaient bien sûr, que voulait-elle se dit Marie, que voulait-elle de plus ?

Emilio sembla s'éveiller et regarda cette petite femme, si menue dans ses vêtements de deuil. Marie accrocha son regard, le jais de ses yeux accentué par les larmes. Elle s'en voulut de ne pouvoir cacher sa faiblesse.

– Je ne suis pas certaine que justice ait été rendue aujourd'hui, dit doucement Alice. Je comprendrais tout à fait que vous fassiez appel, ce délai permettrait peut-être de trouver enfin des éléments nouveaux. Il ne faut pas qu'un innocent paie pour les autres. Ma démarche doit certainement vous étonner, mais je veux que Cécile repose en paix et non que sa mort plonge toute une famille dans le désespoir. Je comprends ce que vous pouvez ressentir.

Ils l'écoutaient en silence, ne saisissaient pas bien tous les mots, mais sentaient que cette femme n'était pas une ennemie. Pourtant, l'habitude de l'hostilité latente qui les entourait, dicta des mots durs à Marie. Emilio, maladroit, tenta de la calmer. Robert Rondeau vint chercher sa femme et sans un regard pour les Valentini, l'entraîna hors de la salle d'audience.

La presse commenta le procès, puis très vite, ce fut une affaire classée. On était en 1955, Lucien Valentini venait d'échapper à la peine de mort, ce qui prouvait qu'en son infinie sagesse, le Tribunal avait su faire preuve de discernement. Lucien commençait une longue vie sans lendemain, sans soleil, sans espoir, avec seulement là-bas, dans presque deux décennies, le bruit d'une porte qui s'ouvrirait sur un monde qui aurait avancé sans lui. Qu'y retrouverait-il alors ?

Les jours qui suivirent furent confus. Alice eut une nouvelle conversation avec le commissaire Valois et lui fit part, avec des mots sévères, de ses impressions. Il n'avait pu prouver la culpabilité absolue de Lucien Valentini, mais sa hiérarchie lui avait demandé de boucler cette affaire, alors…

Robert Rondeau et sa mère pensèrent définitivement que l'esprit d'Alice avait été dérangé par l'ampleur de leur drame.

Dans le village, les commentaires allèrent bon train quelque temps encore, puis de nouvelles histoires de voisinage, la foire annuelle, et le taureau de la ferme des Tourville qui s'était échappé pour monter la plus belle génisse de son voisin, ce qui engendra quelques plaisanteries salaces, eurent tôt fait de reléguer tout cela dans le passé.

Marie s'activait aux tâches quotidiennes avec une rage contenue. Émile et Sophia, en dehors des heures de classe, continuaient à rendre de menus services. Quelques remarques cruelles avaient été faites aux enfants à l'école. Les poings d'Émile avaient rapidement calmé les auteurs de ces mots d'esprit et l'instituteur en avait profité pour faire une belle leçon de morale sur la présomption d'innocence ou de culpabilité.

La petite Giulia était toujours aussi fragile et Marie se prenait à penser parfois, qu'elle n'irait pas loin dans sa jeune vie. Elle la soignait de son mieux, mais avait cette espèce d'instinct animal de certaines femmes de la campagne d'alors, habituées au combat de la survie dans un milieu âpre, dénué de sensiblerie, où l'on admettait tacitement que les plus faibles pouvaient disparaître. C'était là toute la philosophie de ces gens durs à la tâche, durs pour eux-mêmes.

CHAPITRE III

Un jour, quatre ans après ces faits, il y eut un sujet de conversation qui courut du coiffeur au café Bédard, en passant par le boulanger et la sortie de la messe. Il atteignit même les fermes isolées. C'était vraiment la guerre en Algérie et on allait y envoyer les jeunes du contingent. Tous étaient concernés, les grands fils actuellement au service militaire allaient partir. Le fils Blondain, du maréchal-ferrant, le fils Tourville, celui du château, c'est ainsi que l'on désignait la grosse ferme fortifiée située sur le plateau, le fils Merlier du bourrelier. De la même classe, ils venaient d'annoncer la nouvelle à leur famille avec un mélange de fierté et d'inquiétude.

– Mais c'était pas prévu, dirent les mères angoissées.

– Ben, il est temps qu'on leur apprenne à vivre à ces bougnoules, répondaient les hommes. Faudrait pas qu'ils oublient que sans nous, ils seraient rien, c'est nous qui avons fait leur pays.

– Comment ça ? demandaient les plus audacieuses

– Taisez-vous les femmes, vous n'y connaissez rien, c'est une histoire d'hommes ça, vous allez pas commencer à vous mêler de politique non ?

– C'est à ça que ça sert les guerres, disaient quelques initiés, faut bien maintenir ou rétablir l'ordre, et puis de toute façon, on nous demande pas notre avis.

Grâce à François Leblond qui travaillait à la mairie, et devait de ce fait aller régulièrement à la préfecture de Chartres, Marie pouvait voir son fils. Jamais Emilio ne l'accompagna. Il aurait tant voulu, comme sa femme, être convaincu de son innocence, mais le jugement rendu l'avait ébranlé, tout le monde ne pouvait se tromper tout de même.

Cette tache sur son honneur et celui de sa maison, le minait lentement. Ses cheveux avaient blanchi, ses traits s'étaient creusés. C'était un homme détruit. Un hiver, il prit une mauvaise grippe qui le tint alité plusieurs jours, tremblant de fièvre, malgré tous les soins de Marie. Elle se décida à appeler le docteur Bertille, remplaçant depuis peu le vieux Mourien qui avait pris sa retraite.

Le praticien fut frappé par l'état d'Emilio et demanda comment un homme si robuste pouvait en être arrivé là. Par un miracle de confiance, Marie expliqua la situation. Emilio se rétablit péniblement. Le docteur Bertille avait compris que, bien plus que le corps, c'est l'âme qui était atteinte. Il passait régulièrement, refusant tout paiement, ne voulant pas ajouter encore à leur dénuement. Emilio reprit son travail, mais ses forces et surtout le désir de vivre, l'avaient abandonné.

Ce fut Émile qui le retrouva un jour, alors qu'il allait dans la grange chercher un outil, pendu à la poutre maîtresse. Le village se détourna définitivement de cette famille maudite. La brave et pieuse madame Bédard ne voulut plus voir les enfants dans son épicerie, et les bonnes âmes confites en dévotion approuvèrent, d'autant que monsieur le curé refusa une cérémonie à l'église, acceptant tout juste de venir faire une courte prière devant le corps avant la mise en bière.

Émile devenu le chef de famille, prenait son rôle au sérieux. À presque dix-sept ans, il travaillait déjà depuis des mois comme commis à la ferme des Tourville. Depuis le départ du fils en Algérie, il manquait une paire de bras et cela se sentait.

Le docteur Bertille proposa de prendre Sophia à son cabinet. Elle lui ferait son ménage et préparerait ses repas, vu qu'il était célibataire. Elle avait de longs cheveux dorés comme les blés de la plaine, qu'elle nattait soigneusement en une lourde tresse, le regard sombre de son père. C'était une femme enfant, trop tôt murie par les évènements tragiques qu'ils avaient vécus.

Le médecin aidait la famille de son mieux, ce qui ne manquât pas d'alimenter, une fois encore, les ragots et commentaires des âmes bien pensantes. On suggéra même que Sophia ne faisait peut-être pas que le ménage chez lui.

Marie ne ressentait plus rien, elle avait accumulé trop de douleurs. Elle se retirait de plus en plus souvent dans la grange et la petite Giulia parlait parfois à Sophia, lorsque celle-ci rentrait, de la grosse poule noire de maman et de la poupée qui pique. Sophia n'y prêtait guerre d'attention trop occupée par les diverses tâches à accomplir.

Lorsque Lucien avait appris la mort du père, son visage s'était durci un peu plus. Il avait simplement dit :

– Ils paieront maman, un jour ou l'autre, je t'assure qu'ils paieront.

Elle voulait tant le croire.

Au hasard d'une consultation à l'hôpital de Chartres, les docteurs Bertille et Sandreau se rencontrèrent. Présentation faite, le docteur Sandreau demanda s'il connaissait la famille Valentini, vu qu'ils étaient du même village. Ils parlèrent de l'affaire qui avait défrayé la chronique des années plus tôt et des conséquences qui s'en étaient suivies.

À l'occasion de l'un des dîners qu'il prenait régulièrement chez les Rondeau, le docteur Sandreau fit part de sa conversation avec son confrère. Alice, apprenant la mort d'Emilio Valentini, en resta confondue, alors que son mari continuait de déguster sans parole, le bouillon de poule odorant qui emplissait son assiette. Depuis le jugement, la grand-mère avait recouvré une sorte de sérénité, totalement imperméable aux scrupules dont s'encombrait sa belle-fille.

Les appelés du contingent, en Algérie depuis plusieurs mois, racontaient des horreurs lorsqu'ils venaient en permission, la dureté des combats, la cruauté des « fellouzes » dont parlait tant la presse, mais ils ne passaient pas non plus sous silence la barbarie dont certains faisaient preuve lors des expéditions punitives. Déjà des morts endeuillaient des familles en métropole.

Les femmes trouvaient cette guerre injuste.

– Ils sont chez eux quand même, disaient-elles, pourquoi aller leur faire la guerre ?

– On peut pas se laisser foutre dehors sans rien dire. Faut bien défendre nos colonies non ? répondaient les hommes.

Le sujet devenait tabou dans les repas de famille, évitant ainsi que les efforts culinaires de la maîtresse de maison ne soient remplacés par d'âpres discussions qui souvent dégénéraient, dressant les uns contre les autres. Mais les mères de toutes les latitudes se demanderont sans cesse quelle folie pousse donc les hommes à toujours se battre. Ne faisait-on des enfants que pour les voir mourir sous le soleil d'Afrique, devant les murs de Stalingrad ou dans les eaux du Pacifique ? Fallait-il donc que chaque génération de jeunes hommes paie son tribut à la faux acérée de la camarde ?

Marie ne se résignait pas. Si tout semblait avoir repris une marche normale, elle agissait dans le secret de la grange. Elle s'était persuadée qu'elle seule pouvait dorénavant changer le cours des choses. Il fallait qu'il paie celui qui avait volé leur honneur, la vie de son mari, la liberté de son fils et l'innocence de ses enfants. Elle ne pensait pas à elle, mais à eux. Elle n'attendait plus rien pour elle-même. Elle se souvenait des histoires de la vieille Noémie, aux veillées des soirs d'hiver, quand les pieds transis exposés à la chaleur de l'âtre, blottie près du giron des femmes qui avaient toujours une occupation, elle écoutait avec une peur délicieuse les sombres récits de malédictions et autres envoûtements. Elles y croyaient toutes et connaissaient chacune un cas précis où de telles pratiques avaient réussi. Bien que l'on soit au milieu du XXe siècle, ces croyances séculaires avaient la vie dure au fond des campagnes.

Elle se décida enfin à aller la revoir cette Noémie, la seule qui lui ait apporté quelque tendresse. Petite silhouette desséchée, presque diaphane, ses cheveux de neige jaunie rassemblés en un maigre chignon, la vieille servante était toujours là. Elle accomplissait encore de menues tâches que l'on voulait bien lui confier, mais sa principale occupation consistait à réchauffer dans ses jupons les poussins ou canetons nouveaux nés, pratiques courantes encore. Si ses yeux l'avaient un peu trahie, son ouïe était fine et elle entendait tout ce qui se disait, son entourage étant persuadé du contraire, vu qu'elle ne parlait presque plus.

Depuis qu'Émile travaillait chez les Tourville, il l'observait le midi, quand tous les hommes mangeaient bruyamment à la grande table, tandis que les femmes le faisaient debout tout en les servant. La vieille Noémie avait déjà pris son bouillon à part, assise près de la cheminée, eu égard à son grand âge. Puis elle somnolait. Mais parfois, à un nom, un mot précis, elle relevait la tête et ses yeux fatigués cachaient mal une petite lueur d'intérêt. Émile avait ainsi réalisé qu'elle comprenait tout. Chaque fois qu'il se trouvait seul avec elle, elle lui disait quelques mots. Leurs échanges étaient brefs et toujours les mêmes :

– Ça va mon gars ?

– Ça va.

– Et ta mère ? Quand est-ce qu'elle viendra me voir ?

– Je sais pas, je lui dirai.

Il le disait le soir, mais jusque-là, Marie n'avait pu se résoudre à réveiller le passé, alors elle chargeait son fils de transmettre son bonjour. Elle ne tenait pas à retrouver ces lieux qui lui rappelleraient tant de souvenirs. Il est vrai que le grand-père Tourville était mort maintenant, qui avait tant tourmenté les jeunesses travaillant à la ferme alors. Dès qu'une fille devenait femme, il n'avait de cesse de la posséder, tel un étalon au milieu de ses juments. Il s'encombrait peu de fioritures, les prenant là où elles étaient, dans l'étable entre les vaches, derrière une meule ou la resserre à légumes quand elles venaient chercher de quoi préparer le repas. Il était particulièrement excité lorsqu'il les voyait nettoyer le sol, à genoux, la brosse en chiendent s'activant et donnant à leur croupe offerte un balancement auquel il ne savait résister. On ne disait rien, c'était le patron, c'est lui qui donnait ou retirait le travail, alors... Sa femme était résignée et si les autres hommes savaient, personne n'avait l'idée de se mêler de ce qui ne le regardait pas. Parfois une petite servante partait un matin, son baluchon à la main, les yeux rougis. On savait alors qu'elle avait fauté, et ne pouvait plus cacher qu'elle était grosse. Elle était renvoyée sans une once de pitié.

Marie avait dû subir elle aussi, ces étreintes brèves et brutales et la vieille Noémie lui avait enseigné les plantes qui empêchent d'être prise. Quand Emilio était arrivé, qu'il avait connu Marie, il avait compris tout cela. Elle était belle, solide, il n'avait pas voulu qu'elle restât là. Il l'avait épousée et lui avait ainsi rendu sa dignité de femme.

Elle arriva un après-midi, toujours flanquée de sa petite Giulia. Il faisait doux, et l'on avait installé Noémie sur le pas de la porte, dans un vieux fauteuil qui devait avoir son âge. Elle somnolait.

– Bonjour Noémie.

Elle se redressa légèrement, la main protégeant son regard de la lumière.

– C'est toi Marie ?

– Oui, c'est moi, je suis avec ma petite Giulia. Émile m'a dit que je pouvais passer.

– Il est gentil ton gars, et travailleur, ça oui.

Après un silence, elle poursuivit :

– J'ai appris pour ton Lucien et ton mari, tu penses bien, tout le monde en a parlé ici. Ah ! Ma pauvre Marie, à quoi pense le Bon

Dieu parfois ? Qu'est-ce que t'as donc fait pour qui t'envoie tous ces malheurs ?

– Je m'le demande oui des fois, et je commence à l'oublier le Bon Dieu.

– Faut pas dire ça Marie.

– Il avait juré Lucien, juré sur la petite croix, et ben, ça a servi à rien, alors ?

Un nouveau silence s'installa. Un chat s'approcha de la petite, elle voulut le caresser, mais plus habitué aux coups de sabots qu'aux amitiés, il partit en courant.

– Noémie, j'ai tué une poule noire et j'ai…

– Tais-toi Marie, je veux rien savoir. Il faut rien dire, à personne.

Elle ajouta cependant un peu plus tard :

– T'as rien oublié au moins ? T'as bien tout mis ?

– Oui, je me souviens de tout.

– C'est bien, mais fais attention à toi Marie.

– Je crains plus rien pour moi, c'est à mes enfants que je pense.

La vieille servante ferma les yeux, sembla se tasser et Marie comprit qu'elle voulait rester seule. Elle fit demi-tour et entendit la voix éraillée prononcer :

– Je prierai pour toi Marie.

Elle s'éloigna sans répondre.

Et puis ce fut le drame.

Le fils Merlier, l'enfant unique du bourrelier, venait d'être tué en Algérie. Son corps devait être rapatrié dans les prochains jours. C'était la consternation générale. Ce petit coin de Beauce était cruellement touché par des évènements qui se passaient bien loin, auxquels finalement, on ne comprenait pas grand-chose. Chacun sembla soudain vivre au ralenti, des attroupements se formaient spontanément quand on se rencontrait. L'absurdité de la guerre venait de frapper à nouveau un jeune gars plein de vie, fauché brutalement, comme cela, au hasard. On se souvenait de lui, on commentait ses bêtises de gosse, son caractère, c'était un jeune sans histoire, renfermé peut-être. Soudain, sa disparition estompait ses travers pour ne laisser place qu'à ses qualités. On prépara des obsèques grandioses, d'autant qu'un représentant du Préfet serait là, c'était la première victime de la région. L'épicerie-bar-tabac des Bédard ne désemplissait pas, et chacun commentait l'évènement.

Quand donc tout cela allait-il finir ? On craignit pour les autres, partis en même temps que lui. Si c'était pas malheureux, des soldats du contingent, des jeunes qui faisaient simplement leur service militaire que l'on envoyait au casse-pipe. Et le Gouvernement, que faisait-il dans tout ça ? Et chacun de dire ce qu'il ferait, lui, mais les avis divergeaient et certains débats devenaient houleux. Si bien que le Père Bédard voulut interdire que l'on parle de cela chez lui, ce qui revenait à demander que l'on ne parle pas de bestiaux à la foire agricole annuelle.

Le corps arriva par le train à la gare de Chartres, et de là, fut transféré en ambulance militaire au village.

Ce fut une belle cérémonie, prenante, émouvante, empreinte d'une réelle ferveur et d'une incontestable dignité. Une haie d'honneur formée par un détachement de la base de Chartres, des gradés, le Préfet lui-même, qui avait tenu à être présent, le Maire et tout le conseil municipal. Le curé avait revêtu sa plus belle chasuble, tous les enfants de chœur étaient là, chacun connaissait la victime, et nul, ce jour-là, ne songea à chahuter. Sur le cercueil au milieu du chœur, était posé un coussin sur lequel était fixée la croix de guerre, accordée à titre posthume à ce jeune homme mort pour la France.

Parmi la foule présente, on remarqua un prêtre en civil qui s'entretint un long moment avec monsieur le curé, à l'issue de la cérémonie. Ils étaient graves et hochaient la tête pensivement de temps à autre, avec de longs soupirs. Il était aumônier dans l'armée et avait fait tout spécialement le voyage, depuis Oran.

CHAPITRE IV

Le commissaire Valois regardait le Père Julien avec une intense attention, mêlée de stupeur.

– C'est très grave ce que vous venez de me dire, monsieur l'aumônier.

– Je sais.

Une chape de plomb venait de tomber entre les deux hommes.

– J'ai promis à ce jeune homme de respecter ses dernières volontés. Il avait écrit cette confession à son arrivée en Algérie et la portait sur lui, pour qu'on la trouve s'il lui arrivait malheur. Il y exprime clairement sa volonté qu'elle soit remise à la justice. Il a voulu se libérer de ce lourd fardeau et m'a demandé de vous remettre cette lettre à vous-même commissaire, lorsque je lui ai administré les derniers sacrements. Il savait que c'était vous qui aviez suivi cette affaire et m'a fait promettre de ne la remettre à personne d'autre que vous, ajoutant qu'il était sûr ainsi que serait donnée la suite qui s'impose.

Le commissaire Valois, silencieux, semblait bouleversé. Il hochait la tête lentement.

– Vous rendez-vous compte des conséquences de son silence ? Un innocent injustement condamné qui a frôlé la peine de mort, en prison depuis plus de quatre ans, le père qui n'a pas supporté ce déshonneur, qui s'est suicidé, une famille dévastée, confrontée à l'hostilité de tout un village. Et on l'a décoré à titre posthume ! dit-il en donnant un violent coup de poing sur son bureau, mais c'est le faire dégrader à titre posthume que je ferais moi, si j'en avais la possibilité !

– Commissaire, je vous en prie, dit le Père Julien. Il s'est comporté vaillamment au combat.

– C'est bien le moins qu'il pouvait faire non ?

Il essayait d'endiguer l'énorme colère qui le submergeait.

– Voyez-vous mon Père, je n'ai aucune commisération pour lui, même avec ce sursaut de conscience, car il s'est conduit comme un immonde salopard, et je suis persuadé que s'il était revenu sain et sauf, il n'aurait sans doute jamais parlé. N'ai-je pas raison ? Vous qui connaissez si bien l'âme et le cœur humain, qu'en pensez-vous ?

– Je n'ai pas à juger, Dieu l'a rappelé à lui et lui a inspiré sa conduite ultime, c'est ce que nous devons retenir.

– Mouais, dit-il d'un air profondément dubitatif. J'admire votre indulgence devant les turpitudes humaines, mais n'oubliez pas quand même qu'une jeune fille innocente a perdu la vie. Voulez-vous que je vous montre les photos ? Elles ne sont pas belles à voir.

– C'est inutile.

– Je vais vous les montrer quand même. Non seulement il l'a étranglée, mais il l'a violée… post mortem ! Voilà votre héros !

Le commissaire ne contrôlait plus sa rage, rage impuissante devant le calme de l'homme d'église. Il poursuivit :

– Je suppose que vous avez dû voir pas mal d'horreurs au cours de votre vie d'aumônier dans l'armée… vous avez été sur des lieux de combat si j'ai bien compris… d'une certaine manière, elles peuvent être, sinon justifiables, du moins… comment dire… enfin… cela fait partie de la guerre, compte tenu du contexte dans lequel elles se déroulent. Mais là, là, disait-il en tapant du dos de la main les photos étalées sur le bureau, là il n'y a aucune excuse, aucune ! Que de la bestialité sordide, morbide.

Les deux hommes plongèrent dans un épais silence, des images insoutenables leur traversaient l'esprit.

– Je ne comprends pas que votre Dieu, s'il existe, puisse pardonner de tels comportements… ajouta sourdement Valois, un long moment plus tard.

– Commissaire, je vous en prie !

Valois reprit les photos, les remit dans la grande enveloppe qui les contenait, le tout dans le dossier à sangle qu'il resserra lentement, les yeux fixés sur son interlocuteur. Il rangea le dossier dans le classeur en bois placé dans son bureau et revint à pas lourds. Planté devant le Père Julien, il dit d'un air las :

– Et bien, maintenant, il va falloir essayer de réparer tout ce gâchis !

Le Père Julien se leva en silence. Ils échangèrent une poignée de mains, leurs regards se croisèrent, lourds de tout ce qui n'avait pu être dit, et il partit, sa mission accomplie.

Un autre constat accablait le commissaire Valois, il avait été incapable de disculper Lucien Valentini, bien qu'il ait acquis l'intime conviction de son innocence. Il n'aurait su dire pourquoi, l'expérience peut-être, ou le flair. Il avait été pris ensuite dans un engrenage qu'il ne maîtrisait plus, pressé par sa hiérarchie qui s'impatientait devant la lenteur de l'enquête. Il y avait eu un crime sordide, il avait fallu calmer l'opinion et faute de n'avoir pu prouver son innocence alors que tout l'accusait, Lucien avait été condamné.

Valois en faisait une affaire personnelle maintenant… À un an de la retraite, il n'avait plus rien à perdre et décida d'agir, fut-ce à l'encontre des règles.

Dès le lendemain, il se rendit à la prison de Chartres, demandant à voir le prisonnier Valentini. Lorsqu'ils se retrouvèrent face à face, le commissaire fut surpris. Était-ce bien le même homme qu'il avait arrêté cinq ans plus tôt ? Lucien avait forci, ses traits s'étaient accentués, figés dans un masque dur qui faisait ressortir son type méditerranéen. Le regard surtout avait changé, un regard sombre, implacable, qui vous transperçait. Ce n'était plus le jeune homme qui criait son innocence, mais un jeune vieillard aux cheveux déjà grisonnants. Ce qui le frappa davantage encore fut la force tranquille qui émanait de cet homme. Ce n'était pas un vaincu, comme s'il était certain que son bon droit serait un jour reconnu.

– Asseyez-vous, dit le commissaire. Si je suis venu vous voir aujourd'hui, c'est qu'il y a un élément nouveau à votre affaire. Ma démarche n'est pas officielle, mais il fallait que je la fasse.

Lucien ne bougea pas, son regard sombre fixé sur lui. L'inspecteur s'attendait à une réaction, des questions, mais un silence pesant s'établit.

– Vous ne me demandez pas ce dont il s'agit ?

– Si vous êtes venu me voir, c'est pour me le dire je pense.

– Oui. Vous ne m'aidez pas cependant…

– Et vous ? Vous m'avez aidé il y a cinq ans ?

La question avait claqué comme un coup de fouet.

– Justement, c'est de cela qu'il s'agit. Je viens d'avoir un élément indiscutable prouvant votre innocence

Une lueur passa dans le regard de Lucien tandis qu'il se rejetait en arrière contre le dossier de la chaise où il s'était finalement assis.

– C'est quoi ?

– La confession écrite du vrai coupable, confession qu'il a faite avant de mourir, tué en Algérie. Il est de votre village.

– C'est Guy Merlier ? J'ai entendu parler ici de la cérémonie d'hier.

– Oui, c'est Guy Merlier.

La surprise fut telle cette fois, que Lucien ne put maîtriser ses réactions.

– Merlier ! On se connaissait depuis la primaire, on se fréquentait pas beaucoup, mais on n'était pas fâchés non plus. Mais enfin, commissaire, pourquoi il a fait ça ?

– Ça quoi ?

– Ben ce crime, ce viol… et pourquoi m'avoir laissé accuser sans réagir ? Je l'ai même pas vu au bal ce soir-là.

– Enfin, lui vous a certainement vu raccompagner Cécile Rondeau, sinon, comment aurait-il pu savoir que vous étiez là.

– Je ne comprends pas, répétait Lucien en hochant la tête. Pourquoi me mettre ça sur le dos ? Je vous le répète, on ne se fréquentait pas, j'avais rien contre lui et de son côté…

– De son côté, les choses ne semblaient pas si simples. Il était viscéralement jaloux de vous.

Lucien ne put retenir un rire nerveux.

– Jaloux de moi ? Vous plaisantez je pense ?

– Pas du tout. Et cette jalousie semble avoir des racines bien plus profondes et plus anciennes que vous n'imaginez. Vous étiez ami avec Joël Tourville, il ne le supportait pas. Il en parle dans sa lettre, bien sûr nous ne saurons sans doute jamais le fin mot de l'histoire, mais cela peut être une explication.

– Mais enfin commissaire, on n'avait rien, on était pauvres, la vie n'était pas facile à la maison, c'est en partie pour cela que je suis parti, ça faisait une bouche de moins à nourrir, alors… jaloux, mais jaloux de quoi ?

– L'enquête va reprendre, elle nous en dira peut-être plus. En tout cas vous, vous allez pouvoir maintenant demander à votre avocat la révision de votre procès.

Lucien eut une ombre de sourire et un pli amer se forma sur son visage.

– Mon avocat… et avec quoi je le paye mon avocat ? Vous croyez qu'on a encore les moyens de s'en payer un avec ce qui rentre à la maison ? Mon père n'est plus là, ma pauvre mère s'use à la tâche, mon frère et ma sœur ont été obligés de se placer, la dernière petite à élever, et vous me parlez d'avocat ?

– On vous en trouvera un.

– Ouais, comme le dernier, on a vu ce que ça a donné… dix-huit ans de taule !

– Il vous a évité la peine de mort quand même, ce n'était pas gagné compte tenu des faits qui vous étaient reprochés.

Lucien le foudroya du regard.

– C'est vrai, c'est fou ce que j'ai eu comme chance ! Mon père en est mort de chagrin, le déshonneur s'est abattu sur ma famille et moi je pourris là, entre quatre murs, alors qu'un salopard est mort en héros, honoré par tous. Même la mère de la pauvre jeune fille ne croyait pas que c'était moi. J'ai crié mon innocence à tous, mais personne ne m'a entendu... Surtout pas vous commissaire !... Surtout pas vous. Vous aviez votre coupable idéal, ça tombait bien hein ?

Lucien, penché sur la table s'était rapproché de son interlocuteur et son regard ne le lâchait plus.

– Et alors aujourd'hui, maintenant, comment vous vous sentez ? Quel effet ça fait d'apprendre qu'on s'est trompé et qu'on a détruit une famille ? Ça doit pas être très confortable hein ?

– Non, dit lentement Valois, non ce n'est pas confortable, mais nous avons la possibilité de réparer cela, et je vais tout faire pour que ça aille le plus rapidement possible, croyez-moi.

Lucien le dévisagea longuement, en silence.

– Et alors, qu'est-ce qu'il raconte Merlier dans sa confession ?

– Il était chez des copains. Il est sorti pour prendre l'air, et se soulageait contre un mur quand il vous a entendu arriver. Vous ne l'avez pas remarqué. Lorsque vous avez quitté la jeune fille près de chez elle, et que vous avez fait demi-tour, il s'est dissimulé, vous êtes passé devant lui sans le voir. Alors, croyant que c'était votre bonne amie, il a eu aussitôt l'idée de vous la prendre, l'a rattrapée, ils ont discuté sur le trottoir. Il a voulu l'embrasser, elle l'a repoussé. Pris d'un soudain accès de rage, il l'a entraînée dans la ruelle où on l'a retrouvée le lendemain. Il lui plaquait la main sur le visage pour qu'elle ne puisse pas appeler. Arrivé là, il s'est fait plus pressant, elle s'est débattue et allait crier. Il l'a prise au cou, a serré jusqu'à ce qu'elle ne bouge plus. Quand elle s'est affaissée à ses pieds, excitée par la lutte et l'alcool pris au cours de la soirée, il n'a pas résisté au désir de la violer. Un hasard inouï a voulu que personne ne l'ait remarqué, vous par contre, tout le monde vous avait vu partir du bal avec la petite.

Le commissaire observait Lucien et crut discerner une ombre de tristesse sur le visage sévère.

– Pouvez-vous faire savoir à ma mère ce que vous venez de me dire ?

Le ton s'était radouci, ainsi que le regard.

– Il faut qu'elle sache le plus vite possible que je n'avais pas menti.

– Oui, comptez sur moi.

– Maman, y'a une voiture qui vient de s'arrêter devant la maison et des messieurs qui viennent te voir, dit Giulia en entrant en courant dans la cuisine.

Marie essuya ses mains à son tablier, arrangea une mèche qui lui tombait sur le front, et s'avança sur le pas de la porte, le visage tendu.

– Madame Valentini ? Police, on peut entrer ? dit l'un des hommes

Elle s'effaça sans répondre.

– Pouvez-vous nous accompagner madame, le commissaire Valois qui a suivi l'affaire de votre fils, souhaiterait vous voir.

– Pourquoi ?

– Il vous le dira lui-même.

Devant son air soudain angoissé, l'un des hommes eut le cœur d'ajouter :

– Rassurez-vous madame, rien de grave.

– C'est que je peux pas laisser la petite toute seule, elle est trop jeune encore.

– Vous n'avez pas une voisine qui peut la garder ?

– Non, et les aînés travaillent. À moins que le docteur, peut-être… Ma fille Sophia est employée chez lui.

– Où est-il ce docteur ?

– Dans le village, près de la poste, le docteur Bertille.

– Berger, dit l'un des hommes se tournant vers son collègue, prends la voiture et ramène sa fille ici, elle gardera la gosse.

– Ne l'affolez pas, lança Marie

– Ne vous inquiétez pas madame, on n'est pas des ogres, dit celui qui avait parlé, avec un sourire.

Cette bonhomie, ce ton courtois, laissa penser à Marie que quelque chose d'extraordinaire venait de se passer. En attendant l'arrivée de Sophia, elle partit dans la chambre afin de changer sa tenue, elle ne pouvait partir en tablier tout de même. Elle se recoiffa et reparut, prête à les accompagner.

Sophia arriva. Son entrée provoqua un silence. Sa beauté insolente forçait l'admiration. Elle avait toujours ses longs cheveux blonds qu'elle portait en une lourde tresse, mais la blondeur un peu fade de l'enfance s'était muée en une chaude tonalité où jouaient des mèches plus claires. La peau mate, le regard sombre qu'ombraient davantage encore de longs cils, lui conféraient une grâce, une distinction qui surprenaient en un tel lieu.

– Je pars avec ces messieurs, dit Marie, tu restes avec Giulia.

– Nous ramènerons votre mère tout à l'heure, ajouta l'un des policiers, tandis qu'ils montaient en voiture, ne vous inquiétez pas.

Marie entra dans le bureau du commissaire Valois. Elle ne pouvait maîtriser l'affolement de son cœur et se demandait bien quelle pouvait être la raison de sa présence ici. Le commissaire se leva et d'un geste courtois, l'invita à s'asseoir en face de lui.

– Madame Valentini, je vous sens inquiète et je tiens à vous rassurer, aucune mauvaise nouvelle, bien au contraire. Voilà, je vous ai fait venir parce que…

Devant l'intensité du regard de Marie, Valois se sentit soudain mal à l'aise, le même que son fils, avec cette espèce d'acuité presque insoutenable.

– Voilà, reprit-il en s'éclaircissant la voix. Un élément nouveau capital va permettre de demander la révision du procès de votre fils.

Le même visage impassible, le même silence que Lucien.

– Cet élément nouveau, poursuivit-il, est la confession posthume du vrai responsable de la mort de Cécile Rondeau. Ce n'est pas votre fils.

– Je le savais, dit-elle simplement, il avait juré sur la petite croix.

La froideur de la réaction déconcerta Valois.

– C'est quoi cette histoire de petite croix ?

Et Marie, si peu loquace habituellement, trouva tout naturellement les mots pour s'expliquer.

– Mon mari disait toujours aux enfants qu'il fallait pas mentir, et que si un jour c'était nécessaire, ils n'auraient qu'à jurer sur la petite croix que je porte au cou, et on les croirait. Mon fils avait juré. Personne l'a cru, mais moi je savais que c'était pas lui, ça pouvait pas être lui, il aurait jamais pu faire une chose pareille.

Elle ajouta après un silence, le regard lointain :

– Même la mère de la petite savait que c'était pas lui, elle me l'a dit au Tribunal.

Cette dernière affirmation accentua le malaise de Valois. Oui, Alice Rondeau avait eu des phrases cinglantes, après le procès. Il s'en souvenait mot pour mot :

– Je ne suis pas certaine que justice ait été rendue aujourd'hui commissaire, et tout votre bel appareil judiciaire n'a pas été capable de faire la lumière sur cette affaire. Mais il vous fallait un coupable, alors vous avez sacrifié un innocent, car vous savez qu'il est innocent. Je n'ose imaginer votre conscience s'il avait été condamné à mort ! Que Dieu vous pardonne !

Valois eut un geste d'agacement, il détestait se sentir en position d'infériorité ou pris en défaut. Or les mots, l'attitude de cette femme digne et fière assise en face de lui, lui jetaient à la figure, mieux que la violence, sa propre incapacité. Où avait-il failli ? Comment n'avait-il pas réussi à découvrir la vérité ?

Lui et ses hommes avaient pourtant mené leur enquête minutieusement, vérifié et revérifié les dépositions de chacun, scrupuleusement. Comment ce Guy Merlier avait-il réussi à tromper tout le monde ? Comment avait-il pu ne pas craquer, ne rien montrer ? Cela supposait au demeurant une force de caractère et un contrôle de soi hors du commun chez un si jeune individu. Quelque chose leur avait échappé, il ne pouvait en être autrement. Il se promit de reprendre l'enquête à zéro, même si l'on connaissait maintenant le coupable. Il voulait comprendre et trouver. On ne se remet pas facilement d'une erreur qui a failli envoyer un jeune de vingt ans à la guillotine.

Lorsque Marie revint chez elle, Sophia l'interrogea du regard, Giulia près d'elle.

– C'était pour Lucien. Ils savent maintenant qu'il est innocent et il va y avoir un nouveau procès.

– C'est vrai ? Oh, maman, que je suis contente ! dit-elle en lui sautant au cou. J'espère que notre père là où il est, va enfin pouvoir reposer en paix.

Il fallait que la nouvelle fût d'importance pour que Sophia se précipitât ainsi au cou de sa mère, car on n'était pas très démonstratif dans la famille.

– Alors maman, c'est grâce à la poule noire ? demanda Giulia de sa petite voix enfantine

– Chut, tais-toi, intervint Sophia, tu ne dois pas parler de ça, et toi maman, je t'en prie, ne fais plus jamais de choses dans la grange. Les gens sont tellement méchants, s'ils savaient ça en plus !

– Non ma fille, sois tranquille, mais je suis sûre que cela a réussi, dit-elle avec un sourire que sa fille ne se souvenait pas lui avoir jamais vu.

– Mais qui a fait ça alors, ils te l'ont dit ? demanda Sophia.

– Oui, c'est Guy Merlier.

– Guy Merlier… murmura-t-elle, abasourdie par l'importance de la nouvelle. Mais comment a-t-il pu…

– Je sais pas, coupa durement Marie, et c'est pas notre affaire, l'essentiel, c'est qu'on sache que c'est pas Lucien.

– Ne dis pas ça, maman, c'est sa famille qui va souffrir maintenant, et comme vous, père et toi, ils n'y sont pour rien. Cette pauvre madame Merlier qui vient de perdre son fils ne s'attendait certainement pas à cette nouvelle. Elle se retrouve seule, après la mort de son mari voici à peine deux ans.

– Je t'ai dit que c'est plus notre affaire Sophia.

– Maman, ne sois pas dure comme ça.

– J'ai mes raisons, Sophia, et je peux t'assurer que je vais pas verser une larme sur son sort. Est-ce que quelqu'un s'est apitoyé sur nous quand c'est arrivé ?

Elle se sentait plus légère depuis son entrevue avec le commissaire Valois, respirait mieux, se rendant compte que le poids énorme qu'elle avait sur la poitrine depuis l'arrestation de Lucien, venait de s'alléger comme par enchantement. Soudain, tout lui sembla plus facile et pourtant il fallait s'armer de patience, la situation n'allait pas changer du jour au lendemain, les procédures de révision étant souvent longues, avait dit le commissaire. Par contre, il était possible que Lucien puisse être libéré avant.

Après avoir sollicité un entretien avec le juge Pamiers, qui avait instruit l'affaire, le commissaire Valois se trouvait dans le bureau feutré à la double porte capitonnée du magistrat. Ils se connaissaient depuis longtemps, aussi Valois ne vit pas la nécessité de tourner autour du pot. Compte tenu des nouveaux éléments en leur possession, il lui demanda d'agir pour la remise en liberté de Lucien Valentini, point n'était besoin de prolonger sa captivité, maintenant qu'on le savait complètement étranger à ce drame, ni l'attente de cette famille déjà si lourdement éprouvée. Le juge se réfugia derrière la procédure, on ne pouvait du jour au lendemain agir dans la précipitation.

– Pourtant, les choses me paraissent claires, monsieur le juge, je ne vois pas pourquoi on devrait prolonger la détention de Valentini

– Commissaire Valois, je comprends votre réaction, mais la situation est particulière, il faut que l'on agisse avec prudence. L'opinion publique déjà très sensibilisée sur cette guerre d'Algérie pourrait ne pas comprendre que l'on osât salir la mémoire d'un jeune soldat mort pour la France.

– Certes, mais enfin, un beau salopard quand même ! Alors, que comptez-vous faire ?

– Nous allons reprendre l'enquête, compte tenu des nouveaux éléments en notre possession. Pour l'instant, discrétion sur la confession de Merlier, si c'est possible, mais j'en doute, la presse va se jeter sur cette affaire. Je vous charge de reprendre cela, commissaire, et je sais pouvoir compter sur votre pugnacité.

Ils se connaissaient depuis si longtemps qu'ils avaient appris à travailler ensemble, chacun savait parfaitement comment réagissait l'autre et le juge Pamiers avait la réputation d'un personnage d'une droiture exigeante.

À peine arrivé dans son bureau, le commissaire Valois appela son adjoint.

– Louvain ! lança-t-il à la cantonade, tout en le cherchant du regard. Louvain ! répéta-t-il plus fort.

– Voilà, voilà, dit une voix en s'approchant rapidement.

– Entre et ferme la porte.

Les deux hommes se faisaient face, et Louvain savait que lorsque l'on fermait la porte du bureau, l'affaire était sérieuse. Sans un mot, le commissaire lui tendit la confession de Guy Merlier. Louvain, concentré sur sa lecture, ne faisait aucun geste. Enfin, lentement, il rendit la lettre à son chef.

– Et ben, celle-là, elle me scie ! Mais ce Merlier, on ne l'a jamais interrogé ?

– Non, on a interrogé tous les gars présents au bal, mais lui n'y était pas et quand on a fait le tour des jeunes du village qui venaient parfois danser à Chartres, il n'était pas dedans non plus, vu qu'il vivait chez un oncle à Paris depuis la mort de son père.

– Et pourtant, il était bien là ! Pourquoi on ne l'a pas vu lui ?

– C'est ce qu'il va falloir trouver ! Et tu vas commencer par sa mère, elle sait forcément quelque chose. Ah, et puis tu me trouves Maître Courville et tu lui dis que je veux le voir rapidement.

– Vous pensez que Maître Courville prendra une affaire comme celle-là ?

– Je veux que ce gosse ait le meilleur avocat. Nous sommes responsables de sa détention, nous n'avons pas su trouver le vrai coupable, il a déjà payé assez cher et sa famille aussi.

– Ils ne pourront jamais s'offrir Maître Courville.

– C'est une affaire qui va faire grand bruit, crois-moi, et Courville a tout à y gagner. Un ténor du barreau défendant un pauvre type, victime d'une erreur judiciaire… tu imagines ? Ça lui fera au contraire une publicité d'enfer, et puis je connais l'homme. Il aime assez les situations… comment dire…

– Hors normes ?

– Si tu veux oui. Avec sa connaissance des textes, son expérience et ce je ne sais quoi qui fait de lui la terreur des prétoires, je pense que le sort du gosse sera en bonnes mains et je compte sur lui pour nous trouver l'article du Code Pénal que tout le monde a oublié pour faire sortir Valentini sans attendre.

– Mais pour ses honoraires ?

– T'occupe ! J'en fais mon affaire. Allez trouve-le moi, et presto !

– Commissaire, Maître Courville est là, dit Louvain le lendemain en fin d'après-midi.

– Fais-le entrer.

– Bonjour commissaire, vous vouliez me voir.

La voix était chaude, posée.

– Oui, Maître. Asseyez-vous. L'affaire Valentini, ça vous dit quelque chose ? La fille du comptable de la laiterie retrouvée morte à côté de chez elle.

– En effet, ça remonte à quelques années déjà.

– Il y a du nouveau ! Un vrai coup de théâtre !

Maître Courville, n'avait que trente-cinq ans, mais déjà une longue expérience et une réputation de redoutable bretteur, les plus roués de ses confrères ayant pu apprécier, à leurs dépens souvent, ses plaidoiries vibrantes, brillantes, étaillées par une connaissance sans faille du Code, jointes à une intelligence d'une rare subtilité.

– Voilà, vous savez tout, termina le commissaire Valois, après lui avoir résumé la situation.

– Les choses me paraissent claires en effet

– Compte tenu de tout ça, j'aimerais que ce soit vous qui preniez cette affaire en mains, mais les Valentini n'ont pas les moyens de s'offrir un défenseur comme vous.

– Ça m'intéresse ! De toute façon, dans ce cas précis, il va y avoir demande de réparation, je me paierai sur l'indemnité qui leur sera versée, ça vous va ?

– Ça me va, merci pour eux, dit Valois. Vous savez Maître, j'ai une dette envers eux, je ne suis pas fier à l'idée que j'aurais pu envoyer ce gosse à l'échafaud, car ça aurait pu se terminer comme ça, vous imaginez...

– Ne vous torturez pas commissaire, ce n'est pas le cas, dit-il avec un franc sourire.

Toute sa physionomie donnait l'image d'un homme sain. D'allure sportive, svelte, le regard lumineux, il respirait l'équilibre. Son élocution parfaite, précise, devenait une arme redoutable quand il plaidait. Il savait jouer, sans emphase, des inflexions de sa voix et sa renommée s'étendait à tout l'hexagone.

CHAPITRE V

Lorsqu'Émile entra dans la grande cuisine des Tourville, en même temps que les derniers journaliers occupés au battage, une agitation inhabituelle régnait dans la pièce. Les regards des hommes déjà là interrogeaient. Ils se tenaient, gauches, n'osant bouger, tandis que la vieille Noémie, assise près de la cheminée comme à l'accoutumée, dodelinait lentement de la tête. Madeleine Tourville, aidée de ses deux filles, remplissait les assiettes sans un mot.

– Ben, mangez, dit-elle brusquement, vous allez pas rester là, plantés comme des piquets ! Y'a de l'ouvrage qui vous attend.

Ils s'assirent, les chaises tirées sur le carrelage firent un bruit infernal. Puis, on n'entendit plus que les cuillers dans les assiettes et quelques raclements de pieds sous la table. Le repas se continua en silence, puis après avoir vidé leur verre et plié soigneusement le couteau que chacun remit en poche, ils sortirent et se dirigèrent, dans une chaleur qui annonçait l'orage, vers le lieu de battage.

– Qu'est-ce qui se passe ? demanda Émile.

– On sait pas, mais la patronne semblait bien excitée quand on est entré, et l'une des filles nous a fait signe de faire silence, c'est tout, on en sait pas plus.

L'énorme batteuse rouge se remit en marche, la locomotive(1) qui l'actionnait, crachant et fumant.

---

(1) sorte de machine à vapeur qui entraînait les divers roulements de la batteuse, reliés à elle par d'énormes courroies.

Déjà les hommes étaient en place. Perchés sur les charrettes ayant amené les bottes liées, ils les prenaient énergiquement à bout de fourche et les lançait sur la batteuse. Là, un homme les poussait, épis en avant, dans la gueule de la machine qui, dans une poussière de paille avalait le tout. Les grains tombaient dans de grands sacs de jute placés en dessous, tandis que la paille ressortait en bottes serrées. Les hommes suaient, les muscles durcissaient au fil des heures, à faire mal en fin de journée, et c'est souvent à ce moment que se produisaient les accidents. Un moment d'inattention et une main, un bras pouvait être entraîné dans le jeu des courroies ou des roues.

La ferme des Tourville étant la plus importante de la contrée, l'essentiel du battage se faisait chez eux. Les autres amenaient les céréales à battre sur place et repartaient en laissant une partie du grain obtenu en paiement.

Il fallait faire vite, l'orage menaçait. Des nuées lourdes et sombres plombaient le ciel à perte de vue, rejoignant sur l'horizon la plaine blonde libérée de sa houle ondulante après la moisson. Les enfants étaient déjà dans les sillons dénudés, glanant les épis oubliés. Les chaumes durs égratignaient les mollets, mais ils pensaient aux jeux qu'ils feraient autour des meules, ces grandes meules rondes terminées en cône, que montaient les hommes avec la paille pressée. Tous savaient qu'il était interdit d'y aller, mais les interdits ont tellement de charme.

Rompu, cassé, couvert de fétus de paille et de poussière, Émile revint tard chez lui, il faisait presque nuit, mais ils avaient pu terminer à temps. Pendant la période de la moisson et du battage, les journaliers dormaient sur place. Quelques gouttes énormes commençaient à mouiller la poussière du chemin.

Lorsqu'il poussa la porte de la maison, sa mère et ses sœurs l'accueillirent avec joie.

– Qu'est-ce qui se passe ? C'est la fête ou quoi, vous avez toutes des airs réjouis !

– Assieds-toi mon garçon, dit Marie, t'as l'air bien fatigué, ça y est ? Le battage est fini ?

Disant cela, elle sortait une bouteille de cidre frais de la resserre et servait son grand fils, tandis que Sophia déposait une assiette fumante et odorante devant lui. Giulia s'était placée à côté de lui, Marie et Sophia s'assirent de part et d'autre de la table.

– Une grande nouvelle, dit Sophia, allez maman, dis-lui !

Marie prit une grande inspiration, dévisagea ses enfants et dit simplement :

– Ton frère Lucien va bientôt revenir parmi nous.

Émile s'en étrangla de surprise. Marie expliqua.

– Ça pour une nouvelle, c'est une nouvelle ! dit-il.

Depuis que Lucien était en prison, aucun d'eux ne l'avait revu, seule Marie allait lui rendre visite quand le père de Jean allait à Chartres. Émile se demanda comment il était maintenant, et comment il allait pouvoir se réinsérer ici. C'est lui qui, depuis la mort du père, avait pris le rôle de chef de famille, et il ne put réprimer une sourde inquiétude quant à l'avenir. Lucien, l'aîné, allait vouloir occuper cette place tout naturellement... Il se reprocha aussitôt ces pensées mesquines, alors que son frère payait depuis tant de temps pour une faute qu'il n'avait pas commise.

À peine terminé son repas, exténué par la longue journée d'un labeur épuisant sous une chaleur écrasante, Émile dit qu'il voulait se coucher, que l'on reparlerait de tout cela le lendemain, et d'un pas lourd, il se dirigea vers la chambre.

Les conversations, passionnées, allaient bon train dans le village. Certains plaignaient cette pauvre madame Merlier qui n'avait vraiment pas besoin de ça ; on ne pouvait croire que son fils ait pu commettre un crime aussi odieux, dont les détails, déformés, enrichis, circulaient maintenant dans tout le village. Chacun y ajoutait sa touche personnelle. Bientôt des voix s'élevèrent pour dire que tout cela était bizarre et que ce ne pouvait être que des racontars, tandis que d'autres n'étaient pas étonnés, la personnalité brutale du père Merlier, pas toujours très nette pendant la guerre, ne plaidant pas en sa faveur. De vieilles rancœurs se réveillaient. L'attitude de sa femme, prompte à faire sienne toutes les calomnies possibles, si elles passionnaient parfois les commères, n'en gênait pas moins.

Oui, les langues se déliaient. On évoquait les réactions parfois surprenantes de Guy, comme celle de revendiquer dès l'âge de quinze ans, le rôle de l'égorgeur à la touaille du cochon. Cela provoquait chez lui une jouissance visible. On n'oubliait pas non plus sa brutalité envers les chevaux quand il avait travaillé un été dans une ferme des environs. L'un de leurs percherons, abattu dans les brancards d'une charrette surchargée, fut roué par lui de coups de manche de fouet, tant et si bien, que la tête en sang, il en mourut sur place.

Ces hommes rudes, durs pour les animaux comme pour eux-mêmes, respectaient cependant cet auxiliaire indispensable qui, depuis des siècles, leur avait permis de travailler leurs terres et de s'enrichir, aussi le cheval était-il sans doute l'être le mieux traité dans les fermes, c'est la raison pour laquelle cet incident avait marqué les esprits.

Puis vint l'évocation de faits plus graves, telle cette souricière incompréhensible dans laquelle était tombé un groupe de résistants à la sortie d'une réunion dans la vieille maison de la rue du Grand Faubourg à Chartres, en 1944. Le nom de Merlier avait circulé à l'époque. Nul n'ignorait ses sympathies avec la milice et les autorités allemandes de la Kommandantur mais l'affaire avait été vite étouffée. On n'osa trop approfondir en effet, de peur d'éventuelles représailles.

Dès la Libération, on s'était vite rangé du côté des résistants de la dernière heure et dans l'euphorie de l'armistice, la vie avait repris son cours.

CHAPITRE VI

Un matin, alors qu'elle terminait le nettoyage de la pièce commune, Marie vit arriver Madeleine Tourville dans la carriole légère qu'elle utilisait toujours pour ses déplacements.

– Bonjour Marie, dit-elle en sautant lestement au sol.

– Bonjour Madeleine.

C'était la première fois qu'elle l'appelait par son prénom, se sentant soudain sur un pied d'égalité avec elle, ce qui la surprit autant que son interlocutrice.

– Entrez, dit-elle en la précédant dans la cuisine. Alors, qu'est ce qui vous amène ? Légèrement inquiète, elle dévisageait sa visiteuse, voulant deviner le but de sa visite. Elle n'était jamais venue chez eux.

– J'ai appris pour ton fils, Marie. Guy Merlier ! Qui aurait pu penser ça ! C'est Joël qui m'a demandé de venir te voir, il a toujours dit qu'il croyait à l'innocence de Lucien et qu'il ne comprenait pas ce qui s'était passé pour qu'on ne trouve pas le vrai coupable.

Marie l'écoutait, silencieuse, ne saisissant pas bien le but de sa visite.

– Qu'est-ce que vous voulez me dire au juste, Madeleine ?

– Je suppose que l'on va réviser le procès ?

– Oui.

– Je voulais te dire Marie, méfie-toi de la veuve Merlier. C'est une langue de vipère. Elle va jouer les mères éplorées et il ne faudrait pas qu'elle puisse tromper tout le monde comme elle l'a déjà fait par le passé.

Marie regardait Madeleine sans vraiment comprendre.

– Madeleine, qu'est-ce que vous savez ?

– Je voulais juste te dire Marie, je connais un très bon avocat, si tu veux je lui parle pour Lucien.

– On n'aura jamais les moyens de le payer votre avocat…

Madeleine regardait avec attention l'intérieur, propre et bien tenu. Elle s'arrêta aussi sur Giulia. La petite la dévisageait de ses grands yeux sombres, un peu intimidée, se tenant près de sa mère.

– Normalement, le battage étant terminé maintenant, j'ai renvoyé les journaliers, mais ne te fais pas de souci Marie, je garde Émile, j'ai besoin de lui jusqu'au retour de Joël.

– Quand il doit rentrer votre fils ?

– Pas avant les fêtes de Noël. Je tremble maintenant, j'ai tellement peur qu'il lui arrive la même chose qu'au fils Merlier ? J'y pensais moins avant.

– Il sait ce qui s'est passé ici ?

– Oui. À cause de la censure je ne pouvais pas lui écrire, mais j'ai réussi à l'avoir au téléphone, c'est lui qui m'a dit pour l'avocat. Il m'a dit aussi qu'il était dans un secteur moins exposé, que je ne devais pas m'inquiéter.

– C'est un gentil garçon votre Joël. Je suis certaine qu'il lui arrivera rien, quelque chose me dit qu'il faut pas avoir peur.

Madeleine sourit doucement.

– Toi et tes impressions, je te retrouve Marie, tu sens toujours des choses… pourtant tu n'as rien vu venir avec ton Lucien. Je ne me suis pas rendu compte de ce que vous avez pu vivre, j'ai fait comme les autres, Marie, et je m'en veux, j'aurais dû écouter Joël, lui et moi, on s'est presque fâchés à l'époque. Dès le début de cette affaire, il avait pris votre parti, mais moi j'écoutais ce qui se disait dans le village. J'aurais dû alors être frappée par l'attitude de la Merlier.

Marie releva brutalement son regard.

– Qu'est ce qu'elle avait de spécial son attitude ?

– Elle fréquentait beaucoup l'église et parlait peu. Mais j'ai surpris quelques bribes de conversations chez les Bédard, curieusement, tout le monde se taisait quand j'arrivais.

– Et vous n'avez rien dit alors ?

– Non, je te le dis, j'aimais pas trop que Joël s'entende si bien avec vous, et j'ai suivi les ragots du village. C'est ça que je voulais te dire Marie et je voudrais que tu me pardonnes, je veux aussi que tu saches que tu peux compter sur moi, n'hésite pas, si je peux t'aider, je le ferai avec plaisir.

Marie la dévisagea longuement, pensive et silencieuse.

– Merci Madeleine.

Elle avait envie de lui dire qu'il n'était plus temps d'offrir ses services, qu'il eut fallu le faire avant, quand tout allait mal et que l'on se détournait d'eux comme des pestiférés. C'est alors qu'ils avaient besoin d'aide, mais maintenant…

Mal à l'aise par le silence qui se prolongeait, Madeleine se leva :

– N'oublie pas Marie, dit-elle en sortant de la maison, si tu as besoin de quelque chose…

Marie, debout, tenant Giulia par les épaules la regarda partir, sans un mot.

Émile alla voir François Leblond et lui raconta l'entrevue entre Madeleine Tourville et sa mère.

– Qui est le juge chargé de la révision du procès ? demanda François

– Je ne sais pas. J'étais trop jeune quand tout ça s'est passé. Il faut que je voie le commissaire qui s'est occupé de l'enquête, aussi je voudrais aller avec vous la prochaine fois que vous irez à Chartres. Et si je pouvais voir mon frère aussi, je l'ai pas vu depuis qu'il est en prison. Il a dû bien changer !

François Leblond promit de l'emmener dès que possible. L'occasion se présenta trois jours plus tard, qui coïncidait avec le jour des visites. Lorsqu'Émile se trouva en présence de Lucien, ils restèrent tous deux silencieux. Lucien observait son cadet, aussi grand et fort que lui à présent. Comme le temps avait passé !

– Émile ! Vrai, je t'aurais presque pas reconnu ! Te voilà un homme maintenant et que tu ressembles à notre père ! Et Sophia, elle doit être grande aussi, et la petite... Mon Dieu, je n'aurais vu grandir personne de notre famille, dit-il.

C'était presque une plainte. Émile regardait son aîné avec étonnement.

– Et toi, tu as vieilli mon pauvre frère. Mais je t'assure qu'on va te sortir de là. Je voudrais voir le commissaire qui a suivi ton affaire.

Il mit Lucien au courant de la visite de Madeleine Tourville.

– Dis tout ça au commissaire Valois. Je crois que ça va l'intéresser. Parle-moi de Sophia, de la petite, notre mère ne dit pas grand-chose quand elle vient me voir.

– Sophia est la plus belle fille du village, je t'assure, une vraie beauté. Elle travaille toujours chez le docteur Bertille. Il a dit à notre mère qu'il fallait qu'elle poursuive ses études, car elle était bonne élève et ça lui permettrait d'avoir un bon métier.

– Il a raison. Et toi, qu'est-ce que tu veux faire ? Tu ne vas pas toute ta vie te louer dans les fermes, c'est fini ça, il faut que tu aies un vrai métier.

– Moi, j'aimerais être maçon, comme notre père, construire des choses avec mes mains.

– C'est bien oui, mais dur, il faudrait que tu puisses te faire embaucher, ça doit se trouver. Et Giulia ?

– Elle a sept ans maintenant.

– Toujours aussi fragile la petite sœur ?

– Ça va mieux. En grandissant, on dirait qu'elle prend des forces. Elle va à l'école.

– Visite terminée !

– Déjà ? Je reviendrai te voir ! Promis !

François Leblond l'accompagna ensuite au bureau du commissaire Valois. On fit entrer Émile seul.

– Vous vouliez me voir jeune homme ?

Émile raconta à nouveau l'entrevue avec Madeleine Tourville.

– Bien, bien, bien, dit Valois, pensif.

Il ajouta au bout d'un silence :

– Votre frère va avoir un excellent avocat pour reprendre tout cela, Maître Courville. Il doit aller le voir demain du reste.

Maître Courville, assis en face de son client, le regardait attentivement. Lucien ne cillait pas. Après s'être présenté, il reprit avec lui le déroulement de cette fatidique soirée de Juillet qui avait vu la mort de Cécile Rondeau. Il nota les réponses simples et claires de Lucien. Le regard direct, l'expression ouverte de l'avocat mirent Lucien en confiance et le dialogue s'établit facilement.

– Vous êtes absolument certain que personne ne vous a vu revenir chez vous après avoir quitté la jeune fille ?

– Hélas oui, je n'ai rencontré ni vu personne, sinon vous pensez bien que je l'aurais dit. Je logeais dans une pièce au-dessus des bureaux, chez mon patron, et le soir il n'y a plus personne, surtout si tard.

– Pourquoi ne l'avez-vous pas raccompagnée jusqu'à sa porte ?

– C'est elle qui m'a demandé de la laisser un peu avant, elle ne voulait pas que ses parents risquent de nous voir ensemble.

– Vous vous connaissiez déjà avant ce bal ?

– On s'était vus plusieurs fois oui. Elle venait danser le samedi, parfois avec une amie, parfois accompagnée de sa grand-mère.

Lucien s'interrompit, le regard perdu dans le vague et reprit au bout d'un moment :

– Si seulement j'avais entendu quelque chose, je ne sais pas moi, un pas, un petit cri, mais rien, j'ai rien entendu…

– Vous auriez pu attendre qu'elle soit entrée chez elle, la surveiller de loin.

– Ça non plus, elle a pas voulu, parce que ses parents auraient pu me voir. Au contraire, elle est restée debout sans bouger en attendant que j'aie tourné le coin de la rue.

– Elle était habillée comment ce soir-là ?

– Je m'en souviens comme si c'était hier.

Ses yeux s'étaient allumés un instant.

– Elle avait une robe blanche avec des petites fleurs rouges, et puis comme il faisait un peu frais la nuit, elle avait mis un gilet blanc avec un gros bouton rouge, en forme de cœur.

Comme celui joint à la confession de Merlier, pensa l'avocat.

– Elle était si belle, si gaie…

Le regard de Lucien, éteint de nouveau, regardait loin, dans le passé, cinq ans plus tôt, juste avant que Cécile ne soit tuée et salie par un gars de son âge…

– Parlez-moi de Guy Merlier.

Le visage de Lucien se ferma complètement.

– Que vous dire de lui ? On se connaissait bien sûr, mais on se fréquentait pas. Le père Merlier n'était pas un facile, sa femme et son fils n'ont pas dû rigoler tous les jours. Il levait bien le coude aussi et il paraît qu'alors il y avait de sacrées séances chez eux.

– Le soir de cette bagarre au bal, avez-vous eu des mots ensemble ?

– Mais non, il n'y était même pas au bal, personne ne l'a vu.

– D'après vous, comment a-t-il pu vous suivre sans que vous vous en aperceviez ?

– Je ne sais pas. Mais c'était pas difficile, il y a plein de portes cochères où il pouvait se dissimuler si nécessaire, et puis nous, on se méfiait pas, on n'avait aucune raison de le faire.

– Avec le recul maintenant, voyez-vous quelque chose qui puisse expliquer son comportement ?

– Non, absolument rien. J'y ai pensé souvent depuis que je sais ça. Il était vif parfois, c'est vrai, brutal, mais de là à tuer quelqu'un… Ce que je ne comprends vraiment pas, c'est comment il a pu passer à travers tout ça, ça tourne dans ma tête depuis le procès. Je vous dirai même que j'ai eu parfois l'impression que j'étais le coupable désigné d'office.

– Qu'est-ce qui vous fait penser ça?

– Je ne sais pas le dire avec précision, mais par exemple, quand j'allais chez le juge. Il me posait des questions, j'y répondais clairement, c'était pas difficile vu que j'avais rien à cacher, et bien il me reprenait pour essayer de me faire dire le contraire ou m'embrouiller.

– Oui, cela peut être utilisé dans les interrogatoires pour essayer de déstabiliser la personne interrogée.

– Sur l'heure à laquelle je suis rentré chez moi. Comme j'avais rendez-vous avec un copain pour partir le lendemain matin, j'ai mis le réveil. Je suis sûr qu'il était minuit trente quand je l'ai remonté, parce que la cloche de la cathédrale a sonné la demie en même temps. Je l'ai répété plusieurs fois. Il a toujours affirmé que je ne pouvais pas préciser à quelle heure j'étais rentré. Pourtant je l'avais dit aussi au commissaire. Le jour du procès, l'avocat des parents de la jeune fille a répété la même chose. Il a même dit que j'avais discuté avec plusieurs gars au bal, c'est faux, je ne me suis mêlé de rien, absolument de rien, on est parti dès que ça a commencé à se bousculer.

Maître Courville prenait une foule de notes, et posa encore bien des questions.

– Bon, pour aujourd'hui, ça suffira, mais on se reverra, je vous tiens au courant.

Depuis des heures, Yvette Merlier, la mère de Guy était interrogée, et la misérable vérité se frayait péniblement un passage dans toute cette fange.

Elle était sensiblement du même âge que Marie et avait tout de suite remarqué la prestance du bel italien, quand Emilio était arrivé dans la contrée. Il se démarquait par sa taille plus grande que la moyenne, son regard de braise, sa chevelure ondulée, abondante qu'il ne couvrait pas, comme le faisaient les hommes d'ici. Il avait une façon de regarder les filles qui les faisaient fondre et lors de la fête de la Saint-Jean ou au bal du 14 juillet, il ne manquait pas de cavalières qui rêvaient de se retrouver dans ses bras le temps d'une valse, voire plus. Pourtant, très vite il ne sembla avoir d'yeux que pour Marie, la petite bonne des Tourville. Il faut dire qu'elle était belle Marie, fraîche, sage, vive comme une eau de source. Quand ils avaient sauté ensemble le feu de la Saint Jean, Yvette comprit au regard qu'ils échangèrent alors, qu'il ne serait jamais à elle. Elle eut beau faire, se trouver par hasard sur son chemin, l'aguicher de mille façons, il était l'homme d'un seul amour et il avait choisi Marie. Elle en conçut dès lors un tel dépit qu'elle n'eut de cesse de vouloir leur nuire à tous les deux. Elle contribua largement à répandre les médisances et les ragots sur Marie, à inventer toutes sortes de fausses histoires. Elle en parla même au curé, prétendant savoir « des choses » inavouables. Et petit à petit, la bêtise aidée de l'ignorance, s'insinua dans les esprits, d'autant plus facilement que beaucoup d'entre eux ignoraient l'instruction. Yvette fit tant et si bien que l'on finit par la croire. Elle mettait tant de conviction dans ses révélations, donnait tant de détails que tout cela ne pouvait qu'être vrai.

Ensuite, elle avait été demandée en mariage par Arthur Merlier à son père, et fut obligée de l'épouser. Sa rancœur contre les Valentini grandit encore. Elle voyait leur couple, modeste, mais heureux. Il y eut la naissance de Lucien, qui était beau comme « un ange descendu du Ciel », s'attendrissaient les commères du village, « l'enfant de l'amour ». Pendant ce temps, elle devait subir chaque soir les assauts brutaux de son mari. Elle aussi eut un fils, Guy, mais fut incapable de lui donner des frères et sœurs. Son mari l'accablait de sarcasmes, l'appelait « ventre stérile ». Devant les violences qu'il lui faisait subir, elle revint un jour chez ses parents, mais ne rencontra qu'incompréhension et fut reprise par son mari.

Puis il y eut la chute d'Emilio qui le laissa fortement handicapé, elle s'en réjouit. Mais quand naquirent Émile, puis Sophia, et enfin la petite Giulia, sa haine se réveilla. Son fils avait grandi et elle commença à lui faire partager ses rancœurs. Elle fit tant et si bien qu'il devint jaloux de Lucien, de sa beauté, de son amitié avec Joël Tourville, celui du château, celui qui avait de l'argent, de sa facilité à apprendre. Elle le monta aussi contre son propre père, le mépris qu'ils avaient pour les autres finit par les submerger tous deux. Ils avaient réussi à se convaincre mutuellement que le mauvais sort qui s'acharnait sur eux l'était par la seule faute des Valentini.

Et alors, concernant le crime odieux de Cécile Rondeau, que savait-elle ? Après bien des difficultés, le commissaire, relayé par ses adjoints ne lui ayant laissé aucun répit, abrutie de fatigue, elle avait fini par lâcher ce qu'elle savait, par bribes. Guy était rentré dans un état bizarre ce soir-là. Elle l'avait entendu facilement vu qu'il n'avait pris aucune précaution pour être silencieux. Surprise, car elle le croyait à Paris chez son oncle, elle l'interrogea. Que faisait-il ici ? Il était venu voir d'anciens copains, à Chartres. Devant son agitation anormale, elle l'avait longuement pressé de questions et il avait fini par dire qu'il avait fait une « connerie ». Un instant affolée, elle s'était vite reprise, s'était assurée que personne ne l'avait vu et lui avait fait jurer sur la Bible de ne rien dire, jamais, sous aucun prétexte, à qui que ce soit, elle prenait les choses en mains. C'était d'autant plus facile que pour tous il était absent depuis des mois, aidant son oncle à son épicerie en région parisienne. Elle l'avait caché quelques jours, avait prévenu son oncle qui était venu le rechercher, le dissimulant soigneusement dans le coffre de la voiture. Elle s'y était si bien prise que personne n'eut connaissance de la présence de Guy dans la région. Tous affirmèrent qu'ils ne l'avaient pas vu depuis plusieurs mois.

Le hasard voulant qu'effectivement, personne ne l'ait vu, alors que tous les témoins avaient confirmé la présence de Lucien aux côtés de Cécile, la mère et le fils avaient saisi tous deux l'occasion inespérée de pouvoir enfin se venger des Valentini, persuadée qu'elle était que sa vie aurait été toute différente si Emilio ne l'avait ignorée. C'est ainsi que les choses s'étaient passées.

– Vous êtes donc l'instigatrice de tout cela, constata le commissaire Valois, visiblement écœuré. Vous avez délibérément fait condamner un jeune homme innocent, du même âge que votre fils, sans l'ombre d'une hésitation, et tout cela par vengeance, pour une histoire remontant à votre jeunesse... Je me demande par quel miracle votre fils a eu cette idée de confession posthume, ça vraiment, je ne le comprends pas.

Elle non plus ne le comprenait pas et finit même par lâcher :

– Qu'est-ce qui lui a pris à ce crétin, tout était fini, jugé, personne n'aurait jamais rien su.

– Le remords ou la conscience, madame, la conscience qui visiblement ne vous encombre pas.

Il la dévisagea durement, pensif quelques instants puis tapant soudain violemment du plat de la main sur son bureau, il dit d'une voix chargée de colère à son adjoint,

– Allez, Louvain, embarque moi ça, que je ne la vois plus, elle me dégoûte.

Louvain avait rarement vu son chef au bord de la perte de contrôle.

La procédure de révision fut enfin engagée et sur l'insistance de Maître Courville, qui avait de solides arguments pour étayer sa demande et qu'on ne la lui refusât pas, son client fut remis en liberté en attendant le procès. Point n'était besoin de pousser l'avocat à lâcher des révélations qui eussent mis la justice en situation délicate, d'autant que la presse ayant flairé le côté flou de cette affaire, se chargeait d'attiser les passions.

Le patron de Lucien fit savoir qu'il était tout prêt à le reprendre, vu qu'il n'avait eu qu'à se louer de son travail. Mais avant tout,

Lucien voulait se retrouver parmi les siens. Ce fut son ami Bernard Dupuis, celui avec lequel il était parti à Dieppe, qui l'attendit à sa sortie de prison et le conduisit chez lui. Bernard était venu le voir régulièrement pendant toute sa détention, lui remontant le moral chaque fois qu'il le sentait abattu, convaincu de son innocence absolue et prônant une confiance totale en l'avenir :

– Patience Lucien, la vérité éclatera un jour, ça peut pas être autrement. Il faut que tu t'accroches, disait-il à la fin de chacune de ses visites.

Pas une seconde, il n'avait douté de son copain. Lorsqu'ils arrivèrent au village, l'émotion de Lucien le submergea.

– J'ai l'impression d'être parti d'ici depuis une éternité. Les arbres ont grandi, il y a de nouvelles maisons, ça a changé. Ralentis. Juste après ce virage, tu vas voir ma maison.

Ils étaient tous à l'attendre sur le pas de la porte. Marie avait mis sa robe du dimanche, Sophia avait relevé ses cheveux en un lourd chignon et son regard de braise pétillait de joie. La petite Giulia, accrochée à la main d'Émile, tenait un bouquet de fleurs qu'elle avait cueilli tout exprès.

– Les voilà, dit Lucien d'une voix étranglée.

Giulia se précipita vers la voiture, voulut ouvrir la portière mais n'y parvint pas. Émile s'approcha et l'aida. Dès que Lucien descendit, il la prit dans ses bras. Elle enfouit son visage dans son cou et se mit à pleurer. Il la serrait contre lui, incapable d'un mouvement ou d'une parole. Il finit par la reposer doucement. Elle ne lâchait pas sa main, et il se dirigea vers les autres.

– Maman…

– Te voilà de retour chez toi mon grand, dit simplement Marie en lui caressant doucement le visage, ses yeux noyés perdus dans les siens.

– Sophia, que tu es belle ! Émile me l'avait dit, mais je ne pensais pas que c'était à ce point.

Se tournant alors vers Bernard qui était resté discrètement en retrait :

– Approche-toi que je te présente. À tous il précisait :

– Bernard Dupuis, un ami qui a toujours cru en moi et ne m'a jamais lâché durant toutes ces années loin de vous.

– Entrons, dit Marie en les précédant dans la maison.

Cette pièce qu'il trouvait triste lorsqu'il vivait là, lui sembla merveilleusement accueillante. Les rideaux frais aux fenêtres, la propreté méticuleuse qui y régnait, l'odeur délicieuse qui s'échappait de la cocotte mijotant sur la cuisinière, le grand bouquet de fleurs placé sur la table que recouvrait la nappe blanche brodée des grandes occasions et tous ces regards pétillants de bonheur qui ne le lâchaient pas.

– Asseyons-nous, dit Marie.

La chaise du bout de table resta vide, c'était celle du père. Un silence flotta tandis que chacun fixait cette place.

– Là où tu es père, dit enfin Lucien, tu peux reposer en paix, personne n'a failli, personne n'a sali ton honneur et bientôt tous le sauront.

À la surprise générale, Émile apporta une bouteille de champagne qu'il se mit à déboucher. Devant les regards étonnés, il précisa:

– C'est François Leblond qui me l'a donnée pour fêter le retour de Lucien.

Ils n'en avaient jamais bu. Marie goûta avec prudence. Les bulles pétillantes lui amenèrent d'infimes larmes aux yeux. Sophia trouva cela délicieux, même Giulia trempa ses lèvres et Lucien dit en levant son verre.

– Qu'il y ait beaucoup d'autres occasions de déguster ça, car c'est joyeux !

Marie s'était surpassée et avait offert un véritable festin à sa famille. Giulia ne lâchait pas Lucien qui s'étonnait de la tendresse touchante de sa petite sœur qui le connaissait finalement si peu. Sophia aida sa mère à débarrasser tandis que les hommes parlaient.

Émile n'avait pas été sans remarquer les regards fréquents de Bernard sur Sophia. Il est vrai qu'elle était particulièrement en beauté aujourd'hui. Ses cheveux relevés dégageaient la grâce de son cou et la robe claire qu'elle portait faisait ressortir la matité naturelle de sa peau. Pourtant nulle coquetterie dans sa tenue, ce qui ajoutait encore à son charme. Elle était élancée, une silhouette parfaite et surtout ce port de tête élégant qui surprenait toujours. Ses gestes étaient doux et précis et Bernard Dupuis était visiblement en train de succomber à tant de grâce.

CHAPITRE VII

La salle d'audience était pleine à craquer. Des journalistes, des photographes se glissaient parmi le public. Malgré tous les efforts de discrétion déployés, l'affaire Valentini avait largement dépassé les frontières du département et la presse, la radio, en faisaient leurs gros titres. C'était un véritable évènement national.

Marie se serait bien passée d'une telle publicité, mais elle savourait pourtant pleinement le fait d'être ici pour reconnaître l'innocence de son fils. Maître Courville l'avait accueillie avec toutes les marques de la plus grande politesse, ce qui, bien que la gênant, ne lui avait pas été désagréable. En dehors de Giulia, trop jeune, laissée aux bons soins de madame Leblond, elle était accompagnée d'Émile et de Sophia. François Leblond était là, ainsi que Madeleine Tourville et Bernard Dupuis. Le patron de Lucien avait tenu à être présent également. On remarqua, discrète, la silhouette menue d'Alice Rondeau, accompagnée du docteur Sandreau, à la retraite depuis peu.

La plaidoirie de Maître Courville fut un chef-d'œuvre de retenue et de dignité avec juste la dramaturgie nécessaire pour faire apparaître quelques mouchoirs. Compte tenu du contexte particulier de cette révision de procès, la Cour jugea de bonne politique d'accepter la demande d'indemnité d'un montant de cent quatre-vingt-quinze mille francs demandée par Maître Courville au titre de la réparation morale et matérielle due à son client. Il rappela adroitement que la condamnation de Lucien avait entraîné le suicide de son père qui n'avait pu supporter l'opprobre dans laquelle sa famille avait été plongée et par voie de conséquence, l'avait privée du seul salaire qui rentrait dans la maison, la laissant ainsi dans un dénuement total. À l'énoncé d'une telle somme, un murmure parcourut la salle. Le Président, d'une voix ferme, demanda sèchement le silence. Quand plus tard, tomba la phrase :

– Lucien Valentini, vous êtes libre. Vous êtes rétabli dans vos droits civiques et toute mention de votre condamnation sera effacée de votre casier judiciaire.

Un tonnerre d'applaudissements éclata. Tout le monde parlait en même temps, on riait, on pleurait. La famille Valentini, groupée, ne réalisait pas. Le cauchemar était terminé, on allait pouvoir reprendre une vie normale, regarder le monde entier droit dans les yeux. Lucien qui avait toujours été digne et réservé dans sa douleur, étreignait Maître Courville et ne pouvait dominer l'intense émotion qui lui mouillait les yeux tout en répétant merci, merci. Sophia, silencieuse, serrait les mains de sa mère qui pleurait doucement.

– Maman, c'est fini, tout va bien maman, nous allons pouvoir revivre maintenant, tous ensemble.

On vint les féliciter de toutes parts. La petite silhouette sombre et menue d'Alice Rondeau se planta devant elles. Marie leva la tête, les deux femmes se regardèrent longuement. Les photographes les entouraient, les flashs crépitaient. Alice et Marie s'étreignirent enfin et personne ne put entendre les mots qu'Alice murmura, mais la douceur du regard de Marie à cet instant bouleversa tout l'entourage.

La salle se vida progressivement, ils sortirent enfin, serrés, accompagnés des amis et connaissances qui étaient venus. Répartis dans les voitures de François et de Bernard, ils rentrèrent au village. François Leblond les amena chez lui pour fêter ça. Giulia ne tenait plus en place et quand la petite fille vit Lucien, elle se précipita dans ses bras en disant.

– Alors, ils le savent maintenant que t'as rien fait ?

– Oui ma puce, ils le savent.

– Et tu vas rester avec nous tout le temps ?

– On va se voir très souvent oui, tout va changer.

Marie regardait ses enfants dans une sorte d'extase bienheureuse, une indéfinissable sérénité éclairant son visage.

À quelque temps de là, alors que l'on terminait le dîner, Lucien dit :

– Bon maman, il faut que l'on parle maintenant. Moi j'ai mon travail chez monsieur Bontemps, il me paie bien et il est content de moi. Mais toi, Émile, Sophia et la petite, vous n'allez pas continuer à vous placer ou servir de bonnes aux autres. On va chercher une maison près de Chartres et vous viendrez vous y installer. Je garde ma chambre, j'ai pris l'habitude, mais je viendrai souvent vous voir. Il faut que Sophia continue ses études, qu'elle apprenne un bon métier et je sais qu'Émile a des rêves. Lui aussi doit pouvoir faire ce qu'il aime. Quant à Giulia, elle a encore le temps, pour le moment, qu'elle travaille bien à l'école. Enfin pour toi, maman, je veux que maintenant tu puisses te reposer, nous allons en avoir les moyens.

– Mais mon grand, j'ai toujours travaillé, tu veux me faire mourir d'ennui ?

– Maman, tu auras un jardin, des fleurs, et nous serons tous là, près de toi, et puis un jour, tu auras des petits enfants aussi.

– Si je comprends bien, tu as déjà tout organisé. Tu en as parlé avec Émile et Sophia ?

– Oui, Émile voudrait être maçon, comme notre père. Et toi Sophia ?

– Je n'avais pas imaginé pouvoir poursuivre des études, je vais y réfléchir, mais je voudrais d'abord apprendre à lire et à écrire à notre mère.

Marie leva un regard surpris sur sa fille.

– Pourquoi tu dis ça ?

– Parce que j'ai eu le temps de t'observer, maman. Quand j'étais petite et que je faisais mes devoirs ou maintenant quand je vérifie ceux de Giulia, tu as une façon gourmande de regarder les livres, comme si c'était une friandise interdite.

– C'est vrai. J'ai jamais été à l'école, on m'a jamais appris. Je connais les herbes, les remèdes et c'est tout, et je me rends compte de tout ce que vous savez vous, en pouvant lire dans les livres. Puis elle ajouta, songeuse, se tournant vers Lucien :

– Mais alors, tu veux que je quitte ma maison ? On l'avait achetée avec ton père, en économisant sou par sou.

– Maman, dit doucement Lucien, après tout ce qui vient de se passer, je crois que tu serais aussi bien ailleurs. Souviens-toi comme ont été les gens avec toi ici, ils ne t'ont pas aidée, et je ne suis pas du tout certain que ça aille mieux maintenant, au contraire. Tu vas pouvoir la revendre cette maison, elle est en bon état, le jardin produit bien et nous allons chercher quelque chose qui te convienne.

La vie en effet ne changea pas. Les plus chaleureux se contentaient de sourire et dire bonjour à Marie, mais beaucoup reprochaient tacitement aux Valentini d'avoir détruit les Merlier. Sans bien savoir pourquoi, on était choqué qu'une famille aussi pauvre ait pu avoir gain de cause contre la veuve Merlier, qui avait quand même donné son fils à la France. Quelque part, ça ne se faisait pas, une sorte de réaction bizarre poussait certains à ne pas admettre une telle réalité, les pauvres ne pouvaient pas s'attaquer aux riches, même s'ils avaient eu une conduite infâme.

On oubliait facilement la culpabilité indiscutable de Guy Merlier, pour ne voir qu'une chose ; Marie, cette femme inculte et orpheline, ses enfants, élevés hors de l'église, avaient eu les honneurs de la presse et de la radio, mais surtout, on n'admettait pas qu'une telle indemnité leur ait été versée, car bien sûr, les médias n'avaient pas manqué de donner tous les détails. Pourquoi une somme aussi importante, il ne valait quand même pas cela le Lucien. Il avait passé cinq ans en prison, et alors ? Nous, pendant la guerre, quand on était au front, on n'a pas aidé nos familles, c'est une honte, dépenser l'argent de l'État comme ça, et puis c'est nous qui payons finalement. Il n'avait que vingt-cinq ans, tout l'avenir devant lui, il n'avait pas besoin d'une somme pareille.

La mesquinerie, la jalousie et la médisance ressurgirent bientôt, et Marie comprit en effet qu'ils ne seraient jamais acceptés dans ce village, quoi qu'il leur arrive. Aussi se pliât-elle au désir de ses enfants et mit-elle la maison en vente.

Bernard Dupuis travaillait dans une importante agence immobilière de Chartres. De ce fait, il était informé des bonnes affaires qui pouvaient se présenter. Lucien lui demanda de l'aider à trouver ce qu'il cherchait, une maison en bon état, aux limites de la ville, avec un grand jardin, et des arbres fruitiers.

En sortant de son travail un soir, Lucien vit Bernard qui l'attendait, tout excité.

– Cette fois Lucien, je crois vraiment que je vous ai trouvé l'affaire de l'année, viens, je vais te la montrer.

Tout en conduisant, il expliqua que cette maison appartenait à une vieille dame qui ne pouvait plus vivre seule, et partait en maison de retraite. Mais cela coûtait cher, aussi était-elle pressée de vendre pour pouvoir assumer ces frais. Ils se dirigèrent vers la sortie de la ville, longèrent l'Eure quelques instants et arrivèrent à destination. C'était une maison typique du Perche, toute en longueur, avec ses petites briques rouges et ses encadrements de fenêtres peints en blanc. Bernard fit tinter la cloche et ouvrit le portail qui grinçât douloureusement. L'allée jusqu'à la maison se frayait un passage dans une pelouse retournée à l'état sauvage. Dès qu'ils franchirent la porte d'entrée, une odeur de renfermé leur sauta aux narines.

– Madame Batiste, c'est Bernard Dupuis, le monsieur de l'agence, dit-il à haute voix pour avertir l'occupante des lieux.

Un pas traînant se fit bientôt entendre tandis qu'apparaissait une petite dame proprette, appuyée lourdement sur une canne. Un peu voûtée, une mousse de cheveux blancs encadrant un visage sillonné de rides profondes, elle leur fit un timide sourire.

– C'est l'ami dont je vous ai parlé, il vient voir la maison.

– Ah, c'est bien, je vous laisse regarder alors, vous me trouverez à la cuisine.

Ils firent une visite attentive. Une grande salle à manger, une cuisine spacieuse, une resserre fraîche disposée au nord, et quatre chambres. Attenant à la maison avait été ajoutée une petite pièce buanderie, par laquelle on accédait à un vaste grenier qui couvrait toute la maison. Enfin, derrière l'habitation, un jardin à l'abandon qui recélait pourtant des trésors, des arbres fruitiers en quantité, une bonne terre qui avait été soignée pendant des années, comme en témoignait la trace des carrés encore visibles, et tout au fond, l'Eure. La rivière coulait, silencieuse et calme, entre des couverts de végétation au travers desquels jouait la lumière. Quelques marches étaient aménagées pour permettre d'y puiser l'eau nécessaire à l'arrosage du jardin.

Lucien embrassait tout cela du regard, imaginait sa mère ici et la fierté qu'elle aurait à remettre tout cela en état. Oui, il pensait qu'elle serait heureuse et la famille aussi, de posséder une si douce demeure, on y respirait la sérénité, ce dont ils avaient tous besoin après ces années tourmentées. On était loin des bruits de la ville, mais suffisamment près pour l'école et les courses.

– Alors ? demanda Bernard

– Alors, oui ça me plaît, mais c'est ma mère qu'il faut convaincre.

Marie visitait minutieusement, avec le regard émerveillé d'un enfant découvrant un monde féerique.

– On pourra jamais se payer une maison comme ça Lucien. C'est trop cher… trop beau, dit-elle après avoir tout regardé.

– La vieille dame est pressée par la nécessité, madame Valentini, je crois qu'elle est prête à faire des concessions sur le prix, précisa Bernard.

– Elle n'a pas d'enfants cette dame, qui pourraient s'occuper d'elle ? C'est quand même triste de devoir tout quitter parce qu'on est trop vieux.

– Non, elle vit seule, ne se connaît plus aucune famille.

– Ça me plaît pas de profiter de la misère des autres, je sais trop ce que c'est, vous savez.

– Maman, dit Lucien, tu ne fais de mal à personne. C'est une occasion, il faut la saisir, tu n'as pas eu tellement de chance dans ta vie jusqu'à présent, alors ne te pose pas de question.

– Si, justement ! Le regard devenait dur. J'ai pas connu mes parents moi, et je sais que si j'avais ma vieille mère avec moi, je l'abandonnerais pas dans une maison de retraite.

Lucien désolé, regarda Bernard.

– Tu ne connais pas ma mère, je t'avais dit qu'il faudrait la décider, dit-il avec un léger sourire qui n'était pas dénué d'une certaine fierté devant la réaction de sa mère. Son attitude l'agaçait, car la maison lui plaisait, mais au fond de lui, il la comprenait. Elle avait un tel sens de la famille qu'elle ne pouvait admettre que la fin de vie soit synonyme d'abandon et il ne fut pas surpris lorsqu'il l'entendit demander :

– On peut la voir cette dame ?

– Bien sûr, répondit Bernard, elle nous attend dans la cuisine.

Ils revinrent près de la vieille femme, assise dans un antique Voltaire garni de coussins ; elle caressait un chat roux pelotonné sur ses genoux, qui ronronnait doucement.

– Alors, dit cette dernière, elle vous plaît ma maison ?

Sur un signe de Marie, Sophia répondit.

– Oui, beaucoup madame, mais maman ne veut pas vous en chasser. Elle voudrait que vous puissiez y rester, c'est la condition.

La vieille femme leva un regard noyé vers eux, les dévisageant à tour de rôle, sans un mot. Tous se taisaient. Elle tendit enfin vers Marie une main déformée par tous les travaux qu'elle avait accomplis.

– Approchez-vous madame. Vous êtes une femme de cœur, je suis très touchée, mais je ne peux pas accepter. Je suis malade vous savez, je suis une charge, je ne peux plus me débrouiller seule, il faut que l'on m'aide.

– Et bien, on serait là, dit Marie. Et puis, comme ça, ils auraient une grand-mère à aimer, dit-elle en embrassant ses enfants du regard, et moi j'aurais l'impression de pas être venue de personne.

Aurélie Batiste hochait doucement la tête, triturant sa canne machinalement, visiblement bouleversée par ce qu'elle entendait. Elle eut un pauvre sourire

– Alors, après avoir perdu mon mari et mes deux fils à la guerre, je retrouverais toute une famille autour de moi... comme ça, par miracle.

Les larmes coulaient de ses yeux fatigués, qu'elle essuyait souvent avec son tablier. Pendant ce temps, le chat qui avait quitté les genoux de sa maîtresse, se laissait caresser par Giulia, ravie.

C'est ainsi que quelques semaines plus tard, la famille Valentini s'installait chez Aurélie Batiste. Ils avaient trouvé un arrangement qui comblait tout le monde. Très vite la spontanéité de Giulia conquit la vieille dame et la petite passait des heures entières à ses côtés, écoutant avec délice toutes les histoires qu'elle lui racontait. Marie et Sophia s'activaient à redonner au jardin son allure de vrai potager. Émile avait fauché la pelouse devant et la maison semblait s'ébrouer d'une longue torpeur.

CHAPITRE VIII

Le déménagement avait coïncidé avec le départ d'Émile pour son service militaire dans les chasseurs alpins, à Briançon. Tout en s'activant, Marie repensait souvent à la scène pénible chez les Bédard juste avant son départ, scène qui l'avait blessée plus qu'elle ne voulait l'avouer. Alors qu'elle faisait quelques derniers achats à l'épicerie, elle avait entendu les conversations de comptoir qui venaient du café.

– Alors, ça y est, elle s'en va la sorcière… ben c'est pas trop tôt !

– Ouais, avec ce qu'ils ont ramassé, ils ont plus de souci à se faire maintenant, malgré tout le mal qu'ils ont fait ici.

– Ben c'est pas moi qui reprendrai sa maison, elle doit être envoûtée ! Y aura du ménage à faire là-dedans !

– Ça, pour sûr !

Quelques gloussements imbéciles avaient ponctué ces commentaires. Les regards acérés des femmes autour de Marie épiaient ses réactions, tandis qu'elle s'efforçait d'ignorer ce qu'elle entendait, puis des rires avaient fusé.

– Eh ! Marie, l'interpellait une voix, maintenant que ton fils t'a rapporté des sous, tu vas pouvoir utiliser Sophia, elle est gironde ta fille… elle devrait bien gagner… nouveaux rires gras…

Soudain, une voix forte avait stoppé net cet échange de haute tenue.

– Taisez-vous donc, tous ! Vous devriez avoir honte ! Vous trouvez qu'elle n'en a pas assez enduré Marie ? Vous êtes vraiment tous des crétins ! Et toi, Bédard, t'as la mémoire courte, au lieu de te marrer comme un connard derrière ton comptoir, tu devrais te souvenir que sans Marie, tu serais resté estropié ! T'as été content de l'avoir à l'époque la sorcière, comme tu dis ! Mais ça, tu l'as oublié, vous l'avez tous oublié ! Toi, Martin, quand elle a sauvé ton gosse, et toi Leroy, quand t'as été brûlé au visage, sans elle, tu serais défiguré !

Quelques velléités de réactions s'étaient ébauchées, vite réprimées.

– Venez Marie, avait dit François Leblond, auteur de cette énergique intervention. Ne les écoutez pas. Et vous les femmes, vous ne valez pas mieux avec vos airs de punaises de sacristie, avait-il dit en s'adressant à l'assemblée féminine étouffée d'indignation.

Il avait pris le panier de Marie et l'avait entraînée dehors.

Elle repensait souvent à cette scène et bien qu'elle ne soit pas habituée à analyser les situations, une question lancinante la poursuivait : pourquoi suscitait-elle une telle méchanceté gratuite ? Elle n'avait jamais nui à personne, avait au contraire rendu bien des services, et quand le malheur avait fondu sur eux, elle s'était repliée sur elle-même, ne demandant rien et n'attendant rien de personne. Mais dans ces coins reculés de campagne, les idées étaient souvent courtes et l'on se méfiait, pire on rejetait celui ou celle qui était différent, qui venait d'ailleurs ou qui vivait autrement.

Sophia surprit la tristesse de sa mère, elle en connaissait la raison, aussi fit-elle en sorte de détourner son attention.

– Maman, maintenant nous allons nous reposer un peu et je vais te donner ta leçon de lecture.

Marie attendait ce moment avec une sorte de gourmandise, et Sophia était surprise de voir l'application qu'elle mettait à former ses lettres ou à déchiffrer les mots. Elle apprenait vite, et parvenait déjà à lire des phrases simples. Elle n'en revenait pas et disait toujours :

– Quand je saurai bien lire, on mettra des étagères dans ma chambre pour ranger des livres. Je te remercierai jamais assez ma fille d'avoir fait ça pour moi.

Sophia la reprenait gentiment :

– Tu dois marquer la négation, maman, et dire – je ne te remercierai

– C'est vrai, j'oublie tout le temps. C'est que l'habitude tu sais, c'est dur à perdre.

– Oui, mais maintenant tu vas être savante, et tu dois bien parler.

Elles riaient toutes deux, et Marie se prenait à penser que toutes les épreuves endurées l'amenaient aujourd'hui à des suites bien inattendues qu'elle n'aurait jamais imaginées. Que diraient-ils au village s'ils savaient qu'elle apprenait à lire et à écrire ? Elle songeait à son mari, si droit, si intègre qu'il n'avait pu dominer le chagrin du déshonneur, au point qu'il avait laissé sa famille dans les pires difficultés. Et lui, que penserait-il de cette idée de Marie, d'avoir proposé à la vieille dame de partager sa vie avec eux ?

Lorsque Madame Batiste avait exposé cela à son notaire, il avait semblé surpris puis avait trouvé qu'à la réflexion, chacun y trouvait son compte. La vente prévue avait été transformée en viager occupé.

– Nonna ? C'est pour toi ! disait la voix claire de Giulia en entrant en courant dans la pièce.

Elle tendait quelques framboises délicates et parfumées dans ses petites mains qu'elle offrait à la vieille dame. L'entente entre la petite et Aurélie avait été immédiate. Et lorsqu'elle avait demandé :

– Comment je vais t'appeler moi ?

– Grand-mère Aurélie, si tu veux.

– C'est trop long ! Sophia ! Comment on dit grand-mère en italien ?

– Nonna.

– Voilà, je t'appellerai Nonna, avait décrété Giulia.

Sophia était la grande référence. En effet, Emilio avait voulu apprendre sa langue maternelle à ses enfants, mais sa disparition prématurée avait privé la plus jeune de cette connaissance.

La vie s'était organisée avec une facilité déconcertante. Marie et Sophia s'occupaient du ménage, de la cuisine, elles remettaient le jardin en état aidées de Giulia qui faisait des petites tâches adaptées à son âge. La vieille dame se sentait mieux depuis que toute cette jeunesse s'agitait autour d'elle et elle reprenait même quelques petites activités qu'elle se surprenait à faire sans sa canne, comme si elle avait rajeuni. Elle en parlait parfois en se moquant d'elle-même.

– Je suis comme les vieux chiens, ils sont dans leur coin et ne bougent plus. Amenez un jeune chiot, et ils retrouvent soudain un regain de jeunesse.

C'était déjà la rentrée. Marie et Sophia conduisirent la petite à sa nouvelle école. Elle aimait lire et écrire quand Sophia donnait sa leçon à leur mère, ce qui en quelque sorte lui avait fait faire des devoirs de vacances.

Le nom de Valentini ne passa pas inaperçu, car le procès était encore présent dans les mémoires, mais les maîtresses surent faire ce qu'il fallait pour qu'elle n'en subisse aucun désagrément.

Dès que le froid revint, Giulia eut à nouveau des problèmes de santé, mais cette fois Lucien persuada sa mère d'appeler le médecin sans tarder, on avait les moyens de payer maintenant. La petite présentait une faiblesse générale. Il fallut faire des examens plus approfondis, on craignit la tuberculose. Le jeune médecin appelé se montra optimiste. Bien soignée, bien nourrie, Giulia devait retrouver une santé normale. Il faudrait aussi qu'elle change d'air régulièrement, la mer ou la montagne précisa-t-il.

Habitué non pas à compter, mais à décompter centime par centime, Lucien gérait judicieusement leur bien. L'indemnité qu'il avait perçue devait durer le plus longtemps possible. Cent quatre-vingt-quinze mille francs représentaient une petite fortune. Mais il voulait aussi offrir aux siens le confort dont ils avaient toujours manqué, ils l'avaient bien mérité tous. Il acheta une voiture d'occasion, un vieux modèle qu'il savait réparer, assez grande pour pouvoir emmener toute la famille en promenade. Son patron, monsieur Bontemps lui avait fait passer son permis, car il était amené à se déplacer de plus en plus souvent chez les clients, vu qu'ils avaient adjoint la vente et la réparation des téléviseurs à leur activité. Il pouvait réparer sur place mais devait souvent amener l'appareil à l'atelier, ce qui nécessitait un véhicule.

François et Irène Leblond, étaient devenus des amis chers, étant les seuls à avoir aidé Marie au cours des années noires qui venaient de s'écouler. Aussi lorsque Nonna apprit que Sophia allait avoir vingt et un ans, proposa-t-elle de faire une grande fête où l'on inviterait les Leblond, ainsi que Bernard, l'ami de Lucien. Émile réussit à avoir une permission à cette occasion, mais son ami Jean, fils des Leblond ne put se joindre à eux. Il faisait son service aussi et avait embarqué sur la Jeanne d'Arc, faisant ainsi un tour du monde qu'il ne pourrait jamais s'offrir. On fit le ménage en grand, et la salle à manger retrouva une activité qu'elle n'avait plus connue depuis des décennies. Lucien emmena Sophia à Chartres. Il tenait absolument à lui offrir une robe digne d'elle pour la circonstance.

Il est vrai qu'elle en faisait tourner des têtes, et il ne fut pas peu fier de déambuler dans les rues de la ville avec cette si jolie fille à ses côtés. Sophia avait encore embelli depuis quelques mois. Elle se maquillait légèrement les yeux, approfondissant s'il était nécessaire, l'intensité de son regard. Elle avait toujours ce port de tête incomparable qui lui conférait une grâce, une distinction qui eut pu paraître hautaine si elle n'avait eu ce sourire dévastateur qui illuminait son visage.

– À l'occasion de ton anniversaire, je voudrais aussi que tu te fasses photographier.

– Pourquoi ?

– Parce que tu es si belle qu'il faut que nous puissions garder cette image de toi, toujours.

Elle rit.

– Tu penses déjà que ça ne va pas durer longtemps et qu'il faut en profiter ?

– Il faudrait aussi que tu changes de coiffure, tu ne vas pas toute ta vie garder une tresse comme une gamine.

Elle le regarda surprise.

– Je n'ai pas envie de couper mes cheveux pour l'instant, je peux les arranger autrement mais pas les couper.

– Pourtant, je suis certain que ça t'irait bien. Ils ondulent naturellement, tu serais superbe.

Elle découvrait avec un plaisir évident l'ambiance de la ville. Elle était surtout heureuse de l'occasion qui lui était donnée d'être seule avec Lucien, ce grand frère dont ils avaient été séparés si longtemps. Il était attentif, prévenant, bavard, drôle. Mon Dieu, pensa-t-elle, que de temps perdu, gâché, et une bouffée de rancœur la submergea un instant contre tous ceux qui leur avaient volé leur jeunesse.

– Fais-moi visiter la cathédrale. Je l'entends tous les jours, je la vois de loin et ne la connais pas encore.

Ils marchèrent dans un dédale de rues qui les amena à la cathédrale. Au fur et à mesure qu'ils approchaient, Sophia prenait conscience de l'importance de l'édifice. Elle n'avait jamais vu de monument aussi imposant, et fut très impressionnée en pénétrant dans l'immense nef. Elle n'osait plus parler et à peine respirer. Machinalement, elle chercha la main de son frère tant elle était intimidée. Ils avançaient lentement, silencieusement, écrasés par la majesté des lieux. Soudain, elle aperçut en plein milieu de la nef, quelques personnes marchant lentement, les yeux au sol, en une sorte de procession, selon un parcours compliqué et bien défini.

– Qu'est-ce qu'ils font ? murmura-t-elle.

– C'est le labyrinthe, ils le suivent pour répondre à un vœu ou accomplir une pénitence.

Son regard se porta ensuite sur les vitraux. Ses yeux s'embuèrent devant tant de beauté et elle fut surprise de l'intensité des couleurs à travers lesquelles jouait le soleil, dessinant ainsi une mosaïque de lumière sur le dallage usé par les millions de pas qui l'avaient foulé au fil des siècles.

Alors qu'ils revenaient vers la sortie, une mince silhouette en prière, se leva à leur passage et les aborda.

– Vous êtes bien Monsieur Valentini ?

– Oui.

– Vous ne me reconnaissez pas, je suis Mme. Rondeau, la maman de Cécile.

Un silence lourd s'installa.

– Je suis contente d'avoir l'occasion de vous revoir, monsieur. Vous ne pouvez savoir comme je suis soulagée que votre innocence ait été reconnue, car j'ai toujours eu la conviction profonde que ce ne pouvait être vous le coupable, je ne saurais expliquer pourquoi, enfin Dieu a entendu mes prières.

Disant cela, elle marchait lentement vers la sortie tout en se tenant à leurs côtés. Elle souhaitait visiblement continuer la conversation en dehors de ce lieu sacré. Lorsqu'ils furent sur le parvis de la cathédrale, elle s'arrêta. Son regard se promenait sur Sophia et une expression empreinte de douceur et de souffrance emplissait ses yeux.

– Vous êtes sa sœur, n'est-ce pas ?

– Oui madame.

La surprise de cette rencontre la laissait sans voix et mal à l'aise. Alice Rondeau reprit :

– Vous êtes d'une beauté lumineuse mademoiselle.

Sophia et Lucien, gênés de cette rencontre, restaient muets, ne sachant trop quelle contenance adopter.

– Vous habitez Chartres maintenant ?

– Oui.

– C'est bien. J'imagine aisément que la vie de votre famille n'a pas dû être facile à l'époque. Mon Dieu, dit-elle pensive, pourquoi faut-il que le sort s'acharne toujours sur les plus faibles.

Puis reprenant une attitude énergique, elle ajouta :

– Faisons quelques pas ensemble, voulez-vous, je vais vous montrer où j'habite. Je serais si heureuse si vous veniez me voir de temps à autre.

Tout en marchant, elle expliquait qu'elle vivait seule avec sa tante maintenant, les évènements passés ayant fait voler en éclats leur famille. Sa belle-mère avait quitté ce monde depuis deux ans et son mari l'année d'après. Elle ne donna pas d'autres explications, mais repensa à ce passé récent.

Son mari n'avait jamais pu comprendre ni encore moins admettre ses scrupules concernant la culpabilité de Lucien ; leurs disputes sur le sujet étaient devenues de plus en plus fréquentes et âpres. Il s'était mis à boire, critiquant tout, ne supportant plus rien, ni personne.

Alice avait tout accepté jusqu'au jour où, rentrant ivre à ne plus pouvoir tenir debout, il avait levé la main sur elle en l'insultant avec des propos orduriers d'une rare violence. Là, calmement, sans un mot, comme si sa décision de le quitter était déjà mûrement réfléchie, Alice avait fait sa valise, emportant juste quelques effets, et était partie chez sa tante qui habitait non loin de chez eux et avait une vive affection pour elle.

Personne n'avait compris ce changement subi chez Robert Rondeau. Il devint agressif, instable à son travail. Bientôt, ses collègues, son employeur commencèrent à se plaindre et lui faire des remarques. Il sombra alors définitivement dans l'alcool et ce fut la descente aux enfers. Un jour, il disparut. On le retrouva dans un fossé, sans vie. Il ne portait aucune trace de blessure mais l'autopsie révéla une telle dose d'alcool dans le sang que l'on en conclut à un coma éthylique ayant entraîné la mort.

Alice menait une vie monacale, se rendant à la cathédrale plusieurs fois par jour, joignant dans ses prières les êtres disparus qui avaient été sa raison de vivre. Elle n'était plus que l'ombre d'elle-même et le vieux docteur Sandreau, qui avait été l'ami de la famille, lui disait souvent qu'elle devrait être plus attentive à sa santé, mais cette femme n'avait plus que sa foi et ses souvenirs auxquels se raccrocher.

Aussi lorsqu'elle avait aperçu Lucien et Sophia, si rayonnante, n'avait-elle pu résister au plaisir de la contempler de plus près, et c'est pourquoi elle les avait abordés.

Ils venaient d'arriver devant une étroite boutique à la peinture délavée, où une unique vitrine laissait voir des boîtes de rubans, quelques chapeaux, des galons, des boutons. À côté des magasins qu'ils avaient précédemment admirés, cela donnait une impression de tristesse, de fin de vie. Sophia commençait à ressentir un réel malaise de cette situation qu'elle trouvait malsaine. Un vague sourire crispé sur le visage, elle ne parlait pas et lançait des regards désolés à son frère.

– Voilà, c'est là que j'habite, vous vous souviendrez ?

– Oui, dit Lucien tandis que Sophia hochait la tête en silence.

– Ce magasin appartient à ma tante qui est modiste, et je l'aide. Voulez-vous entrer ? dit-elle en ouvrant la porte qui fit teinter un son aigrelet.

Sophia serra fort la main de son frère et fit non de la tête.

– Nous sommes désolés madame, mais une autre fois. Nous avons des courses à faire encore et sommes très en retard. Excusez-nous.

– Vous viendrez me voir, promis ?

Son regard exprimait soudain une sorte de peur panique, ses gestes devenaient fébriles, tandis qu'elle ne quittait pas Sophia des yeux.

– Oui, dit Lucien. Au revoir madame.

Sophia se força à un faible sourire et ils partirent rapidement. Alice Rondeau les suivit du regard, longtemps, hocha lentement la tête, semblant soudain reprendre pied dans la réalité. Cette rencontre n'avait été qu'illusion. Un instant, elle avait revu sa fille à travers Sophia, mais elle sut au même moment qu'ils ne viendraient jamais la voir.

Lucien et sa sœur marchaient vite.

– Tu n'as pas l'intention de revenir ici ? demanda Sophia

– Je ne sais pas, elle est malheureuse. Elle, elle a vraiment tout perdu, nous, nous avions encore l'espoir.

– Lucien, c'est malsain, tu as vu comme elle me regardait ? Ce n'est pas moi qu'elle voyait mais sa fille. Je ne veux pas entretenir ce genre d'ambiguïté, elle me met mal à l'aise cette femme ; je sais qu'elle n'y est pour rien, mais je ne veux pas revenir ici. Je ne veux pas créer un faux-semblant d'une réalité qui n'existe plus. Je ne veux pas être la réincarnation de quelqu'un que je ne connais pas, tu comprends ?

– Tu as sans doute raison, oui. Le passé est le passé. Les choses ont été suffisamment pénibles pour tout le monde, c'est pas la peine de vouloir prolonger des illusions, ça ne lui rendra pas sa fille.

Ils marchèrent en silence un moment, puis Lucien dit gaiement :

– Bon, c'est pas tout ça, mais on a vraiment des courses à faire et maintenant on s'occupe de toi.

Il faisait un temps superbe, et les fenêtres étaient grandes ouvertes sur le jardin qui avait fière allure, les efforts conjugués de toute la famille lui ayant redonné sa splendeur d'autrefois. Sophia, aidée de Giulia avaient tenu à faire un parterre de fleurs à proximité de la maison, de façon à ce que ce soit la première vision que l'on ait en regardant dehors.

On avait mis la nappe des grandes occasions et Nonna avait sorti son beau service de Limoges ainsi que des verres précieux. Marie n'aurait jamais imaginé un tel décor pour l'anniversaire de sa fille. Giulia, qui montrait décidément beaucoup de sensibilité et de goût, avaient cueilli des fleurs du jardin qu'elle avait coupées au ras de la corolle, les avaient placées sur des petites soucoupes emplies d'eau et disposées sur la table. L'effet en était charmant.

Les femmes s'activaient dans la cuisine tandis que les hommes finissaient de préparer les vins ou discutaient dehors.

Émile arrivé depuis la veille, découvrait l'endroit, car il n'avait guère eu le temps de le faire avant de partir au service. Il s'imprégnait du charme incontestable des lieux et de l'ambiance chaleureuse qui y régnait. En effet, aucun d'eux ne se souvenait avoir jamais vécu dans une telle harmonie, la sourde hostilité qui avait toujours été latente autour d'eux, la pauvreté qui avait été leur quotidien, aggravé après la mort d'Emilio, n'avait pas permis de profiter de la vie. Giulia, tel un petit lutin bienfaisant, lui faisait faire le tour de la maison, du jardin, le tout avec un entrain, une vivacité qui faisait plaisir à voir. Elle avait grandi, pris des couleurs, et semblait désormais bien accrochée à la vie. Elle entraînait Émile dans les moindres recoins et lui commentait ce qu'ils avaient fait pour remettre tout cela en état.

Lorsque Nonna vit cette grande tablée autour d'elle qui avait la place d'honneur, une intense émotion la submergea. Tant de chaleur, de gaîté, de jeunesse. Quelques années plus tôt, elle était prête à quitter cette maison où elle avait tant de souvenirs, prête à finir sa vie, solitaire, dans une maison de retraite. Giulia, toujours aussi sensible, surprit son regard noyé de larmes, s'approcha d'elle et l'embrassa vivement.

– À nous ! dit gaiement Lucien en levant sa coupe de champagne. Que les années passent, nombreuses et nous retrouvent longtemps tous ensemble, mais surtout, à toi ma belle Sophia ! Joyeux anniversaire !

– Joyeux anniversaire ! reprirent-ils en chœur.

Sur un signe discret de Marie, Giulia partit dans une pièce voisine et revint les mains derrière le dos avec un air de conspirateur. D'un geste rapide, elle déposa un joli paquet devant Sophia, et soudain intimidée de voir les regards de chacun braqués sur elles deux, elle resta blottie contre sa sœur qui ouvrait calmement son cadeau. Elle fit apparaître un écrin rouge qu'elle ouvrit avec précaution, découvrant un fin collier de perles. Elle ne put contrôler le léger tremblement de ses doigts en le sortant.

– Peux-tu me le mettre ? demanda-t-elle dans un souffle à Lucien placé à côté d'elle.

D'un geste gracieux, elle relevait ses cheveux dégageant un cou et une nuque incomparables. Elle avait finalement accepté de couper sa longue tresse et les mèches souples qui encadraient son visage lui donnaient plus de douceur et surtout encore plus de séduction. Bernard Dupuis, assis en face d'elle, la dévorait des yeux.

– Tu es belle ma fille, dit Marie avec un long regard l'enveloppant tout entière, et je te souhaite beaucoup de bonheur.

Sophia les remercia chaleureusement.

– Tu dois embrasser tout le monde maintenant, dit François Leblond, c'est la tradition.

Sophia n'avait pas été habituée à ces effusions, mais elle s'exécuta avec gentillesse. Elle avait un petit mot pour chacun, s'attarda avec sa mère, puis avec Nonna qu'elle savait à l'origine de cette fête. Quand elle arriva près de Bernard, une légère rougeur l'envahit tandis qu'il se levait, la prenait dans ses bras, et prolongeait un baiser sur la joue plus que nécessaire. Un murmure joyeux vint des garçons.

– Sur la joue, Bernard, juste sur la joue ! dirent-ils en se moquant de la chaleur de son étreinte.

Le repas fut animé et l'on s'attarda à table. Émile racontait sa vie à la caserne, ponctuant son récit d'anecdotes, dont certaines attiraient les remarques gentiment offusquées de Marie.

– Émile, pas devant la petite tout de même !

Il est vrai que le récit des activités des bidasses en sortie dans la ville de Briançon, n'étaient pas toujours un modèle de vertu pour les oreilles d'une petite fille. Nonna somnolait dans son Voltaire près de la fenêtre, le chat Rouki lové sur ses genoux. Giulia ne quittait pas Sophia, fière de cette grande sœur si belle avec son joli collier.

– On va faire un tour au bord de l'Eure ?

La proposition de Lucien fut accueillie avec entrain. Marcher un peu après un si bon repas ne ferait de mal à personne. Giulia préféra rester pour regarder la télévision, dernière acquisition entrée dans la maison, offerte par Nonna au Noël dernier. Marie dit qu'elle souhaitait ranger un peu et Irène Leblond resta pour l'aider.

Seuls les hommes et Sophia partirent. Ils prirent le sentier qui longeait la rivière. L'air était empli de mille senteurs. Il faisait une douce chaleur et les noisetiers qui bordaient les rives étaient chargés de fruits. Les mûres pendaient en longues grappes lourdes et noires. Sophia s'arrêta pour en cueillir quelques unes et Bernard en profita pour se laisser distancer par les autres et rester avec elle. Ils se regardèrent sans un mot. Elle voulut rejoindre le groupe mais il la retint doucement

– Sophia, depuis le temps que j'attendais ce moment, être seul avec vous ! Pouvoir vous dire enfin ce que je ressens depuis que je vous ai vue pour la première fois ! Je vous aime Sophia, comme un fou, à en perdre la raison.

Elle resta silencieuse. Elle avait remarqué depuis longtemps les regards appuyés qu'il posait sur elle et redoutait le moment où ils se trouveraient ainsi. Elle avait toujours su l'éviter jusqu'à ce jour. Mais lui n'avait pas manqué de saisir la première occasion qui se présentait. Il était sympathique, c'était l'ami de Lucien, il avait su se montrer d'une aide inappréciable pour son frère, mais elle ne l'aimait pas, et après cet aveu brûlant, elle se trouva bien plus contrariée qu'émue.

– Sophia ! Bernard ! appelaient les autres, cachés par un méandre de la rivière. Qu'est-ce que vous faites ? On vous attend !

– On arrive, répondit-elle aussitôt.

Elle voulut partir, mais il la retint d'une main plus ferme cette fois.

– Pourquoi cette indifférence à mon égard ?

– Mais je ne vous aime pas, moi, du moins pas comme vous l'entendez, dit-elle doucement mais fermement.

– Sophia, j'attendrai, vous apprendrez à me connaître, et je suis certain…

Elle réussit à lui échapper et partit en courant.

Les hommes la regardèrent, un léger sourire aux lèvres, déjà complices muets de ce qu'ils croyaient un amour naissant et furent surpris de la voir arriver seule. Ils ne dirent rien et poursuivirent la promenade, suivant le sentier qui serpentait selon les caprices de la rivière, bientôt rejoints par Bernard, l'air renfrogné.

De retour à la maison, ils constatèrent que les femmes avaient tout rangé. François et Irène prirent congé. Lucien accompagna Émile à la gare, car il devait rejoindre sa caserne dès le lendemain et le voyage était long. Bernard partit avec eux. Quand ils se retrouvèrent seuls après le départ d'Émile,

– Alors ? demanda Lucien à son ami, l'œil malicieux. Tu as quand même réussi à te décider ? Depuis le temps que tu la regardes ma sœur, tu as pu lui parler ?

– Oui

Le laconisme, mais surtout le ton de la réponse le surprirent.

– Ah ! Je vois… c'est pas gagné si je comprends bien.

– En effet. Elle a quelqu'un dans sa vie ? demanda-t-il d'un air faussement désinvolte.

– Pas à ma connaissance, mais je ne suis pas son confident tu sais. Elle a peut-être été surprise, Sophia c'est un caractère, il va falloir l'apprivoiser.

Bernard perçut la pointe de fierté qui transparaissait dans ces quelques mots. Il avait remarqué depuis longtemps, combien ses frères entouraient Sophia d'une sorte de respectueuse protection admirative. Son insolente beauté agissait sur eux également.

– Allez, ne te décourage pas, dit Lucien, c'est compliqué les filles. Maintenant qu'elle sait ce que tu ressens pour elle, les choses vont évoluer. Tu sais, reprit-il sérieusement, ma mère et elles n'ont pas eu la vie facile pendant toutes ces années passées, ce sont des sauvages toutes les deux. Giulia ne sera pas pareille je crois, les choses se sont arrangées à temps pour elle.

Il déposa Bernard devant sa porte et rentra chez lui.

CHAPITRE IX

Bernard Dupuis n'était pas homme à accepter facilement le refus qui lui avait été opposé, et il ruminait une sorte de rage froide contre Sophia. Pour qui se prenait-elle cette fille qui sortait de rien, et n'avait que sa beauté à donner ? Il lui offrait son amour, et elle le rejetait ? Beau garçon, charmeur, sûr de lui, il était habitué aux conquêtes faciles. Il repensa aux quelques secondes pendant lesquelles il l'avait tenue dans ses bras le jour de son anniversaire et une montée de désir l'envahit au souvenir de ce corps ferme et souple. La beauté de son regard, cette peau d'une matité de velours, ses cheveux superbes, cette grâce naturelle, ce port de reine… tout lui plaisait en elle.

De son côté, Sophia avait été perturbée par la courte scène près de la rivière, elle s'interrogeait. Pourquoi avoir repoussé les avances de Bernard si spontanément ? Elle ne se l'expliquait pas vraiment. Elle n'avait jamais pensé à lui autrement qu'étant le meilleur ami de Lucien, ce qui n'en faisait pas pour autant l'homme pour lequel son cœur battait.

Existait-il du reste un homme qui hantait ses pensées ? Un visage, un sourire se formaient lentement, un timbre de voix revenait à ses oreilles. Elle sourit intérieurement en reconnaissant Jean dans cette image, l'ami d'enfance de son frère Émile, le fils de François et Irène, actuellement sur la Jeanne d'Arc. Ils se connaissaient depuis toujours, avaient grandi ensemble. Quand le malheur était arrivé, ils s'étaient un peu perdus de vue, non par indifférence, mais simplement par ce que cela avait coïncidé avec son entrée comme pensionnaire dans un collège à Chartres pour continuer ses études secondaires. Ils s'étaient revus quelques fois avant qu'eux-mêmes ne déménagent et maintenant il était loin, ne pensant certainement plus à la petite sauvageonne qu'elle avait été. Elle, en gardait un souvenir précis et se rendait compte qu'il était loin de lui être indifférent depuis bien longtemps. Il ne t'a certainement pas attendue, se dit-elle. Allez Sophia, ne rêve pas et occupe-toi plutôt d'apprendre un métier, il est plus que temps ! Elle avait largement participé à la remise en état de la maison et souhaitait maintenant gagner sa vie rapidement pour ne plus être à la charge de personne.

Marie ne pouvait être de grand conseil, sa vie de servitude ne l'avait pas ouverte aux métiers qui pouvaient s'offrir à sa fille. Après s'être renseignée, Sophia se trouva assez attirée par toutes les formes de secrétariat qui étaient proposées et cela avait au moins l'avantage de pouvoir s'apprendre vite.

Elle s'inscrivit dans un cours situé en plein cœur de la ville. Elle pouvait s'y rendre à pied en vingt minutes. Elle prit goût à cette activité. Sérieuse, appliquée, elle progressa vite.

Un soir de Février, alors qu'elle rentrait après avoir fait quelques courses, elle fut surprise par une pluie battante qui l'obligeât à se réfugier sous l'abri d'un store de magasin. Il faisait déjà sombre et la lueur des réverbères était brouillée par l'intensité de l'averse. Plusieurs autres personnes vinrent s'abriter en courant, à côté d'elle. Parmi elles, se trouvait Bernard Dupuis. Il lui dit bonjour avec le plus grand naturel et entama la conversation comme s'ils s'étaient quittés la veille.

D'abord un peu nerveuse, elle se détendit en constatant qu'il parlait librement, plaisantait. Quand la pluie cessa, elle reprit son chemin. Il proposa de l'accompagner tout en l'aidant à porter ses achats. Ils avançaient sur le sol détrempé où s'étaient formées de larges flaques dues à la violence de l'averse. Il faisait nuit maintenant et l'éclairage se raréfiait en avançant vers les faubourgs de la ville. Inconsciemment, elle accéléra le pas. Soudain, il poussa un juron. Il venait de faire tomber l'un des paquets qu'il portait et se baissait pour le ramasser. Elle s'arrêta pour l'attendre. Il se releva, la regarda bizarrement et avant qu'elle ait pu réagir, la poussa dans un renfoncement entre deux maisons.

– Sophia ! Ce n'est plus possible ! Je ne pense qu'à vous, je ne vois que vous, ne pouvez-vous me donner une seconde chance ? Je vous aime.

– Non, dit-elle doucement.

– Mais pourquoi ?

– Bernard, je vous l'ai déjà dit, je vous aime bien, mais c'est tout. Laissez-moi, dit-elle en essayant de se dégager.

Il se fit plus pressant, la plaqua contre le mur humide, chercha à l'embrasser, elle le repoussa.

– Mais qu'est-ce qui vous prend ? Laissez-moi ! dit-elle fermement.

Une image fulgurante lui traversa l'esprit : celle de Cécile Rondeau qui s'était retrouvée dans la même situation des années plus tôt et en était morte.

– Tu ne vas pas jouer les coquettes longtemps avec moi, ma belle, dit-il, perdant soudain tout contrôle de lui-même.

Il s'énervait sur ses vêtements, parvenait à relever sa jupe, tentait d'arracher son slip, tandis qu'il se plaquait contre elle. Il respirait fort. Elle se débattait avec vigueur, mais il était robuste et elle faiblissait. Il avait réussi à déchirer son slip et elle sentit soudain un contact chaud, dur, qui tentait de s'insérer entre ses cuisses. Dans un dernier effort amplifié par la panique qui la submergeait, elle réussit à se dégager, lui faisant presque perdre l'équilibre. Elle partit en courant vers la ville, là où elle savait pouvoir croiser du monde. Dans sa course folle au milieu de la rue, elle ne put éviter la voiture qui arrivait dans le virage et fut heurtée violemment. Le chauffeur s'arrêta net, descendit et s'approcha, affolé. Elle était étendue sur la chaussée, immobile.

– Mademoiselle ! Vous m'entendez ? Je n'ai pas pu vous éviter, vous courriez au milieu de la rue. Mademoiselle ! Répondez-moi !

Elle ouvrit lentement les yeux. Une douleur fulgurante lui traversa tout le corps. Déjà un attroupement se formait. Quelqu'un avait donné l'alerte à la pharmacie encore ouverte. L'ambulance arriva. Elle était à demi-consciente, mais ressentit les moindres chaos de la route dans tout son corps endolori pendant le trajet jusqu'à l'hôpital, qui lui sembla interminable. Des visages se penchaient sur elle, on lui parlait, mais elle ne pouvait répondre, puis une inconscience bienheureuse la coupa brutalement de la réalité et de cette insupportable douleur qui s'amplifiait de seconde en seconde.

Bien plus tard, elle ouvrit les yeux, regarda le décor blanc autour d'elle.

Sa mère, assise à côté du lit, lui tenait la main, tandis que de l'autre côté une grande silhouette se tenait debout, c'était Lucien.

– Ma fille, dit seulement Marie, que tu nous as fait peur ! dit-elle en pressant la main qu'elle tenait.

– Sophia, dit Lucien dont la voix était nouée par l'émotion, mais qu'est-ce qui s'est passé ?

Qu'est-ce qui s'était passé ? Elle ne parvenait pas à rassembler ses idées. Une infirmière entra, lui prit le pouls, sembla satisfaite.

– Tout va bien, il va falloir la laisser se reposer maintenant. Vous pourrez venir demain, après une bonne nuit, ça ira mieux. Elle a une double fracture de la jambe, de nombreuses contusions, mais rien de dramatique. Elle est jeune, solide, elle va se remettre rapidement, ne vous inquiétez pas.

– Vous êtes de la famille ? demanda une infirmière en voyant Lucien le lendemain, prêt à entrer dans la chambre de Sophia.

– Oui, son frère, pourquoi ?

– Le docteur souhaiterait vous parler, pouvez-vous me suivre ?

Aussitôt inquiet, il demanda :
– Son état s'est aggravé ?
– Non, non, rassurez-vous.
Ils entraient dans un bureau vide.
– Veuillez vous asseoir, je vous prie, le docteur arrive tout de suite.
Ne sachant quoi penser, il préféra rester debout et regarda par la fenêtre.
– Monsieur Valentini ?
– Oui, bonjour docteur.
– Je voulais vous voir car… c'est assez délicat, mais je vais être direct. Voilà. Lorsque votre sœur est arrivée ici hier, elle avait des vêtements déchirés, qui n'étaient pas dus à l'accident. Son slip et ses bas étaient également déchirés. Tout laisse à penser qu'elle a été victime d'une tentative de viol, ce qui expliquerait sa fuite en plein milieu de la rue.
– Une tentative de viol ?
– Oui, je ne vais pas rentrer dans les détails, mais des traces indiscutables maculaient ses cuisses et ses vêtements. Elle porte également de nombreuses griffures, mais son agresseur n'a pu parvenir à ses fins.
Lucien serra les poings, tandis qu'une rage folle montait en lui.
– Vous lui avez parlé ? Elle vous a dit quelque chose ?
– Non, nous voulions d'abord vous informer, c'est à elle, à vous la famille, de donner les suites que vous jugerez nécessaires. Maintenant, il va falloir agir en douceur, c'est un choc pour une femme, elle aura du mal à oublier cela, il faudra l'aider.
– Bien sûr, comptez sur nous, Docteur, nous sommes une famille très liée et nous savons surmonter les épreuves.
– Pardonnez-moi, mais… Valentini, c'est votre famille qui…
– Oui, c'est moi qui ai perdu cinq ans de ma vie pour un immonde salopard qui a fait la même chose que ce qu'un autre salopard a essayé de faire à ma sœur hier. Heureusement, elle, elle s'en est

sortie, mais je peux vous garantir qu'il va payer celui-là, et très cher, c'est moi qui vous le dis.

Puis se forçant au calme, il demanda :

– Elle va rester longtemps ici ?

– Nous la gardons en observation quelques jours encore. Pour la fracture, il faudra attendre tranquillement que ça se remette, et puis il y aura une petite rééducation ensuite. Voilà. N'hésitez pas à demander l'aide de votre médecin de famille si nécessaire, elle en aura peut-être besoin.

Ils se quittèrent avec une ferme poignée de mains. Lorsqu'il entra dans la chambre de Sophia, sa mère était déjà à son chevet. Elle avait apporté un gros bouquet de fleurs cueillies par Giulia, qu'elle finissait d'arranger dans un vase. L'air grave de Lucien frappa Marie qui leva un regard interrogateur et inquiet vers lui. Il fit un signe imperceptible de la tête et avec un grand sourire se pencha vers Sophia pour l'embrasser.

– Alors, sœurette, comment as-tu passé cette première nuit ? Tu as un peu plus de couleurs qu'hier ! Je viens de voir ton docteur, il dit que tu pourras sortir bientôt. Ils veulent encore te faire quelques examens pour s'assurer que tout va bien et dans quelques semaines, tu pourras à nouveau gambader !

Elle lui fit un pauvre petit sourire triste, ses yeux s'embuèrent.

– Qu'est-ce qu'il y a ma fille ? demanda Marie qui l'observait, aussitôt alertée.

– Maman, oh ! maman.

Elle serrait convulsivement la main de sa mère, secouée d'un sanglot nerveux qu'elle ne pouvait maîtriser.

– Sophia ! Qu'est-ce qu'il y a ? répéta Marie, de plus en plus angoissée.

Lucien posa une main sur le bras de sa mère, et murmura à son oreille :

– Je t'expliquerai.

Puis d'une voix normale :

– Tu veux quc l'on te laisse te reposer ? Tu préfères que l'on s'en aille ?

– Non ! non, restez, il faut que je vous dise quelque chose… Mais c'est difficile…

Lucien caressa doucement la joue de Sophia et l'encouragea avec tendresse :

– Parle Sophia, dis-nous ce qui s'est passé.

Marie regarda son fils, les yeux agrandis de surprise, sentant qu'il savait quelque chose qu'elle allait apprendre et qu'elle redoutait. Sophia, les yeux noyés de larmes, demanda d'une voix à peine audible :

– Tu sais déjà ?

– Oui.

– Mais qu'est-ce que tu sais ? demanda brusquement Marie à son fils.

Pour aider sa sœur, pour qu'elle puisse commencer à parler, il dit doucement :

– Que l'on a essayé de la violer hier soir, c'est pour cela qu'elle courait au milieu de la rue et qu'elle a heurté la voiture.

Marie devint livide, ses traits se durcirent d'une façon incroyable, tandis qu'elle caressait le visage de sa fille.

– Tu pourrais le reconnaître ma petite ? demanda-t-elle avec une douceur appuyée.

Elle fit oui de la tête.

– Parce que tu le connais ? demanda vivement Lucien

– Oui, dit-elle dans un souffle, c'est ton ami Bernard Dupuis.

– Bernard ? dirent en chœur la mère et le fils.

– Mais nom de Dieu ! Il est dit que l'on va toujours être emmerdés par les autres, nous ! Tu en es sûre Sophia ? s'emporta Lucien.

Elle opina silencieusement de la tête. Lucien se leva brusquement, arpentant la chambre pour essayer de se calmer, puis revint près du lit. Une énorme colère montait en lui, lui tordait l'estomac ; mais comment avait-il pu agir de la sorte, lui l'ami qui l'avait accompagné pendant toute sa détention, qui l'avait réconforté, soutenu, quand le moral faiblissait. La colère le submergeait. Comment avait-il pu tenter d'abuser de sa sœur, cette sœur qu'il chérissait, et admirait par-dessus tout ? Comment avait-il osé leur faire cela ? Lucien aurait tout accepté de son copain, il lui devait tant, mais là, il sut qu'il ne pardonnerait jamais. Lorsqu'ils se retrouvèrent dehors, Sophia s'étant endormie, aidée en cela par le léger sédatif qu'on lui donnait, Marie s'arrêta net et dit durement :

– Alors, qu'est-ce que tu vas faire maintenant ?

– Je vais le voir.

– Fais attention quand même Lucien, t'énerve pas trop, te mets pas dans ton tort.

– T'inquiète pas, et il partit à grands pas rejoindre sa voiture.

Bernard habitait en dehors de la ville à quelques kilomètres. Lorsqu'il arriva chez lui, Lucien fut surpris de trouver la porte entre ouverte.

– Tu es là ? demanda-t-il brutalement.

Un vague grognement lui parvint de la pièce voisine. La vision de Bernard, vautré sur son lit en désordre, entouré de nombreuses bouteilles de bière et d'alcool vides, l'arrêta un instant.

– Qu'est-ce qui t'a pris ? gronda-t-il

Il s'approcha vivement, le prit par le col de sa chemise, le souleva presque de son lit en le secouant.

– Mais réponds ! Qu'est-ce qui t'a pris de vouloir violer ma sœur ?

– Vas-y, tape, dit Bernard d'une voix pâteuse. Elle est si belle… Sophia…

– Tais-toi, ordure, tais-toi ! T'es qu'une loque, t'as trahi tout le monde, tu l'as salie elle. Toi, mon seul ami, toi… Sa voix se cassa.

Tel un pantin, Bernard subissait les secousses de plus en plus violentes de Lucien.

Dans le brouillard de son ivresse, il prononçait toujours les mêmes mots avec un sourire idiot.

– Sophia, ma belle Sophia…

– Tais-toi, je te dis, je t'interdis de prononcer son nom, dit Lucien, le regard dur, les mâchoires serrées, qui, ne pouvant plus maîtriser sa rage, le bourra de coups de poings ; Bernard encaissait sans réagir. Comprenant que sa colère risquait de l'entraîner trop loin et déconcerté par l'apathie de son ami, Lucien arrêta de frapper.

Bernard saignait du nez, des lèvres, essuyait mollement son visage et se barbouillait davantage, y mêlant des larmes et de la salive qui coulait de sa bouche ouverte.

– Je vais te dessoûler, mon salaud, je te le promets !

Et le prenant sous les bras, il le traîna sans ménagement à la salle de bains, le mit dans le bac à douche et ouvrit le jet d'eau froide à fond. Il ramassa les bouteilles, certaines à moitié pleines encore, les vida dans l'évier. Puis allant récupérer la forme trempée qui commençait à s'agiter dans la douche, il le sortit brutalement et lui lança des vêtements secs.

– Tu t'habilles et tu fous le camp.

Bernard commençait à retrouver ses esprits et après avoir ôté ses vêtements mouillés se rhabilla de sec. Il avait peur, une peur animale montait en lui, lui bloquait la gorge, faisait trembler ses mains et bientôt tout son corps. Il prenait la mesure de la colère de Lucien et redoutait de nouveaux coups maintenant, connaissant sa force. Lucien, debout, impassible, le regardait. Son expression n'était plus que mépris

– Maintenant, écoute-moi bien ordure ! En souvenir de notre amitié que tu as trahie, je suis venu te dire que je vais te dénoncer à la police en sortant d'ici. Alors, tu disparais, mais je te préviens, que je ne retombe jamais sur toi, moi ou quelqu'un de ma famille. Va loin, très loin, et souviens-toi bien d'une chose : ce que tu as fait mérite des années de prison. Des types comme toi, on les écrase.

Il détourna les yeux un instant, la terrible déception que Bernard infligeait à leur longue amitié, lui fit venir une bouffée de tristesse. Il avala sa salive, surmonta cette faiblesse passagère et reprit d'un ton sourd, lourd de menaces :

– Je vais donner une description précise de toi, de tous les endroits où tu pourrais te cacher, de tous les gens que tu pourrais contacter, alors à ta place, j'irais là où on ne pourra jamais remettre la main sur moi.

– Tu ne veux quand même pas que je me suicide ? dit Bernard d'une voix chevrotante.

– Fais ce que tu veux, je m'en fous, pour moi t'es déjà mort. À cause de toi, ma sœur a failli être tuée. Dans quelques heures tu auras toutes les polices de France au cul !

Il sortit et claqua la porte à toute volée.

Bernard émergeait lentement de l'énorme cuite prise la veille au soir. Quand il avait reconnu Sophia s'abritant de la pluie, une bouffée de désir irrépressible s'était emparée de lui, et plus tard, lorsqu'il l'avait vue heurtée par la voiture, il était resté hébété dans l'encoignure des deux maisons où il l'avait poussée quelques instants plus tôt. Puis réalisant la situation, il avait profité de l'attroupement qui se formait pour s'éclipser discrètement et rentrer chez lui. Une fois dans son appartement, il avait enfin pris conscience de l'énormité de son acte et des conséquences qui en découleraient.

Sophia le connaissait et pourrait donc le décrire avec précision. Lucien et toute la famille Valentini allaient apprendre cela, ses parents, son employeur, ses amis et connaissances. Il commença à se traiter de tous les noms, comprit que son passé et son amitié avec Lucien venaient de voler en éclat. Il réalisa le monceau de problèmes qu'il venait de se créer, tout cela parce qu'il n'avait pu résister au désir insensé de posséder cette fille. Il avait alors commencé à boire, tout ce qu'il trouvait, cherchant à se perdre dans l'alcool et ne plus penser à rien.

Se regardant maintenant dans la glace, il voyait son visage tuméfié, il avait tapé fort son copain ! Mais il n'y avait plus de copain, il l'avait tué aussi sûrement que s'il venait de lui planter un couteau dans le cœur. Ce court délai qu'il lui accordait était l'ultime preuve d'une formidable amitié qu'il venait de briser de façon irréversible. Il sut à cet instant que sa vie ne serait jamais plus comme avant et tout en rassemblant quelques vêtements dans un grand sac de voyage, ainsi que des provisions, il commença à réfléchir à son avenir et à l'endroit où il pourrait aller se faire oublier. Il allait tirer de l'argent, rouler vers le Nord, longer la frontière belge. Il savait un endroit où l'on pouvait la franchir sans passer par un poste de douane. Il fallait qu'il n'ait de contact avec personne pendant tout ce temps. Ayant fait le plein d'essence la veille, il devait pouvoir atteindre l'endroit auquel il pensait. Il voulait quitter la France aussi vite que possible. Il avait peu de temps devant lui.

Petit à petit, ses idées se clarifiaient et il réalisa même que Lucien était un sacré chic type, car il aurait bien pu ne pas lui laisser cette porte de sortie. Il comprit avec amertume ce que quelques minutes d'égarement venaient de détruire.

Et s'il ne bougeait pas ? S'il se laissait cueillir chez lui, sans réagir ? Mieux même, s'il allait se dénoncer tout simplement ? Voilà qui pourrait lui valoir l'indulgence des juges, cette pulsion qui l'avait habité un instant, cela peut arriver à tout le monde ; il reconnaissait sa faute, on en tiendrait compte. Mais des années en cellule, il avait vu dans quel état cela pouvait mettre un homme, il se souvenait des moments de désespoir total dans lequel sombrait Lucien parfois… oui mais lui était innocent, il était normal que l'injustice qui l'accablait le submerge.

Tandis que lui était coupable, le reconnaissait et était prêt à payer… Il fallait du courage quand même pour aller se mettre délibérément dans une telle souricière, se jeter en pâture au regard et aux jugements des autres, du courage… ou de l'inconscience. Il n'eut ni l'un ni l'autre. Il s'activait maintenant, finissait de remplir son sac, prenait ses papiers, son passeport, un nécessaire de toilette, et quelques minutes plus tard, il rejoignait sa voiture. Il conduisait depuis un bon moment, attentif à prendre les routes les plus directes qui le rapprocheraient de la frontière dans les meilleurs délais. Il croisa les doigts pour que tout se passe bien, il n'avait aucune idée de l'endroit où il serait le soir, ni ce qu'il ferait ensuite.

Sophia dormait mal. Ses sommeils ramenaient toujours le même cauchemar. Un homme sans visage essayait de la violer, parfois il y parvenait. Bernard accourait sous la pluie, disant qu'il allait l'aider. Mais c'était lui soudain qui était à la place de l'homme, elle entendait alors une voiture approcher. Dans un ultime effort, elle parvenait à se dégager et courait vers la voiture, mais c'était encore Bernard qui en sortait. Là, elle se réveillait souvent avec un cri qu'elle croyait énorme, et qui n'était qu'un son étouffé qui ne parvenait pas à franchir ses lèvres. Couverte de sueur, tremblante, le cœur battant la chamade, elle allumait la lampe de sa chambre qui diffusait une lumière crue et froide. Se mouvant difficilement, elle parvenait à attraper la bouteille d'eau placée sur le chevet et buvait de grandes gorgées pour essayer de retrouver son calme. Elle eut voulu à cet instant être chez elle, avoir les siens près d'elle. Voilà dix jours qu'elle était à l'hôpital, cela suffisait puisque tout allait bien, lui disait-on. Elle demanderait aujourd'hui à sortir, persuadée que cela l'aiderait à oublier cette terrible soirée. Elle somnola jusqu'au matin, n'osant se laisser aller à un vrai sommeil, de peur de retrouver son cauchemar. Elle demanda à l'infirmière qui venait lui faire les soins quand elle pourrait partir.

– Il faut voir ça avec le docteur, c'est lui qui décide, répondit-elle avec sa gentillesse habituelle.

Sophia les connaissait toutes maintenant, celles de jour comme de nuit, et toutes, sachant son histoire, lui manifestaient une attention particulière. Pas de pitié, mais une attention grave, elles étaient conscientes du double traumatisme vécu par elle, victime d'une agression particulièrement violente pour une femme, ajoutée au choc de l'accident lui-même.

– Ça va? demanda l'infirmière.

Elle avait terminé les soins, lui retapait ses oreillers.

– Je vous trouve fatiguée ce matin.

– Je ne dors pas bien, je fais des cauchemars, toujours le même.

– Vous voulez que l'on en parle un peu?

Son regard était chaud de compréhension bienveillante.

– Vous croyez que l'on peut oublier une chose pareille? Je ne pourrai plus être avec un homme sans avoir ces images dans ma tête, ses mains qui me trituraient brutalement, son souffle, son sexe contre ma peau qu'il essayait de pousser en moi, je me débattais autant que je pouvais, mais il était plus fort…

– Un jour, vous rencontrerez un gentil garçon, qui vous aimera vraiment et qui saura vous respecter, attendre que vous le désiriez autant que lui-même…

– Vous croyez que c'est possible?

– J'en suis certaine mon petit. L'amour, le vrai, a une force incroyable. Bien sûr, pas tout de suite, mais le temps adoucit tellement les choses, vous verrez, soyez confiante, tous les hommes ne sont pas de sombres brutes. Et je suis sûre, jolie comme vous êtes, que vous rencontrerez un jour celui qui saura vous rendre pleinement heureuse.

– Je voudrais tant vous croire. En tout cas, merci de m'écouter, ça me fait du bien de pouvoir en parler.

– C'est normal, nous avons toutes été choquées de ce qui vous est arrivé, et en tant que femmes, nous comprenons ce que vous pouvez ressentir. Mais justement, il ne faut pas que votre vie soit gâchée par le comportement d'un sale type; de plus, il n'a pu faire ce qu'il voulait hein? Alors, c'est ça l'important! C'est ça que vous devez retenir!

Un sourire s'amorçait sur le visage de Sophia, son regard croisa celui de la femme qui lui parlait avec tant de naturel de choses qui lui avaient semblé inavouables et insurmontables. C'est vrai qu'il ne l'avait pas eue, qu'elle avait été capable de lui résister ! Alors le reste n'était que violences qu'il fallait oublier.

Le sourire s'élargissait, prenait ce charme incroyable dont elle n'était même pas consciente.

– Ah ! le beau sourire que voilà, dit son interlocutrice. Maintenant, c'est cette image qu'il faut offrir à la vie, vous êtes jolie, si merveilleusement jolie.

Elle rassembla les affaires sur son chariot et sortit en jetant un joyeux regard à sa jeune patiente. Lorsque Marie arriva l'après-midi, elle fut surprise du changement qui s'était opéré chez Sophia. Elle l'accueillit avec le sourire, demanda des nouvelles de tout le monde et dit combien elle était impatiente de les retrouver tous. Deux jours encore, avait confirmé le médecin, et elle pourrait rentrer chez elle poursuivre sa convalescence.

– Tu sais qu'Émile revient dans deux mois, dit Marie, nous ferons une fête pour fêter son retour et ta guérison.

Voilà qui était nouveau. Sa mère n'avait jamais eu l'occasion de fêter quoi que ce soit et cette réaction dénotait chez elle un profond changement. Elle entendait marquer dorénavant les évènements heureux de la vie, elle qui en avait connus si peu.

CHAPITRE X

Avril commençait. Depuis quelques jours, Sophia n'avait plus son plâtre. Elle marchait doucement, avec une légère boiterie. Giulia, le petit lutin, le rayon de soleil de la maison, s'était, dès le retour de sa sœur, attachée à l'aider, la servir avec une spontanéité touchante, si bien que Sophia avait dû lui faire comprendre qu'il fallait la laisser se débrouiller seule par moments, sinon elle ne pourrait jamais plus marcher normalement. L'idée que sa sœur pourrait boiter à vie fut le seul argument qui tempéra son ardeur à tout faire à sa place. Bien sûr, on n'avait pas tout dit à la petite, pour elle, c'était un accident en traversant la rue. Mais Émile, rentré depuis peu, avait été mis au courant par Lucien. Il avait eu un regard de glace, serré les poings, avait juste demandé :

– Il est où maintenant ?

– Aucune idée, il a disparu de la circulation, du jour au lendemain. Personne ne l'a revu. J'ai été voir son employeur, ses parents, je leur ai dit ce qu'il avait fait. Ils étaient atterrés de la conduite de leur fils. Ils n'ont aucune nouvelle non plus.

– Dommage, commenta froidement Émile, j'aurais eu plaisir à lui rectifier sa belle gueule à cette ordure.

Lucien n'avoua jamais, à personne, qu'il avait eu cette ultime faiblesse, prévenir son ancien copain avant de porter plainte, au nom de leur amitié passée.

Émile avait pris un hâle qui accentuait son type italien. Ses yeux de velours, ses mèches ondulées qui commençaient à repousser après la coupe militaire, lui conféraient une incomparable séduction. Il avait minci et pris une sorte d'assurance posée, virile, sans doute acquise par la pratique de la marche en montagne. Giulia était un peu intimidée près de ce grand frère qui revenait après une si longue absence, mais lui, comme le reste de la famille, fondait littéralement devant le petit cabri plein de vie et de gaîté qu'elle était devenue.

Nonna avait compris, sans qu'on le lui dise, qu'il s'était passé quelque chose de particulier lors de l'accident de Sophia, mais ne posa aucune question. Elle n'était pas suffisamment intime avec eux pour se permettre d'interroger. Pourtant, ce fut Sophia elle-même qui se dévoila de façon imprévue. Elles regardaient toutes deux les informations à la télévision lorsque l'on parla d'une sordide histoire de viol de petite fille. Sophia s'agita soudain et fit des commentaires d'une violence inouïe tandis que ses yeux s'emplissaient de larmes. Nonna s'étonna de cette réaction.

– Je sais ce que ça peut faire, alors une petite fille… dit-elle avant même d'avoir pu retenir ses paroles.

Nonna la dévisagea. Leurs regards se croisèrent, la vieille dame avait compris. Elle posa sa longue main décharnée sur le bras de Sophia :

– Pauvre petite, c'était donc ça ; vous parliez en dormant parfois au début, quand vous êtes revenue de l'hôpital.

– C'est vrai ? Mon Dieu ! Et je parle toujours ?

– Non, plus maintenant, rassurez-vous.

Les paroles de la gentille infirmière lui revinrent à l'esprit :

– Vous savez Nonna, il n'est pas parvenu à ses fins.

La vieille dame eut un petit sourire, resta silencieuse. Elle était de cette génération qui ne parlait pas de ces choses-là, aussi rangea-t-on définitivement ce souvenir douloureux dans la boîte à oublis.

Les journées étaient radieuses, et pour remuscler sa jambe blessée, Sophia avait pris l'habitude d'aller marcher le long de l'Eure. Toujours accompagnée d'Émile et parfois de Giulia quand il n'y avait pas école, ils retrouvaient la complicité qui les avait unis si longtemps. Elle était fière de cet homme séduisant qui l'accompagnait, et lui songeait en la regardant qu'elle n'avait jamais été aussi belle. Parfois un sourire amusé flottait sur ses lèvres. Celui qui saura s'en faire aimer sera le plus heureux des hommes, mais il fera des envieux ! songeait-il.

Sophia passa sans problème son examen de fin d'études et décida de trouver dès que possible un emploi. Cependant, afin de se familiariser avec ce monde du travail en bureau dont elle n'avait aucune idée, elle s'inscrivit dans une société d'intérims, cela lui permettrait d'aborder divers aspects de sa fonction et lui ferait une excellente expérience. Elle travailla successivement chez un architecte, pas passionnant de taper des devis toute la journée, dans une société de constructions préfabriquées, dans un garage, une imprimerie, un concessionnaire automobile. Elle se rendit compte que cela ne correspondait pas du tout à l'image qu'elle s'était faite de la secrétaire, assistante indispensable, dont on lui avait tant parlé pendant toute la durée de ses cours.

Elle comprit rapidement qu'elle n'avait pas l'intention de faire ce travail sous cette forme, toute sa vie. Elle y songeait, cherchait des idées et en trouva. Un soir d'été qu'ils étaient au jardin en train de goûter la fraîcheur bienfaisante qui suivait une journée de chaleur lourde, elle exposa son projet.

– Lucien, Émile et moi, nous pourrions créer notre propre entreprise.

Tous les regards convergèrent vers elle avec étonnement.

– Lucien connaît l'électricité, le dépannage de tous les appareils ménagers, Émile a fait une foule de travaux divers, moi j'ai appris le secrétariat. Pourquoi ne pas créer une société qui offrirait une foule de services, dépannages en tous genres par exemple, je vois ça d'ici : M.S.V. ! Multi Services Valentini !

Elle les regarda tour à tour, un vague sourire inquiet devant leur mutisme.

– C’est pas bête, ça, murmura Lucien, songeur, au bout d’un moment.

– C’est même une sacrée idée, enchérit Émile. Je pourrais me perfectionner dans diverses branches, toi aussi Lucien, et Sophia assurerait l’organisation et le suivi de tout ça.

– Et moi, qu’est-ce que je pourrais faire ? demanda la voix claire de Giulia.

– Pour l’instant, rien, tu es trop jeune ma puce. Il faut que tu apprennes encore plein de choses à l’école.

Le regard bienveillant et protecteur de ses aînés la rassura.

Marie écoutait ses grands discuter avec enthousiasme maintenant, et elle ferma les yeux un instant, goûtant la joie de les voir réunis autour d’elle, en bonne santé et tournés vers l’avenir avec confiance. Que de chemin parcouru, que d’épreuves surmontées ! Elle prit machinalement entre ses doigts la petite croix qu’elle portait au cou, celle qu’Emilio lui avait attachée quand il lui avait offerte, et qu’elle n’avait jamais plus quittée. Emilio… son premier et unique amour, son mari, le père de ses enfants, pourquoi n’avait-il pas eu la force de surmonter les épreuves, pourquoi les avait-il abandonnés tous ? Son regard un instant s’embua puis retomba sur ses enfants. Ils étaient là, autour d’elle et faisaient une foule de projets. En pensée, elle dit seulement : merci.

Elle revit encore des images de son enfance abandonnée, de son adolescence, du harcèlement du vieux père Tourville, le regard égrillard, la braguette à moitié ouverte, « toujours prêt à la sortir » comme disaient les journaliers entre eux, de Noémie, la seule personne qui lui ait jamais montré quelque tendresse. C’était bien loin tout cela.

CHAPITRE XI

Le temps s'était écoulé depuis les idées lancées ce jour-là. Il en est souvent ainsi, les projets se forment mais la vie se charge de les modifier.

Un matin, Lucien arriva à son travail et trouva porte close. Pas un mouvement, pas un bruit, il s'inquiéta car cela ne s'était jamais produit. Il attendit un peu, pensant à un retard possible, puis décida d'aller chez son patron. Une ambulance était arrêtée devant la porte. Il entra, avança dans la maison en appelant le père Bontemps. Ce fut sa femme qui arriva, agitée, les yeux rougis.

– Ah ! Mon pauvre Lucien, un grand malheur est arrivé ! Monsieur Bontemps a eu un malaise en se levant ce matin, il est tombé d'un coup, comme ça. J'ai aussitôt appelé le docteur. Il est avec lui, on va le transporter à l'hôpital.

Avant qu'il ait le temps de réagir, deux brancardiers sortaient de la chambre, portant la civière, suivis du docteur. Ils installèrent le malade et l'ambulance partit rapidement en s'ouvrant le passage par ses trois notes modulées si caractéristiques.

Le docteur parlait avec Madame Bontemps. Le ton était grave et la pauvre femme hochait la tête d'un air accablé. Lucien était resté debout, ne sachant trop que faire. Elle le regarda, sembla revenir à la réalité et se levant lentement, alla chercher un trousseau de clefs.

– Tiens mon garçon, tu peux ouvrir l'atelier, les clients ne doivent pas pâtir de la situation, tu connais suffisamment la maison, tu vas savoir te débrouiller.

– Oui madame Bontemps. Je vous les rapporterai ce soir.

– Non, garde-les, tu vas en avoir besoin les autres jours. Mon pauvre homme n'est pas près de reprendre son travail, tu sais.

– D'accord, mais je passerai prendre des nouvelles ce soir.

– Si tu veux.

Il avait donc fait face à la situation, mais très vite, elle devint ingérable étant seul. Il ne pouvait être chez les clients et à l'atelier en même temps. Il proposa à madame Bontemps de se faire aider par son frère Émile pour les déplacements. Elle accepta, disant que l'on s'arrangerait selon l'évolution de la situation.

Son patron passa quelques jours à l'hôpital, mais son état était désespéré. Le cœur était au bout, avait-on dit à sa femme. On la préparait doucement à l'issue fatale. De fait, il mourut deux semaines plus tard et ce fut une délivrance, car le pauvre homme n'était plus que l'ombre de lui-même, cherchant son souffle à chaque respiration, incapable de parler et à moitié paralysé. On l'aimait bien le père Bontemps, toujours disponible, rendant service dès qu'il le pouvait et sa mort fut ressentie avec tristesse dans le quartier.

– Ma pauvre, dit-on à sa veuve après l'enterrement, comment allez vous faire maintenant ? Vous allez fermer le magasin ? De quoi vous allez vivre ?

– Je ne sais pas, c'est trop tôt. Je n'y ai pas réfléchi encore. Pour l'instant c'est Lucien qui s'en occupe, il connaît bien le travail, je lui fais toute confiance, c'est un brave garçon.

Et c'est ainsi qu'insensiblement, Lucien prit la suite de son patron, les Bontemps n'ayant pas d'enfants. Ils firent les choses dans les règles, devant notaire. Lucien était reconnaissant à son patron de l'avoir repris dès sa sortie de prison et l'on fit en sorte que sa veuve ne pâtisse pas de la disparition brutale de son mari. Plus tard, Lucien s'associa avec Émile, puis ils engagèrent un ouvrier, tant leur affaire se développait, un homme d'un certain âge déjà qui avait une longue expérience. Ils louèrent un local jouxtant l'atelier. Ils l'aménagèrent eux-mêmes et en firent un magasin où l'on vendait tous les appareils électroménagers.

Sophia avait trouvé un emploi dans une agence de voyages. La recherche de destinations répondant aux attentes de la clientèle, l'organisation des circuits, les contacts avec l'étranger, la découverte du monde par toutes les brochures à sa disposition, correspondaient mieux à ses aspirations. Très vite, sa gentillesse, le sérieux qu'elle mettait en toute chose, et sa beauté sans doute aussi, attira la clientèle. Elle avait de temps à autre des propositions masculines qu'elle déclinait avec autant de tact que de fermeté, ce qui amusait sa directrice qui commentait gaiement :

– Ne vous mariez jamais Sophia, tant que vous resterez célibataire, tous les hommes de la région garderont l'espoir de vous séduire un jour et c'est bon pour l'agence !

Marie regardait parfois sa fille, souriait silencieusement en hochant la tête.

– Qu'est-ce qu'il y a maman ?

– Rien, rien… je me demande simplement quand tu vas me présenter un fiancé.

– Ah ! ça …

Lucien avait quitté la chambre qu'il occupait au-dessus de l'atelier pour s'installer avec une jeune femme divorcée, Catherine, et c'est Émile qui avait pris sa place. Catherine était arrivée un jour au magasin pour faire des achats, disant avec des yeux mouillés, qu'il fallait qu'elle reparte à zéro, maintenant qu'elle était seule. Lucien l'avait écoutée, ils avaient bavardé, elle était revenue plusieurs fois. Puis il l'avait invitée un soir et les choses s'étaient enchaînées ainsi, tout naturellement. Elle était discrète, pas vraiment jolie mais avait un charme indéfinissable qui résidait surtout dans son sourire, un sourire à faire fondre un iceberg, qui l'illuminait tout entière. Plutôt petite, menue, brune aux yeux bleus, d'un caractère énergique, elle montra vite un profond attachement à Lucien. Biologiste, elle travaillait dans un laboratoire situé en centre-ville.

Lorsqu'il l'avait amenée pour la première fois dans le cercle de famille, elle était pétrifiée de timidité et d'appréhension, tant il avait parlé de sa mère et de ses frère et sœurs avec fougue. Elle avait su trouver spontanément les mots qu'il fallait pour amadouer Marie. Giulia n'avait eu aucun mal à se faire aimer tant elle était spontanée et attachante. Émile l'avait déjà vue plusieurs fois au magasin et la connaissait un peu. Quant à Sophia, elle l'avait accueillie à bras ouverts, si heureuse que son frère trouve enfin le bonheur dans sa vie. Marie avait juste fait une remarque à son fils sur le fait qu'elle soit divorcée, mais lorsqu'elle en avait su les raisons, elle n'avait eu que sympathie pour la jeune femme.

Catherine s'était mariée cinq ans plus tôt, c'était le grand amour. Pourtant, très vite son jeune mari l'avait délaissée préférant la compagnie joyeuse des copains. Tout aurait pu en rester là, mais il avait commencé à l'emmener dans leurs soirées, il avait laissé faire les avances de plus en plus hardies dont elle était l'objet et même proposé qu'elle soit « gentille » avec ses compagnons, elle avait refusé tout net. Leurs relations s'étaient alors détériorées rapidement. Elle avait essayé vainement de lui faire comprendre combien son attitude était blessante et dégradante pour elle, il n'avait répondu que par le mépris, lui disant qu'elle était vieux jeu et qu'elle devait l'écouter si elle voulait le garder. Un soir, il avait amené chez eux deux couples qu'elle ne connaissait pas. Ils l'avaient fait boire malgré elle et elle ne gardait qu'un vague souvenir des suites de la soirée. Pourtant le lendemain matin, il s'était réveillé d'humeur câline, lui avait fait l'amour avec une fougue inhabituelle et lui avait simplement dit :

– Tu vois, c'était pas si difficile de faire plaisir à mes copains. Maintenant, on va être heureux à nouveau.

– Pourquoi tu me dis ça, qu'est-ce qui s'est passé ?

– Ben, t'as été gentille avec nous tous ! Il la regarda amusé. Tu te souviens de rien ?

– Non. Elle rougit, ses yeux s'emplirent de larmes. Tu es en train de me prostituer, c'est ça ?

– Oh ! Les grands mots tout de suite ! Mais non, on a fait l'amour tous ensemble, c'était super. Tu verras, tu vas y prendre goût surtout que mes copains ont beaucoup apprécié tes initiatives.

– Tu es un monstre ! Tu me dégoûtes.

Elle s'était levée vivement, était partie à la salle de bains où elle s'était douchée longuement, révoltée contre son corps qui l'avait trahie, honteuse. Ce soir-là, elle n'était pas rentrée chez elle, avait dormi chez une amie. Elles avaient longuement bavardé et c'est là qu'elle avait pris la décision de divorcer. La procédure avait été longue. Elle était repartie chez ses parents, pensant trouver là, chaleur et compréhension, mais très vite, leurs relations s'étaient détériorées et, lassée de l'attitude de son père qui ne voulait pas comprendre la situation, disant qu'une femme ne peut quitter le foyer conjugal aussi facilement et qu'elle devait obéir à son mari, elle avait décidé de prendre un petit appartement.

Émile quant à lui, se trouvait fort bien dans le célibat. Séducteur impénitent, il s'enflammait comme de l'amadou, se montrait irrésistible, attentionné, fou amoureux avec la conquête du moment. Mais il ne pouvait rester fidèle. Dès qu'un autre regard avait croisé le sien, il avait l'art de rompre sans drame, offrant à la délaissée un cadeau de rupture et la promesse qu'elle pouvait compter sur lui en toute occasion désormais.

Sophia le réprimandait avec tendresse et se moquait de lui.

– Tu es un vrai Casanova ! Tu as un art consommé dans ce domaine.

– Parce que je te plais aussi ? demandait-il d'un air faussement inquiet.

– Non, tu m'amuses. Je sais tout de suite quand je te vois pour la première fois avec une femme, ce que tu vas faire. Tu as une façon de la regarder, de l'entourer de gestes et de propos galants, d'attentions, même ta voix change ! C'est un festival de séduction auquel elle n'a vraiment aucune chance d'échapper ! Mais sois prudent quand même, un jour tu pourrais tomber sur une femme qui ne se laissera pas abandonner aussi facilement.

Ses yeux rieurs enveloppaient alors sa sœur d'une tendresse touchante.

– Remarque, ça compense, parce que toi, par contre, on ne peut pas dire que tu aies une vie sentimentale agitée.

– Qu'est-ce que tu en sais, répondait-elle, mystérieuse.

CHAPITRE XII

De fait, Sophia s'interrogeait et avait pris conscience depuis longtemps déjà du mal qu'avait fait Bernard Dupuis. Elle avait été attirée par des hommes mais le simple fait d'imaginer une relation physique la paralysait. Elle décourageait ses soupirants et ne parvenait pas à vaincre cette phobie. Elle avait pourtant cru pouvoir vivre normalement, pensant avoir surmonté ce choc.

Lorsqu'elle avait revu Jean Leblond rentré du service, son cœur avait bondi. Il avait été intimidé en la retrouvant, bouleversé par sa beauté rayonnante et avait succombé immédiatement. Il n'avait eu aucun mal à réveiller le tendre intérêt qu'elle lui portait depuis des années. Ils éprouvaient le même plaisir à être ensemble, et laissaient grandir leur amour sans arrière-pensée. Mais lorsqu'il avait voulu aller plus loin dans leur relation, une sorte de peur panique s'était emparée d'elle. Elle avait lutté, avait voulu se raisonner. Il s'était montré d'une patience infinie, ne comprenant pas ses réactions. Il avait voulu en connaître les raisons, et elle avait été incapable de les lui donner, paralysée à l'idée qu'elle pourrait le perdre s'il savait ce qu'elle avait subi. Il avait alors pensé qu'elle ne l'aimait pas assez pour se donner à lui et lentement, s'était éloigné, ne voulant l'importuner davantage d'un amour qu'elle ne partageait pas, malheureux et désabusé. Sophia voulut le retenir de tout son être, mais elle ne parvint pas à vaincre la force terrible qui l'enfermait en elle-même.

À quoi servait d'être belle, jeune, attirante, se disait-elle. Je suis pourrie de l'intérieur.

Marie voyait avec tristesse le temps passer sur la jeunesse de sa fille et ruminait une terrible rancœur contre Bernard Dupuis. Elle décida d'aborder Sophia de front, sur ce sujet sensible. Elle refusait que sa fille passe à côté de sa vie de femme. Elle sut trouver les mots pour ne pas choquer sa sensibilité. Elle lui fit même la confidence des assauts brutaux du père Tourville, dont elle avait été victime lorsqu'elle était bonne à la ferme, mais lui parla surtout de sa rencontre avec Emilio, leur père, de son amour, de la dignité qu'il lui avait rendue. Elle osa même évoquer le plaisir insensé du désir partagé. Elle se montra non plus mère, mais femme avec une autre femme. Il était possible de surmonter l'épreuve qu'elle avait subie, il suffisait de se convaincre qu'elle était plus forte que celui qui l'avait agressée.

Sophia l'écouta en silence, tout en remarquant l'aisance avec laquelle sa mère parlait maintenant. Les mots lui venaient naturellement et elle parvenait aisément à exprimer, détailler ses pensées, elle qui croyait ne pas en avoir. Elle fut touchée de la franchise de sa mère, de cette complicité totale que cela révélait.

– Tu n'as pas à rougir ma fille, tu n'as pas été salie. Il faut que tu oublies tout ça. Jean est malheureux, il t'aime, ne le repousse pas. Regarde Catherine, ce qu'elle a vécu. C'est pire, elle a été trahie par l'homme qu'elle aimait, et bien, ça ne l'empêche pas d'être totalement heureuse avec ton frère maintenant.

– Maman, dit simplement Sophia, pourquoi ne m'as-tu pas dit tout cela plus tôt ? Je ne savais pas que tu…

– Chut ! C'est loin tout ça. Pense à l'avenir et sois heureuse ma fille.

– Crois-tu que Jean pense encore à moi ? demanda-t-elle après un long silence. J'ai dû tellement le décevoir et le peiner.

– Je ne sais pas, c'est à toi de faire le chemin maintenant, si tu l'aimes vraiment.

– Oui, je l'aime, mais je ne sais pas comment revenir vers lui.

– Ton cœur trouvera.

Marie essaya pourtant d'aider un peu le hasard en invitant les Leblond à venir passer une journée avec eux, prétextant que les arbres étaient chargés de fruits et qu'Irène pourrait en ramasser pour faire des confitures.

– Venez avec Jean, ajouta-t-elle, ça nous fera plaisir de vous avoir tous les trois.

Irène Leblond n'avait pas été sans remarquer la froideur qui s'était installée entre son fils et Sophia.

Mais depuis quelque temps, il avait changé, semblait plus dynamique, et avait fini par dire à ses parents qu'il pensait bientôt leur présenter quelqu'un. Elle avait compris que la rupture avec Sophia était consommée et en avait été profondément peinée, d'autant qu'elle sentait son fils encore épris d'elle.

– Je ne sais pas s'il voudra venir, je crois qu'il a rencontré quelqu'un. Il doit nous la présenter prochainement du reste.

Elle avait voulu par cette phrase annoncer qu'elle avait compris les intentions de Marie mais qu'il était trop tard. Marie éprouva une vive déception. Elle ne dit rien à Sophia, préférant finalement laisser faire les choses.

Il faisait un temps lourd, orageux. Les Leblond étaient là, et l'on bavardait gaiement dans la fraîcheur relative de la maison. Irène se leva :

– Bon, c'est pas tout ça, mais si je veux des fruits, il faut que j'aille les cueillir avant l'orage.

– Je vais vous aider, dit Sophia en prenant les paniers qu'elle avait apportés.

Elles partirent vers le jardin.

– Ils auraient fait un beau couple avec Jean quand même, soupira François, quel dommage !

– Tout n'est peut-être pas perdu, dit Marie avec un sourire. L'amour prend parfois des chemins compliqués pour arriver à ses fins…

– C'est trop tard maintenant.

Alors que l'après-midi s'étirait, que la menace d'orage se précisait, Irène et Sophia s'affairaient à remplir les paniers. Elles plaisantaient de temps à autre, tout en soufflant et s'essuyant le visage du revers de la main, accablées par la chaleur lourde.

– Je crois que ça va suffire, dit Irène. De toute façon, je n'en peux plus, je suis en nage.

– Vous voulez vous rafraîchir ? demanda Sophia d'un ton enjoué. Venez, suivez-moi.

Elle avait posé le panier plein de prunes gorgées de sucre à en éclater, et l'entraînait vers le fond du jardin. Arrivée près des quelques marches qui descendaient dans la rivière, elle dit :

– Venez, ce n'est pas profond, jusqu'aux genoux à peine, il y a un banc de sable, et, relevant sa robe, elle s'engagea hardiment dans la rivière. Venez ! C'est divin !

Irène hésita encore, puis ne résistant plus à l'appel de Sophia, la suivit. Elle poussa un léger cri, surprise par la fraîcheur de l'eau. Sophia avançait lentement dans le courant, connaissant bien l'endroit. Irène la suivait à pas hésitants. Elle faillit glisser et Sophia lui donna la main.

– Maman ! Où es-tu ? Maman ! appela la voix de Jean.

Sophia ne put retenir un léger sursaut de surprise, ce qui fit chavirer légèrement Irène. Voulant se retenir maladroitement, elle ne fit qu'accentuer son déséquilibre, entraînant finalement Sophia dans sa chute. Elles riaient toutes deux maintenant, pataugeant pour se remettre debout, dégoulinantes.

– Là, Jean, nous sommes là, dans la rivière, répondit-elle en pouffant de rire.

– Mais qu'est-ce que vous faites là ? disait-il planté sur les marches.

– On a voulu se rafraîchir, mais j'ai perdu l'équilibre et nous sommes tombées toutes les deux. Tiens, aide-moi à remonter, dit-elle en tendant la main à son fils.

Une fois sur le sol sec, elle essora légèrement le bas de sa robe, et ramassant les paniers emplis de fruits, partit en riant vers la maison.

Jean était toujours sur les marches et tendait maintenant la main à Sophia. Elle la saisit et il la ramena fermement contre lui. Il la retint quelques instants, goûtant la chaleur de son corps à travers le léger tissu mouillé de sa robe. Elle ne résista pas. Ce fut lui qui se détacha le premier.

– Je n'ai jamais vu ma mère comme ça, dit-il. On aurait dit des collégiennes à vous voir rire et patauger toutes les deux.

– Je ne m'attendais pas à te voir, dit-elle faussement désinvolte.

Elle tordait ses cheveux pour les essorer. Il la regardait, ne pouvant empêcher son cœur de s'emballer devant la grâce de ses gestes, sa silhouette dépouillée du flou des vêtements, ceux-ci lui collant à la peau et soulignant ses seins fermes, la finesse de sa taille, la courbe si délicate du ventre... Elle ressentit une impression curieuse sous ce regard d'homme qui l'enveloppait. Une chaleur montait en elle, et elle eut voulu qu'il la prenne dans ses bras, qu'il l'embrasse et... mon Dieu, était-ce possible, elle songeait soudain à des caresses plus précises. Elle se rendit compte qu'à cette seconde même, elle lui eut cédé sans l'ombre d'une hésitation. Il l'avait compris aussi et partant vers la maison, il dit :

– J'aurais bien voulu voir leur tête à l'arrivée de ma mère trempée comme une soupe !

Des rires et des éclats de voix venaient de la maison tandis qu'ils apparaissaient sur le seuil.

– Alors tu les as sauvées de la noyade ? dit François encore amusé par l'arrivée surprenante de sa femme.

Marie s'approcha de sa fille, une longue serviette à la main et elle l'enveloppa tout entière.

– Viens te changer, dit-elle à voix basse en l'entraînant, on te voit comme si tu n'avais rien sur le corps.

Giulia riait à gorge déployée, comme savent si bien le faire les enfants heureux lorsqu'ils se moquent des bêtises des adultes.

Le souvenir de cette chaude journée d'été restait présent. Sophia ne pouvait effacer de sa mémoire ces quelques instants passés avec Jean ; ils ne s'étaient pas revus. Elle comprit avec un douloureux pincement au cœur qu'elle l'avait perdu, définitivement, et se fit d'amers reproches, pleinement consciente qu'elle était seule responsable de leur séparation.

De son côté, Jean voulait oublier ces secondes qui les avaient rapprochés. Mais il ne pouvait empêcher ses mains de garder le souvenir de ce corps chaud, dont les lignes parfaites étaient gravées dans son esprit.

Sa relation avec Éliane, la jeune infirmière qu'il avait rencontrée, s'en ressentit. Si elle n'avait pas été d'astreinte à l'hôpital ce fameux dimanche, il n'aurait pas été libre, n'aurait pas eu l'idée de rejoindre ses parents pour la voir elle, Sophia. Il l'aimait toujours, c'était l'évidence même, et ce léger abandon qu'elle avait eu dans ses bras, lui avait donné l'espoir d'un retour possible. Mais il était engagé ailleurs maintenant et ne se reconnaissait pas le droit d'abandonner Éliane qui lui manifestait un amour exclusif, qui faisait des projets avec lui, projets que jusque-là, il avait partagés, encouragés même. Il prit une décision, ils allaient se marier, vite, et s'installer ailleurs, loin d'ici. Elle pouvait travailler partout et lui avec ses diplômes d'ingénieur n'aurait aucun mal à trouver une situation là où elle serait. Il fut soulagé de sa décision, voilà ce qu'il fallait faire, du moins voulut-il s'en persuader.

Éliane avait perçu le changement en l'homme qu'elle aimait. Elle comprit que leur relation était en danger et en conçut un terrible sentiment de jalousie, une jalousie aveugle, contre une ennemie inconnue, jalousie dévastatrice dont elle ne se serait pas crue capable. Elle allait le défendre son homme, fut-ce contre lui-même. Elle prit l'habitude, dès qu'elle le pouvait, de venir le chercher à la sortie de son travail. Lorsqu'elle était chez les Leblond, elle harcelait Irène de questions.

– A-t-il déjà aimé quelqu'un, mais quelqu'un qui ait compté vraiment ?

– Je crois oui. Une amie d'enfance qui habitait non loin d'ici

– Où est-elle maintenant ?

– À Chartres.

– Il la voit toujours ?

– Non, plus maintenant.

– Je la connais ?

– Peut-être

– Qui était-ce ?

– Sophia Valentini.

– Les Valentini ? Ceux de la maison en chaume ? Ma tante habitait ici. Je me souviens qu'on racontait plein d'histoires sur eux.

– Trop ! dit Irène, agacée par le ton que prenait cet interrogatoire.

– Elle était belle ?

– Très belle. Mais Éliane, pourquoi me posez-vous toutes ces questions soudain ?

– Pour rien, pour savoir comment vivait Jean avant moi, c'est tout.

Ainsi donc, ils avaient connu les Valentini, la sorcière comme disait sa tante. Elle eut la certitude à cet instant, que Jean pensait toujours à cette Sophia dont la beauté en effet avait laissé des traces dans les esprits, et qu'il l'aimait encore. Pensant se l'attacher définitivement, elle lui avoua quelques jours plus tard, qu'elle était enceinte, avec toutes les marques de la plus grande tendresse mêlée d'une ombre de confusion. L'illusion était parfaite. Il reçut la nouvelle avec étonnement.

– Tu m'avais dit pourtant que tu prenais toutes les précautions…

– Ben oui, mais je suis enceinte quand même.

– Tu en es certaine ?

Elle se fit câline, tendre.

– Ça t'ennuie tant que ça ? Nous allons nous marier plus vite, c'est tout.

Il demeura maussade.

– Moi qui pensais que tu allais sauter de joie. Tu disais que tu aimerais avoir des enfants.

– Oui, je l'ai dit, c'est vrai, mais pas tout de suite, pas si vite.

– Si c'était Sophia qui était à ma place, tu dirais la même chose ? demanda-t-elle soudain d'une voix changée.

Il sursauta.

– Pourquoi parles-tu de Sophia ?

– Parce que je sais que c'était ta bonne amie la Valentini, la fille de la sorcière.

– Je t'interdis de parler comme ça, tu ne les connais même pas

– Oh, si je les connais, je me souviens parfaitement de tout ce qu'on racontait dans le village, l'histoire de son frère, et cette pauvre madame Merlier qui a tout perdu à cause d'eux.

– Tais-toi ! Tu dis n'importe quoi ! Mais qu'est-ce qui te prend tout à coup ?

– Il me prend que je sens que tu l'aimes toujours la belle Sophia, et je ne le permettrai jamais, jamais, tu entends ? Sa voix montait dans les aigus. Tu es à moi Jean, pour toujours, et je ne te lâcherai pas.

– C'est le meilleur moyen de me perdre, cette attitude. Je ne suis pas un toutou que l'on attache.

– Ne me pousse pas à bout, tu ne sais pas de quoi je suis capable !

Il ne la reconnaissait plus. Lui qui s'efforçait de chasser Sophia de son esprit, voilà qu'elle lui reparlait d'elle en des termes méprisants, et cette histoire de grossesse qui arrivait là-dessus comme par enchantement.

Le lendemain de cette altercation, elle se fit chatte et tendre.

– Pardonne-moi, je ne sais pas ce qui m'a pris, mais à l'idée de cette Sophia, j'ai perdu la tête. Je t'aime tant. Je crois que je deviendrais folle si tu me quittais.

– Ne reparle jamais de Sophia, dit-il d'une voix calme, posée. Tu entends ? Il n'y a plus de Sophia.

– C'est moi seule que tu aimes alors ?

Il ne répondit pas. Elle l'agaçait au plus haut point avec cette jalousie ridicule et injustifiée. Dès lors, il commença à l'observer de près, guettant les moindres signes qui pourraient confirmer une grossesse dont il doutait. Leur relation se détériorait de jour en jour. Ayant toujours eu une grande complicité avec sa mère, il finit par lui en parler. Irène supportait difficilement de son côté, le caractère irascible de sa future belle fille.

– Elle est enceinte dis-tu ? Ça m'étonnerait ! Je m'en serais rendu compte, une femme voit ça rapidement tu sais. Je vais y faire attention.

Les jours, puis les semaines passèrent. Éliane devenait de plus en plus instable, épiant littéralement les moindres faits et gestes de Jean, l'appelant plusieurs fois par jour, le harcelant de questions concernant sa relation avec Sophia, exigeant des détails intimes, est-ce qu'elle lui faisait ceci, est-ce qu'elle lui disait cela ? Lorsqu'il devait se déplacer pour son travail, elle ne vivait plus, persuadée qu'il partait la rejoindre, lui faisant des scènes sans fin à son retour. Irène avait maintenant la certitude que cette grossesse n'était qu'une comédie n'ayant d'autre but que d'amener son fils au mariage le plus vite possible. Devant sa taille qui ne changeait pas, son teint qui restait clair, et après une énième scène, Jean excédé, finit par lui dire, bien décidé à arrêter là une relation qui devenait insupportable :

– Éliane, je crois que j'ai été patient et gentil au-delà du possible. Mais vraiment, tu me fatigues avec toutes tes histoires, tes soupçons, tes sous-entendus ; je pense par ailleurs que tu t'es assez fichu de moi avec ta soi-disant grossesse, alors ça suffit. Je n'ai pas l'intention d'épouser une hystérique, nous allons donc en rester là. C'est fini, tu comprends ? Fini ! Tu as dépassé les bornes.

Elle resta sans voix quelques secondes, puis éclata en une colère digne des plus grandes tragédies, l'insultant, le menaçant, lui, sa famille et Sophia. Il voulut la calmer, mais elle s'excita davantage. Finalement, après un long regard, il dit doucement :

– Ma pauvre Éliane, tu devrais te faire soigner, sérieusement, car tu es malade, au sens propre du mot, ton attitude n'est plus normale. Tu te leurres toi-même, voyant des choses qui n'existent pas, prêtant aux gens des paroles qu'ils n'ont jamais dites et des actions qu'ils n'ont jamais faites.

– Oh ! Pas de morale, je t'en prie, je sais très bien ce que je dis et je ne suis pas folle comme tu sembles le penser, mais tout le monde sait ce qu'ont fait les Valentini, la mère la sorcière, le fils, un assassin et toute cette belle famille qui se goberge maintenant aux frais de la société ! Ils se sont bien débrouillés sur le dos des autres, mais ça ne durera pas, crois-moi, ça ne durera pas ! Je vais faire ce qu'il faut pour ça.

Faisant brusquement demi-tour, elle le planta là, prit sa voiture et partit. Décidément, il faudrait vraiment qu'elle se fasse soigner, pensa Jean, en s'efforçant d'oublier cette pénible scène de rupture.

C'était sans compter sur la jalousie exacerbée de cette femme, jalousie qui tournait maintenant à la psychose, elle était prête à tout pour le garder. Elle voulait qu'il n'ait qu'elle en tête, et souhaitait nuire à celle qui pouvait exister ailleurs. Son caractère changea, elle devint fébrile et fut obligée de prendre des calmants car cela n'était pas compatible avec son métier. Ses collègues s'inquiétèrent et sous le sceau du secret, elle avoua qu'elle était enceinte de Jean mais qu'une autre femme voulait l'éloigner d'elle. Bien sûr la curiosité féminine voulut en savoir davantage.

– Oh ! Vous les connaissez, la famille Valentini, vous vous souvenez de cette histoire de meurtre qui a été rejugée on ne sait par quel miracle.

– Ce n'était pas un miracle Éliane, je m'en souviens parfaitement, c'était une erreur, le vrai coupable s'est dénoncé après, dit l'une de ses collègues.

– La mère Valentini était sorcière dans son village. Si vous saviez tout ce que j'ai appris sur eux, vous ne pouvez pas vous imaginer. Alors, je veux sauver Jean, malgré lui, il ne faut pas qu'il tombe entre leurs mains. Il ne le sait pas, mais elle l'a déjà envoûté.

– Tu ne crois pas que tu exagères un peu avec tes histoires de sorcières ? demanda une autre.

– Je les connais, je sais de quoi ils sont capables. Ils sont dangereux ces gens-là. Il faut les détruire.

Son regard égaré, fixe, passait de l'une à l'autre. Ainsi, semant à nouveau les graines de la médisance et de la bêtise, elle espérait faire ressurgir du passé les sentiments hostiles qui entouraient cette famille maudite. Mais les temps avaient changé et surtout, les gens de la ville ne réagissaient plus comme autrefois dans le fin fond des campagnes. Si elle parvint à soulever quelques interrogations, elle ne put pour autant rallier son entourage à sa cause, tant son attitude et son discours devenaient incohérents.

Le travail de Sophia lui permettant de bénéficier de voyages à des conditions intéressantes, ses frères et elle décidèrent d'offrir à Marie pour ses cinquante ans, la découverte de Paris pendant quelques jours. Lucien et Émile ne pouvaient se permettre de fermer l'atelier et le magasin à cette période de l'année, ils demandèrent donc à Sophia de jouer le rôle d'accompagnatrice et de guide. Ils pensèrent également que quelques jours de dépaysement seraient bénéfiques à leur sœur et la distrairaient de cette mélancolie qui ne la quittait plus. Elle savait où Jean travaillait, avait eu souvent le désir de s'y rendre et de le croiser peut-être, par hasard. Mais elle pensait alors à la jeune femme qui partageait sa vie maintenant et ne voulait pas semer le trouble dans leur couple. Il fallait qu'elle l'oublie et qu'elle regarde l'avenir sans lui.

Marie et elles partirent donc toutes deux par une fraîche matinée de Décembre. Lorsqu'elles sortirent de la gare Montparnasse, l'animation de la ville, la largeur des rues, l'agitation qui régnait partout, comme si le rythme de la vie s'était accéléré, furent les premières impressions qui les frappèrent. Sophia avait retenu un hôtel à proximité des Champs Élysées pour se trouver en plein cœur de la ville, elles s'y firent conduire en taxi. Un monde nouveau s'offrait à elles. Marie allait d'émerveillements en surprises, n'en croyant pas ses yeux.

– Mon Dieu ! Je n'aurais jamais imaginé une ville pareille ! Et toutes ces voitures ! Que c'est grand ! Mais comment font tous ces gens pour ne pas se faire écraser ? Regarde Sophia, il y a en partout !

Bien qu'aussi excitée que sa mère, Sophia contrôlait mieux ses étonnements. Elle avait vu une foule de brochures sur Paris, avait organisé de nombreux séjours pour des individuels ou des groupes, connaissait les endroits incontournables à ne pas rater, les monuments, les théâtres. L'enthousiasme de sa mère la ravissait, elle était si heureuse de pouvoir lui offrir cela et surtout de l'avoir pour elle seule. Elle la regardait tandis qu'elles arrivaient Place de la Concorde. Marie n'avait pas assez d'yeux pour tout voir. Sophia fut envahie d'une bouffée de tendresse pour elle, elle qui avait tout bravé, tout enduré pour les élever dans les pires difficultés, sans jamais se plaindre, serrant les dents à chaque nouveau coup du sort. Maman, pensa-t-elle, maman, sois heureuse, regarde, profite de tout, tu l'as tellement mérité.

Elles remontaient maintenant les Champs Élysées.

– La plus belle avenue du monde, lui souffla Sophia.

Marie lui prit la main :

– C'est trop d'émotions ma fille, répondit-elle sur le même ton. Ses yeux étaient embués de larmes.

Le taxi les déposa rue de Bassano, devant un immeuble coquet. Le chauffeur mit leurs bagages sur le trottoir, tandis qu'un homme, sorti de l'hôtel s'en emparait et les précédait dans le hall. Marie observait tout avec gourmandise. La moquette épaisse, les glaces qui renvoyaient leur image à l'infini, d'immenses plantes vertes qui donnaient une impression d'exotisme. Sophia la guidait gentiment. On leur demandait leurs papiers, on les inscrivait sur un registre. Marie n'osait poser de questions, mais s'en inquiétait. La réceptionniste leur tendait une clef

– Chambre 9, au premier étage. Vos bagages vous y attendent. L'ascenseur est à gauche. Je vous souhaite un très agréable séjour mesdames, n'hésitez pas à demander si vous avez besoin de quoi que ce soit, nous sommes à votre disposition.

Marie suivait sa fille comme dans un rêve, elle n'avait plus de voix. La chambre était spacieuse. Deux grands lits capitonnés dont la couverture était faite, un mobilier Louis XV, cossu, une salle de bains attenante, carrelée de rose et gris, tout un assortiment de petits savons, d'échantillons de parfums, un monceau de serviettes de toutes dimensions au chiffre de l'hôtel, une baignoire sur les bords de laquelle s'alignaient plusieurs flacons avec des sels de bains de différentes couleurs.

– On a le droit de se servir de tout ça? demanda Marie.

– Bien sûr, et ils vont même te changer le linge tous les jours, dit Sophia en ne pouvant retenir un sourire amusé devant l'étonnement gourmand de sa mère.

– Tu vas me donner des goûts de luxe ma fille.

– C'est mon métier tu vois, tout organiser pour que le séjour soit aussi agréable et réussi que possible. Alors ne te pose pas de questions maman et profite pleinement de ces quelques jours. Maintenant, tu vas te rafraîchir et ensuite nous irons faire un peu de shopping.

– De quoi ?

– Shopping, ça veut dire que nous allons nous promener, regarder les boutiques et faire quelques achats

– Mais ça doit être très cher !

– Maman, ne t'occupe pas de ça. Avec Lucien et Émile, nous avons décidé de te gâter, alors laisse-toi faire, ça nous fait tellement plaisir.

Sophia la promena partout. Les illuminations de Noël déjà installées scintillaient dans les arbres des Champs Élysées formant une avenue de lumière. Elles virent les grands magasins où une foule de frimousses émerveillées se pressaient contre les vitrines animées. Elles déambulèrent dans le Quartier Latin, à Montmartre, au cimetière du Père Lachaise, autant de lieux chargés d'histoire. Elles visitèrent Notre Dame, suivirent les quais où s'alignaient les bouquinistes. Marie feuilletait des livres au hasard et découvrait le plaisir insensé de pouvoir y pénétrer en quelques lignes. Lire lui procurait une jouissance indescriptible, lui donnait l'impression grisante d'avoir accès à toute la connaissance du monde. Elle voulut monter à la Tour Eiffel et fut sidérée de voir la ville si petite à ses pieds. Puis ce fut une soirée à la Comédie Française où l'on jouait ce soir-là le Bourgeois Gentilhomme. Sophia avait loué une loge. Marie s'installa dans l'univers sang et or du théâtre avec un naturel qui surprit sa fille. Elle ne quitta pas la scène du regard tout au long du spectacle et rit beaucoup.

Le temps passait à une vitesse incroyable. Elles rentraient harassées à leur hôtel chaque soir, mais Marie demandait aussitôt le programme du lendemain. Elles passèrent quelques heures au Louvre. Un autre monde s'offrit à la curiosité insatiable de Marie, celui du passé. Elle n'avait jamais imaginé l'existence de civilisations disparues, et encore moins pensé une seconde en voir des témoignages, toucher du regard des objets, des statues qui l'emmenaient des siècles en arrière. Au fur et à mesure de leur séjour, son appétit de connaissances grandissait, elle voulait tout voir, tout découvrir.

– Nous reviendrons maman, nous ne pouvons pas tout faire en si peu de temps.

Elles allèrent encore au Jardin des Plantes, au musée Grévin. Le premier livre que Marie avait découvert étant Les Misérables, elle tint absolument à visiter le Musée Victor Hugo quand elle sut qu'il y en avait un place des Vosges. Sophia lui donnait une foule d'informations sur tout ce qu'elles voyaient, et sur l'histoire infinie de Paris.

– Mais comment sais-tu tout cela toi ?

– Je me renseigne, maman, je lis beaucoup de choses, ça m'est utile dans mon travail et en plus j'adore cela.

Marie devenait songeuse parfois. Penser qu'elle avait été élevée par une vieille bonne bourrue, inculte, qu'elle était restée illettrée des dizaines d'années, qu'elle avait connu les outrages, la misère, les drames, et qu'elle était là, aux côtés de cette belle jeune femme, sa fille, en train de contempler un univers dont elle n'avait même pas conscience il y a encore quelques jours à peine. Que la vie est curieuse tout de même, on ne peut décidément pas dire de quoi sera fait le lendemain. Il fallait déjà songer au retour, la semaine était passée, et classer tous les souvenirs accumulés, elle aurait tant de choses à raconter.

Lucien les accueillit à la gare. Il tombait une pluie fine, froide, et Marie sentit soudain une tristesse indéfinissable l'envahir. Le rêve était terminé, il fallait replonger dans la réalité quotidienne. Giulia, Catherine et Nonna les attendaient. Émile arriva un peu plus tard. La maison était chaleureuse, pleine de vie, la table était prête. Marie fut heureuse de retrouver tout son monde.

Ils écoutaient leur mère avec une attention soutenue et amusée. Elle avait un enthousiasme qu'ils ne lui connaissaient pas, pour parler de ce qu'elle avait vu. Ils sentirent combien elle avait apprécié cette parenthèse dans sa vie de tous les jours et en furent ravis. Elle avait un cadeau pour chacun, mais avait rejeté spontanément les souvenirs à touristes que l'on voyait partout. Sophia avait à plusieurs reprises été surprise de la qualité du goût de sa mère, non qu'elle la crût incapable d'en avoir, mais rien ne l'avait préparée à un tel discernement.

Si l'éloignement avait un moment distrait Sophia de ses pensées, elle ne pouvait chasser Jean de son esprit. Que faisait-il maintenant ? Était-il marié ? Ils n'avaient plus de contact avec les Leblond depuis quelque temps, Irène ayant compris que leur séparation étant douloureuse pour chacun, il valait mieux sortir de leur vie.

De son côté, Sophia savait qu'elle ne parviendrait pas à se détacher de Jean tant qu'elle serait ici et elle décida de faire une formation touristique. Elle accompagnerait des groupes, voyagerait, verrait d'autres horizons. Sa décision attrista Marie qui était très proche de sa fille aînée mais elle s'inclina, comprenant que cela l'aiderait à tourner la page d'un présent qui devenait difficile à supporter.

Ainsi ses grands s'éloignaient, chacun prenait sa route, c'était le cours normal des choses. On élevait des enfants, ils étaient proches, avaient besoin de vous, ils grandissaient, les personnalités s'affirmaient, et puis un jour, ils vous quittaient, construisaient leur vie à leur tour.

Il lui restait Giulia pour quelques années encore, Giulia, la gaîté, la fraîcheur même. Sans être aussi jolie que sa sœur, elle avait un charme incontestable. Des yeux rieurs, une vivacité de tous les instants, un rire cristallin qu'elle savait moduler à loisir, le même regard de feu commun aux Valentini, avec une chevelure de jais bouclée où jouaient des reflets bleutés. Elle se démarquait de ses autres enfants par un caractère beaucoup plus affirmé, ayant une détermination pouvant friser l'entêtement. Elle pouvait être aussi tendre que dure dans ses attitudes ou ses réactions et la médiocrité ne trouvait nul écho chez elle. Marie s'efforçait de tempérer ses jugements parfois un peu abrupts, lui disant que la vie quotidienne impliquait fatalement une certaine souplesse dans ses relations avec autrui.

– Je ne sais pas encore ce que tu feras plus tard ma fille, mais il faut savoir faire le dos rond parfois, sinon tu n'en finiras pas de te bagarrer avec tout le monde.

Giulia gardait de son enfance fragile une délicatesse qui n'était qu'apparente et ne l'empêchait nullement d'être active, voire sportive. Elle faisait de longues marches avec Émile. Il l'avait emmenée au ski plusieurs fois et avait été surpris de son audace. Après quelques conseils écoutés avec la plus grande attention, elle se lançait avec lui dans des descentes plus ou moins hardies et s'en sortait tout à fait honorablement. Raffinée dans ses goûts, elle rêvait de faire un métier artistique, sans savoir encore exactement lequel.

CHAPITRE XIII

Le magasin d'électroménager était en pleine activité, les clients faisant leurs achats pour les cadeaux de fin d'année. Dans le fond de l'atelier, le téléphone sonnait avec insistance. L'employé, que tout le monde appelait Monsieur Fernand, décrocha. Il écouta quelques instants, posa le récepteur et vint rapidement dans le magasin, se dirigeant vers Émile :

– On vous demande au téléphone.

Émile le suivit, prit le récepteur. Son visage se figea et devint grave.

– Je viens dès que je peux.

Revenu dans le magasin, il dit quelques mots à l'oreille de Lucien qui le regarda avec une vive inquiétude. Ils finirent de servir les clients, et dès la fermeture de midi, Émile partit vivement vers l'hôpital.

Il retrouva François et Irène Leblond qui faisaient les cent pas dans le couloir menant au bloc opératoire.

– Merci d'être venu, dirent-ils.

Irène ne cherchait pas à cacher son regard noyé de larmes tandis que François ne pouvait empêcher ses mains de trembler légèrement.

– Qu'est ce qui s'est passé ? demanda Émile

– On ne sait pas encore. Ce sont des gens qui ont vu la voiture accidentée et ont donné l'alerte. Nous avons été prévenus dans la matinée.

– Que disent les médecins ? Dans quel état est-il ?

– On ne sait rien, Émile, dit François en lui posant la main sur l'épaule. Quand nous sommes arrivés, il était dans la salle d'opération, ça fait plus de quatre heures qu'il est là-dedans.

– J'ai peur, murmura Irène en s'accrochant à son mari

– Aie confiance ma chérie. Il est vivant, c'est l'essentiel.

– Mais dans quel état ?

Ils se turent, immobiles, les yeux rivés sur cette double porte obstinément close. Les minutes s'écoulaient, angoissantes, silencieuses, laissant à chacun le temps d'imaginer le pire tout en le rejetant avec force. Enfin, des bruits de voix, un battant de porte qui s'ouvre, que l'on bloque, puis le second, et sort un lit roulant. Une forme se dessine sous le drap, la tête entourée de bandages ainsi que le haut du torse que l'on peut apercevoir. On passe devant eux rapidement, ils suivent du regard. Un chirurgien se dirige vers eux.

– Monsieur, madame Leblond ?

Ils font oui de la tête, incapables de parler.

– Nous avons fait ce que nous avons pu, croyez-le bien, mais il est sérieusement touché, éclatement de la rate, plusieurs côtes cassées, une fracture compliquée du bassin et un léger traumatisme crânien. Nous l'avons mis en coma artificiel pour qu'il ne souffre pas. Soyez confiants. Pour l'instant nous le gardons en soins intensifs.

– Va-t-il s'en sortir ?

– Il est entre de bonnes mains, nous allons tout faire pour ça, je vous le promets.

– Peut-on le voir ?

– Pas tout de suite, dès que ce sera possible, on vous le dira.

Irène se raccrochait à cet homme solide, cette voix chaude qui se voulait confiante, qui voulait rassurer à tout prix.

– Savez-vous ce qui s'est passé exactement ?

– Non, mais ces messieurs qui arrivent vont pouvoir vous en dire davantage je pense, dit-il en désignant deux policiers en civil qui les rejoignaient. Ils se tournèrent vers les deux hommes qui arrivaient silencieusement. Après avoir pris succinctement des nouvelles du blessé, ils demandaient :

– Vous connaissez une certaine Éliane Prouvot ?

– Oui, c'est sa fiancée, dit Irène.

– C'était, elle n'a pas survécu, tuée sur le coup. C'est elle qui conduisait, c'était sa voiture. D'après les premières constatations, il semblerait qu'elle ait abordé ce virage à très grande vitesse et perdu complètement le contrôle du véhicule. Elle s'est littéralement écrasée contre le mur qui longe la route à cet endroit, mais l'enquête nous en dira plus.

Se tournant vers le chirurgien, l'un des hommes demanda :

– Quand pourrons-nous interroger le blessé, docteur ?

– Oh ! Pas tout de suite ! Il n'est pas en état de parler pour l'instant.

Il enleva la calotte qui cachait ses cheveux, se passa la main sur le visage d'un geste las, puis avec un franc sourire s'excusa de devoir les laisser, d'autres malades l'attendaient et il prit congé.

Émile resta un bon moment avec eux, commentant les informations qu'ils venaient de recevoir, puis regardant sa montre, dit d'un air navré qu'il devait retourner au magasin.

– De toute façon, mon pauvre Émile, on ne peut rien faire de plus. Nous allons rentrer aussi. On a voulu te prévenir, vous êtes amis depuis si longtemps. Quand il va se réveiller, je pense qu'il sera content de te voir.

– Je vais prévenir la famille. On se tient au courant.

Le soir, il attendit Sophia à la fermeture de l'agence. Il le faisait de temps à autre, elle n'en fut pas surprise, mais quand elle vit son air grave, ses traits tirés, elle s'inquiéta. Une fois dans la voiture, il ne démarra pas, et le plus doucement possible, la mit progressivement au courant de l'état de Jean. Elle l'écouta sans un mot, mais elle avait blêmi. Ses lèvres tremblaient légèrement, son menton se crispait tant elle faisait d'effort pour retenir ses larmes.

– Ce chirurgien, il t'a semblé confiant ?
– Oui.
– Quand pourras-tu le voir ?
– Je te le dirai. Je tenais à ce que nous soyons tous les deux seuls pour t'annoncer cela. Nous avons chacun à notre manière une relation particulière avec Jean.
– C'est vrai, je t'en remercie. Et alors elle, sa fiancée a été tuée ?
– Oui, sur le coup.
Elle rejeta lentement sa tête en arrière, ferma les yeux et poussa un énorme soupir.
– Pauvre Jean, quand il va apprendre ça !
Irène prenait des nouvelles tous les jours. Toujours en soins intensifs, son état était stationnaire. Enfin, on l'autorisa à venir le voir, quelques minutes seulement. Elle lui tenait alors la main, voulant ainsi lui transmettre son énergie, lui donner la force de lutter pour sa vie. Elle le dévisageait longuement, guettant le moindre signe de changement, s'accrochant désespérément à son espoir de le revoir un jour comme avant, libre de ses mouvements, dynamique, entreprenant. Elle ne supportait plus par moments cette immobilité, ce visage muet sans expression et avait des instants de profond désespoir, puis elle se reprenait, se disant que lui luttait de son côté et qu'elle n'avait pas le droit de douter.

Le service de gériatrie dans lequel travaillait Éliane, avait été secoué par sa mort brutale, et l'on se posait nombre de questions. Elle avait tellement changé depuis quelques mois, cette jalousie excessive, maladive qu'elle avait développée autour de Jean, cette grossesse annoncée, qui n'évoluait pas, les propos curieux qu'elle tenait, les confidences qu'elle avait faites à une collègue proche :
– Je préférerais le voir mort plutôt qu'entre les bras d'une autre femme, et surtout pas cette Sophia, je veux qu'elle souffre, comme elle me fait souffrir.
– Parce qu'ils se voient toujours ? avait demandé la collègue.

– Non, j'y veille, mais je sais… elle avait marqué un silence… je sais ce que je sais.

Elle était de plus en plus instable, prenait des calmants, puis des excitants, dit-on aux policiers quand ils firent leur enquête.

Les médecins avaient décidé de réveiller Jean doucement, pour tester ses réactions. Irène et François furent prévenus. Ils entrèrent dans sa chambre comme on pénètre dans une crypte, silencieusement, inquiets de ce qu'ils allaient découvrir. Il reposait comme un gisant, les yeux clos, une perfusion s'écoulant lentement dans son bras. Le pansement qui entourait sa tête lui rapetissait le visage qui semblait amaigri. Parfois un léger rictus déformait sa bouche et sa respiration alors se perturbait, puis les traits se détendaient à nouveau et reprenaient leur fixité.

– Jean, mon grand, tu m'entends ? murmura sa mère près de lui.

Elle avait posé sa main sur la sienne et la pressait doucement.

– Ton père et moi, nous sommes là. Fais un signe si tu nous entends.

Un léger mouvement anima la main qu'elle tenait.

Irène alors ne put retenir ses larmes, demanda s'il avait mal, s'il pouvait parler, s'il se souvenait de ce qui s'était passé. Le frémissement de la main qu'elle tenait était la seule réponse, mais enfin, il avait une réaction. Une infirmière entra, visite terminée, il ne fallait pas le fatiguer.

Quelques jours plus tard, il ouvrit les yeux lorsqu'il entendit entrer ses parents et un semblant de sourire s'esquissa sur son visage. Irène et François prenaient chaque nouveau progrès, si infime soit-il, comme une énorme victoire sur la mort qui s'éloignait de leur fils. Ils avaient eu si peur. Puis il parla, juste quelques mots.

– Éliane ?

– Elle n'a pas survécu, dit doucement son père.

Il n'eut pas de réaction.

– Elle était malade, dit-il longtemps plus tard.

– Te souviens-tu de ce qui s'est passé ?

– Elle allait vite, toujours plus vite, je le lui disais, mais elle riait, riait.

Il se tut, ces derniers mots firent l'effet d'une bombe sur ses parents.

– Tu veux dire qu'elle l'a fait exprès ? demanda François atterré.

– Oui, elle m'a dit : nous ne nous quitterons plus jamais maintenant, et il y a eu le choc, terrible, j'ai eu l'impression que ma tête explosait, puis, plus rien.

Il ferma les yeux, sembla soudain exténué. Ils restèrent à côté de lui, pétrifiés par ce qu'ils venaient d'apprendre. Une infirmière entra avec le plateau de soins. Ils partirent sans un mot, juste un faible sourire sur les lèvres.

Irène ne pouvait empêcher un sentiment de délivrance monter en elle. Cette femme était folle à lier. Sa jalousie était morbide, et elle se sentit soulagée de savoir qu'elle n'existait plus et ne pourrait plus nuire. Elle se reprocha aussitôt ces pensées peu charitables, mais c'était ainsi. Elle sacrifiait sans faiblir celle qui avait failli ravir la vie de son fils, ne pouvant concevoir que l'on puisse en arriver là, d'autant que rien ne justifiait une telle réaction, Jean ayant rompu toute relation avec Sophia. Éliane avait donc alimenté elle-même sa propre jalousie, ce qui prouvait un esprit pour le moins perturbé. François était plus nuancé, pensant qu'il avait fallu bien de la souffrance pour que cette femme en arrive là. Tuer par amour ! Comment Jean allait-il réagir maintenant ? Mais que faisaient-ils ensemble au fait ? Il avait cru comprendre qu'ils avaient rompu d'après ce que lui avait dit sa femme. On verrait cela plus tard.

Après cette visite, Jean fut agité. Il était dans un état de demi-conscience, disait des mots sans suite. On suspendit les visites jusqu'à nouvel ordre. Émile prenait des nouvelles régulièrement, et les répercutait à la famille. Marie avait été bouleversée en apprenant l'accident et encore plus lorsqu'elle en connut les circonstances. Sophia entendait tout cela et ne laissait rien paraître de ses sentiments. Pourtant, elle ne pouvait empêcher son cœur de s'emballer par moments: il est libre à nouveau! Je vais pouvoir le retrouver, l'aimer, l'aider à guérir, l'entourer de mille attentions.

Mais voudra-t-il encore de toi? soufflait une voix perfide. Et c'est cette voix qui la paralysait et la contraignait dans une attitude d'attente et de silence. Sophia était tout le contraire de Giulia. Réservée, renfermée même, elle ne montrait pas ses sentiments. Habituée à faire très tôt des tâches qui n'étaient pas de son âge, ayant eu peu d'enfance, et dans une ambiance chargée de drames et de vexations, elle avait appris le silence et la résignation.

Les Leblond vinrent voir Marie après l'une de leur visite à l'hôpital. Ils parlèrent longtemps, donnèrent les détails qu'ils apprenaient petit à petit. François avait enfin la réponse à sa question.

Ce matin-là, Éliane était venue voir Jean et l'attendait, alors qu'il allait partir à son travail. Elle lui avait demandé de venir quelques instants dans sa voiture, vu qu'il s'était mis à pleuvoir violemment. Elle avait eu une attitude inqualifiable, dit-elle, s'en rendait compte, comprenait qu'il se soit lassé d'elle, demandait pardon, espérait qu'il serait heureux plus tard. Jean avait écouté en silence. Elle avait voulu l'embrasser, il l'avait doucement repoussée, lui redisant que tout était fini entre eux. C'est alors qu'elle avait mis en route, démarré vivement et pris la direction de la campagne. Elle allait de plus en plus vite. Il la priait de ralentir, on allait avoir un accident. Elle s'était mise à rire, un rire aigu, insoutenable, qui n'en finissait pas.

– Mais oui, nous allons avoir un accident Jean, je t'avais prévenu. Nous ne nous quitterons jamais plus maintenant, avait-elle dit en fonçant dans le mur qui bordait la route.

Ce furent ces derniers mots.

– C'est terrible, commenta Marie. Comment peut-on en arriver là? Mais d'un autre côté elle aurait fait de leur vie un enfer. Une jalousie pareille n'est pas normale. Pauvre Jean. Il n'a décidément pas de chance.

Irène sauta sur l'occasion.

– Marie, dit-elle gentiment mais fermement, que s'est-il passé avec Sophia ? Nous n'avons pas compris. Ils semblaient si bien s'entendre tous les deux.

Marie baissa les yeux, visiblement mal à l'aise, puis décida de faire face, elle leur devait la vérité, eux qui avaient été les seuls près d'elle aux heures noires du passé. Tout en essayant d'enlever une poussière imaginaire sur sa manche, elle parla.

– Vous vous souvenez de Bernard Dupuis, l'ami de Lucien ?

– Oui, parfaitement. Il l'a beaucoup soutenu pendant sa détention, c'est cela ?

– Oui, il était très épris de Sophia, mais je pense qu'elle avait déjà Jean en tête à ce moment-là, il n'était pas encore rentré du service militaire. Elle a repoussé les avances de Bernard, il a semblé l'accepter. Et puis un soir, en Février de l'année dernière, il l'a rencontrée dans la rue et a tenté de la violer en la poussant dans un recoin. Elle a réussi à lui échapper et c'est là qu'elle a eu son accident.

– Mon Dieu ! dirent-ils ensemble.

– Après, quand Jean est rentré du service et qu'ils se sont revus, elle a laissé parler ses sentiments, elle était très amoureuse de lui je crois, mais lorsque leurs relations sont devenues…

– Je comprends, dit doucement Irène, je comprends. C'est un choc terrible pour une femme.

– On en a parlé, continua Marie. Elle me disait : maman, je ne pourrai jamais plus approcher un homme, je suis pourrie de l'intérieur. Pourtant il n'a pas réussi à faire ce qu'il voulait, ajouta Marie un moment plus tard.

– Marie, enchaîna Irène, je préfère savoir cela. Jean était fou d'elle et tout laissait penser que c'était réciproque. Il a été très malheureux, il a cru… oh ! que la vie est bête parfois, tout ce gâchis pour rien, dit-elle avec un accent de colère.

– Pourquoi n'irait-elle pas voir Jean ? suggéra François. Il faudrait qu'elle lui parle, je suis certain qu'il comprendrait.

Marie esquissa un sourire.

– Telle que je connais ma fille, elle doit en mourir d'envie, mais n'ose pas se présenter devant lui.

– Dites-lui qu'il la demande… Et faisons-leur confiance, dit Irène. Le temps cicatrise beaucoup de choses et il s'est passé de tels évènements depuis.

Lorsque Sophia rentra le soir, Marie donna des nouvelles de Jean comme elle le faisait chaque fois, puis regardant longuement sa fille, elle ajouta :

– Il te demande, paraît-il.

Sophia resta silencieuse, puis un sourire illumina son visage, fit pétiller son regard.

– J'irai le voir, dès demain.

Marie soudain s'affola, et s'il la repoussait ? C'est notre idée à nous les parents, mais lui n'a rien dit.

Il faisait doux, en ce début de printemps. Presque deux mois déjà depuis l'accident. Sophia avait soigné sa tenue, elle était rayonnante. Depuis que sa mère lui avait dit la veille : il te demande, elle ne songeait qu'à Jean et se rendit compte combien tous ses efforts pour l'oublier avaient été vains. Il revenait en force, la submergeant totalement.

Lorsqu'elle pénétra dans l'hôpital, son cœur battait à tout rompre. Elle allait le revoir, lui parler. Son pas rapide résonnait dans les couloirs, bien qu'elle essayât de l'assourdir. Il était là, derrière cette porte. Une chaleur montait en elle, l'étouffait presque. Elle attendit quelques secondes pour se reprendre, puis frappa discrètement. Pas de réponse. Elle frappa à nouveau, ouvrit lentement, tout en se penchant pour l'apercevoir. Elle s'avança sur la pointe des pieds, s'approcha du lit, le dévisagea longuement. Il dormait. Elle s'assit à côté de lui. Sa main reposait sur le drap. Elle l'effleura à peine.

– Sophia, entendit-elle dans un murmure, tu es venue, j'ai reconnu ton parfum.

– Oui, je suis là.

Il ouvrait les yeux, la regardait intensément, la détaillait.

– Tu es encore plus belle que dans mon souvenir.

L'insistance de ce regard commençait à l'intimider, mais en même temps la rassurait sur les sentiments qu'il pouvait encore éprouver, tant il était éloquent.

– Comme je t'ai appelée Sophia ! Comme je souhaitais te voir là, près de moi, chaque fois que je sortais de ma demi-conscience. J'ai besoin de toi. La vie n'est rien sans toi.

Elle pleurait doucement contre cette main qu'elle tenait et embrassait.

– Je suis là maintenant.

Elle se souleva légèrement et posa ses lèvres sur les siennes. Il s'agita, appuya son baiser.

– Ne bouge pas, tu vas te faire mal.

Le personnel médical et infirmier ne fut pas sans remarquer l'apparition de cette jeune femme superbe dans les visites de la chambre 18, d'autant que l'état de leur patient sembla soudain faire des progrès surprenants. Il avait une rage de vivre chevillée au corps. Une infirmière de nuit, une femme forte, joviale, qui l'amusait par son accent méridional prononcé, parlait quelques minutes parfois avec lui, quand elle faisait ses rondes et qu'il ne dormait pas :

– L'équipe de jour m'a dit que vous aviez une bien belle visite qui vient tous les jours maintenant.

Il sourit.

– Elles m'ont dit aussi que c'était sûrement le meilleur médecin car vous allez de mieux en mieux, c'est vrai. Bientôt, vous allez pouvoir partir en convalescence.

– Il me tarde, oui. Savez-vous dans quel établissement on va m'envoyer ?

– Dans votre cas, c'est généralement l'Ajoncière. Une superbe propriété avec un grand parc, à côté de la forêt de Chateauneuf, à une trentaine de kilomètres d'ici, un endroit paradisiaque.

Il s'assombrit un peu. L'infirmière lui jeta un regard amusé.

– Elle viendra vous voir quand même, rassurez-vous. Il n'y a rien de tel qu'une belle fille pour vous remettre d'aplomb, pas vrai? Allez, profitez de la vie mon petit, elle est si courte, on ne sait jamais ce qui peut arriver.

– Oh! Pour cela oui, vous avez raison! dit-il en poussant un long soupir. Si l'on m'avait dit ce que me réservait l'avenir…

Il laissa sa phrase en suspens, tant elle était lourde de sous-entendus. Le visage rond, un peu empâté de son interlocutrice, s'éclaira d'un sourire digne de tous les soleils du Midi.

– Vous avez fait la première partie, vous êtes réparé. Maintenant il faut remettre tout ça en marche. Vous êtes jeune et… comment s'appelle la belle visiteuse?

– Sophia.

– C'est joli, et bien Sophia vous aidera. Vous verrez, dans quelques mois, vous gambaderez tous les deux comme des cabris dans la garrigue!

Elle éteignit, sortit de la chambre. Il resta dans le noir, les yeux ouverts, songeant au moment où, libéré de son corps meurtri, ayant retrouvé tous ses moyens, il pourrait reprendre le cours de sa vie là où il l'avait laissé un après-midi d'été, quand il avait tenu le corps de Sophia sortant de l'eau, ce corps qu'il avait senti si près de s'abandonner.

Le parc de l'Ajoncière où se côtoyaient arbres centenaires et buissons fleuris était un enchantement pour les yeux. Une immense pelouse soigneusement entretenue descendait en pente douce vers une grande pièce d'eau où s'épanouissaient des nénuphars aux tendres fleurs roses. Seul le glissement lent et majestueux de quelques cygnes traçait un léger sillage qui froissait à peine sa surface lisse. Le bâtiment lui-même était une élégante construction de style Renaissance, merveilleusement restaurée. Rachetée quelques décennies plus tôt par un riche négociant en vin, il avait fait des travaux pharaoniques pour la remettre en état, souhaitant en faire un hôtel de luxe. Le pauvre homme n'avait pu aller au bout de ses projets, emporté brutalement par une crise cardiaque. Sa veuve n'ayant pas le même amour que lui pour les vieilles pierres, avait préféré se retirer dans leur appartement parisien et faire donation de la propriété au département, lequel l'avait transformée en maison de convalescence et rééducation. C'est ainsi que les estropiés de la vie avaient un cadre somptueux pour retrouver dans les meilleures conditions possibles, une santé malmenée.

Jean était sur un banc, près d'un majestueux séquoia. Il vit de loin arriver le groupe familial, mais une seule silhouette l'intéressait, elle était là ! Sophia marchait à côté d'Émile, vêtue d'une légère robe couleur soleil qui mettait en valeur sa carnation et la perfection de sa silhouette. Ses cheveux ondulaient doucement au rythme de sa marche. Il fut frappé alors de la ressemblance des deux sœurs. Giulia était de la même taille, mais plus menue. Elle avait la même grâce des gestes, mais Sophia avait ce port de tête incomparable qui frappait dès qu'elle apparaissait. Dieu qu'elle était belle avançant ainsi dans la lumière.

Il voulut leur faire la surprise et se leva lentement pour les accueillir. Depuis quelques jours, il marchait avec une seule canne au lieu des béquilles. Il avait encore un déhanchement important, mais l'équipe de rééducation lui avait affirmé que cela disparaîtrait complètement à la longue. Il avança de quelques pas à leur rencontre. Sophia se détacha du groupe, courut vers lui, ralentit et finalement atterrit doucement sur sa poitrine. Il la tenait serrée contre lui d'un seul bras, n'ayant pas encore l'équilibre bien assuré.

– Mais tu marches sans béquilles ! dit-elle joyeusement. Tu progresses de jour en jour !

– C'est fantastique le travail qu'ils font ici. Ce sont de vrais mécaniciens du corps humain… pièce par pièce ils remettent la machine en marche. Ce n'est pas toujours facile, ni agréable crois-moi !

Les autres arrivaient. Ils s'assirent en rond autour de Jean. Chacun parlait, commentait l'évolution de ses progrès et le complimentait sur son courage, car on savait par quelles douleurs il devait passer pour retrouver sa complète mobilité.

Il fallut encore de nombreuses semaines avant que Jean ne retrouve enfin son entière autonomie, et puisse quitter l'Ajoncière. Ce ne fut pas sans émotion qu'il se séparât de cette équipe de médecins, infirmières, masseurs, kinésithérapeutes qui lui avaient dispensé tous leurs soins, leur patience inépuisable, leurs encouragements quand les progrès stagnaient et que le découragement l'envahissait, lui avaient insufflé toute leur confiance en son rétablissement total. Il devrait s'astreindre encore à des exercices journaliers pour retrouver toute sa souplesse et son endurance, mais cela lui sembla une bien légère contrainte quand il repensait à l'état de pantin désarticulé dans lequel il était arrivé des mois plus tôt.

Sophia vint le chercher le jour de son départ. Elle portait un petit ensemble fluide qui jouait doucement au rythme de chacun de ses mouvements. Elle avait relevé ses cheveux, comme l'aimait Jean, ce qui dégageait son cou et mettait en valeur sa nuque si fine. Il la guettait depuis un long moment. Le personnel s'amusait de son impatience.

– Ne vous inquiétez pas, monsieur Leblond, ce n'est pas aujourd'hui qu'elle va être en retard ! Comme vous, elle a hâte de vous voir loin d'ici et de vous avoir pour elle seule !

Sophia arriva, avec ce sourire dévastateur qui avait depuis longtemps mis tout le personnel masculin de l'Ajoncière à ses pieds. Dans ses mains, un énorme bouquet de fleurs et une non moins impressionnante boîte de chocolats.

– Ceci est pour vous, dit-elle aux quelques personnes qui les entouraient. Pour vous remercier de votre gentillesse et de tout ce que vous avez fait pour lui. Je n'aurai jamais imaginé qu'il puisse être possible de le retrouver comme je le vois aujourd'hui. Mille mercis à vous tous.

– C'est notre travail, vous savez, dit une voix enjouée pour masquer l'émotion que chacun ressentait.

Comme chaque fois que repartait un patient après un si long séjour, un sentiment de fierté dominait, fierté d'avoir réussi à le remettre sur pied, mêlé d'une pointe d'inquiétude en souhaitant que tout se passe bien pour lui désormais. De profondes sympathies naissaient, qui se prolongeaient parfois dans le temps. On leur souhaita tout le bonheur du monde et ils quittèrent l'Ajoncière.

Sophia conduisait lentement vers la sortie du parc, dans la longue allée bordée de chênes centenaires.

– On va chez tes parents directement ? demanda-t-elle.

– Non, on passe chez moi d'abord si tu veux bien, je voudrais enfin quitter ces vêtements que j'ai trop vus.

Elle conduisait en silence, ils échangeaient quelques banalités, soudain intimidés d'être seuls, sans personne autour d'eux. C'était la première fois qu'ils se retrouvaient ainsi depuis son accident. Arrivés à l'appartement, il dit simplement :

– Tu ne connais pas encore mon chez moi, viens, tu ne vas pas m'attendre dans la voiture quand même !

Elle hésita et finit par l'accompagner. Elle souhaitait tout en le redoutant ce qui pouvait suivre. À nouveau, une sourde angoisse monta inexorablement en elle bien qu'elle luttât de toutes ses forces contre la panique qui la gagnait. Elle en avait les larmes aux yeux d'impuissance, elle avait tellement cru s'être libérée de ses appréhensions. Combien de fois n'avait-elle désiré être seule avec lui, songeant à l'instant où ils se retrouveraient en toute intimité, à cet instant où elle succomberait enfin à la faim qu'elle avait de lui. Et maintenant, cette contrainte qui s'installait à nouveau, lui nouait la gorge, l'estomac, la paralysait. Ne rien montrer, elle aimait cet homme plus que tout, ne songeait qu'à lui depuis des années, alors pourquoi cette panique l'envahissait-elle encore malgré elle ?

Il venait de refermer la porte palière derrière eux, et la prit doucement dans ses bras. Il vit le regard affolé scintillant de larmes, sentit le tremblement de ce corps tant désiré. Il l'embrassa longuement, mettant dans ce baiser tout l'amour possible, puis il la lâcha lentement.

– J'en ai pour quelques minutes, je te laisse faire connaissance des lieux, je vais me changer.

Ne pas la brusquer, la mettre en confiance. Il partit dans sa chambre. Elle resta surprise de la brièveté de leur étreinte et en même temps soulagée. Combien de temps faudrait-il encore pour qu'elle soit libérée de ces réactions qu'elle ne parvenait pas à maîtriser ? Que fallait-il donc faire ? Ne pourrait-elle jamais plus être normale ? Il parlait de la pièce voisine, elle ne comprenait pas bien ce qu'il disait, et s'approcha. Torse nu, il fouillait dans une penderie.

Elle eut soudain envie de le toucher. Arrivée derrière lui, elle enserra doucement sa taille, posa sa joue contre son dos, sans un mot. Il ne bougea pas, la laisser venir à lui, doucement. Sa mère lui avait raconté ce qu'elle avait vécu, expliquant ainsi son attitude passée.

– Je ne sais pas si elle t'en parlera un jour, avait-elle dit, mais toi, il fallait que tu le saches.

Il se retourna lentement, caressa son visage, posa de légers baisers sur ses paupières, son cou, revint à ses lèvres. Il lui murmurait les mots les plus doux, tandis que ses mains descendaient lentement vers l'échancrure du corsage, défaisaient les boutons un à un, se hasardaient sur la peau délicate, chaude, frissonnante, appuyaient leurs caresses. Il crut percevoir un léger abandon de ce corps inquiet, elle s'alourdissait dans ses bras. Il s'enhardit. Elle se laissait faire, les yeux clos, luttant de toute sa volonté pour accepter ses caresses. Puis, la soulevant dans ses bras, il l'allongea doucement sur le lit. Elle murmura :

– Je t'aime, et son regard de braise chavirait.

C'est elle maintenant qui l'embrassait, l'étreignait et dit dans un souffle.

– Viens.

La délicatesse de Jean pour leur première étreinte la fit fondre en larmes. Il s'inquiéta :

– Je t'ai fait mal ?

Elle fit non de la tête, un timide sourire sur les lèvres, tandis que d'un doigt léger elle suivait les reliefs de son visage. Une joie intense l'envahissait, elle avait réussi à surmonter toutes les appréhensions passées. Elle voulut à ce moment précis lui expliquer la cause de ses réticences ; si elle ne le faisait pas maintenant, elle ne pourrait jamais plus en parler, ne voulait rien lui cacher. Elle sentait confusément qu'en agissant ainsi, elle parviendrait à se libérer et à chasser définitivement cette blessure secrète qui se rouvrait à chaque instant. Hésitante, cherchant ses mots, elle raconta son agression. Il l'écouta en silence, ponctuant de baisers le visage tant aimé, et lui fut reconnaissant d'avoir réussi à exprimer par des mots cette angoisse insurmontable qui avait failli les séparer à jamais et qu'alors, il n'avait pas compris.

Elle se dressa sur un coude, le regarda, promena sa main sur son épaule, son torse, s'aventura sur les hanches, le ventre, prolongea sa caresse encore timide et sentit toute la puissance de son désir. Alors, il la bascula sous lui, et la reprit cette fois avec une ardeur qui n'était plus contenue. Elle gémit doucement, commença à se mouvoir, à suivre cette houle qui l'emportait, s'offrant sans retenue. Elle s'agrippa à lui et se laissa entraîner dans cette jouissance du plaisir, dont lui avait parlé sa mère un jour. Épuisés, ils reposaient maintenant étroitement enlacés, reprenant leur souffle, éblouis de leur mutuel abandon.

– Tu es bien ? demanda-t-il au bout d'un long moment.

– Oui, murmura-t-elle en enfouissant son visage au creux de son épaule.

Ils réalisèrent alors que leurs familles devaient les attendre depuis un bon moment déjà, et même peut-être commencer à s'inquiéter. Ils rirent comme des gosses, se levèrent à regret et se préparèrent. Plus de gène entre eux, Sophia l'enveloppait de ce regard alangui qu'ont les amantes comblées tandis qu'il savourait le bonheur de posséder enfin cette femme superbe qu'il avait cru si longtemps inaccessible et même perdue pour lui.

Lorsqu'ils arrivèrent chez les parents de Jean, ils furent accueillis avec de grands cris de joie. Les Valentini étaient là bien sûr. Irène, un moment seule avec son fils, lui dit avec un petit sourire malicieux :

– J'ai cru qu'ils t'avaient retenu un jour de plus.

Il prit sa mère par la taille, la souleva dans ses bras et l'embrassa tout en la faisant tourner plusieurs fois.

– Non, ma mère, dit-il en la reposant doucement, sans la lâcher, nous sommes passés par mon appartement et... nous nous sommes attardés... nous avions beaucoup de choses à nous dire...

Elle le regarda, amusée, complice. L'air conquérant de son fils, son regard pétillant et ce sourire carnassier qu'il affichait depuis son arrivée, la rassurèrent pleinement.

CHAPITRE XIV

Maintenant qu'ils s'étaient retrouvés, qu'aucun obstacle n'assombrissait plus leurs projets, ils voulurent se marier. Les deux familles n'attendaient que cela. Tous les mauvais souvenirs s'estompaient dans un néant que tous voulaient oublier.

Catherine et Lucien dirent qu'ils feraient de même, vu que la jeune femme attendait un heureux évènement.

Et c'est ainsi que l'on se retrouvait en cette superbe journée d'Octobre. Déjà, il faisait plus frais, l'automne avançait à grand pas. De légers bancs de brume flottaient sur le cours de la rivière, tandis que les premières gelées blanches commençaient à saupoudrer les pelouses au lever du jour, quand le soleil apparaît bas sur l'horizon, que l'aube tarde à réchauffer la terre qui s'engourdit. La plaine était vide, n'ondulait plus sous la houle des épis murs, lourds, qui la blondissaient. Les meules, intactes, pas encore entamées, posées ça et là, ressemblaient à de petites maisons sans cheminée. Les écoliers avaient repris le chemin des classes, et les hirondelles étaient parties depuis longtemps laissant leurs nids vides et silencieux dans les étables chaudes.

Jean aurait voulu un grand mariage, souhaitant tellement montrer son bonheur et la beauté de sa femme aux yeux de tous, mais les Valentini, trop imprégnés encore des années noires où il avait fallu compter sou par sou pour survivre, trouvaient dommage de dépenser tant d'argent pour un seul jour. De plus, il eut fallu normalement faire cette cérémonie au village, où était née Sophia, et elle n'avait nulle envie de se retremper dans l'atmosphère lourde, surchargée de sous-entendus et de préjugés dans laquelle ils avaient dû vivre pendant des années. Elle sut le convaincre avec tendresse. Par contre, de par les facilités qu'elle avait, Sophia organisa un voyage, dont chacun garderait un inoubliable souvenir, ce qui finalement était mieux qu'un somptueux mariage qui ne durait qu'un jour. Lucien et Catherine choisirent les îles grecques tandis que Jean et Sophia préférèrent les eaux turquoises des lagons océaniques.

Il faisait un temps exécrable depuis quelques semaines et Nonna prit froid. Marie la gronda tendrement, elle n'était pas prudente et ne se couvrait pas assez quand elle faisait quelques pas dans le jardin. Elle dit qu'elle avait l'habitude. Pourtant, elle dut bientôt s'aliter, une mauvaise toux s'était installée. Au bout de quelques jours, son état empirant, le médecin qui la suivait souhaita qu'elle soit hospitalisée. Elle ne voulut pas quitter sa maison, pressentant que si elle le faisait, elle n'y reviendrait plus.

– Si je dois mourir de ça, je veux que ce soit chez moi, dit-elle d'une petite voix cassée, entre deux quintes de toux.

– Nonna, insista Marie, c'est juste pour quelques jours, vous serez mieux soignée là-bas et je viendrai tous les jours vous voir, les enfants aussi.

– Non, Marie, je ne veux pas. Et puis vous savez, une vieille bête comme moi doit bien partir un jour.

Une quinte plus violente la plia en deux. Elle peina à reprendre son souffle.

– Non Marie, pas l'hôpital, je vous en prie, dit-elle en un murmure, les yeux fermés.

Marie interrogea le médecin du regard. Il eut un geste fataliste qui semblait signifier que de toute façon, cela ne changerait pas grand-chose. La vieille dame s'affaiblissait de jour en jour et finalement pourquoi l'obliger à quitter tout ce qu'elle aimait, alors qu'il lui restait si peu de temps à vivre.

– Marie, dit-elle encore, je sais que c'est la fin du voyage… elle cherchait son souffle. J'ai été heureuse toutes ces dernières années grâce à vous tous, ne m'obligez pas… ne me laissez pas seule.

– Bon, dit le médecin d'une voix rassurante, je vais passer tous les jours, mais il va falloir prendre vos médicaments sérieusement, hein?

Elle opina lentement de la tête, tandis que des larmes coulaient doucement de ses yeux toujours clos.

Elle s'éteignit une semaine plus tard. Après une quinte de toux plus violente que les autres, elle resta exsangue sur ses oreillers. Marie la souleva doucement, lui fit prendre quelques gorgées de la potion qu'elle préparait selon les recettes anciennes dont elle avait le secret, laquelle était la seule à vraiment calmer cette toux profonde qui la laissait pantelante. Soudain, elle la sentit s'amollir dans ses bras, tandis qu'un long soupir soulevait sa maigre poitrine, et sa tête roula lentement sur le côté.

La disparition de la vieille dame leur causa un profond chagrin. Ils se l'étaient tous appropriée comme une aïeule retrouvée, l'avaient choyée, soignée jusqu'au bout, surtout Marie. Ils ne lui connaissaient aucune famille, il n'y eut donc que les Valentini pour l'accompagner à sa dernière demeure où elle rejoignit son mari et ses fils. Lucien fit des démarches auprès de son notaire pour retrouver d'éventuels parents, mais il semblait bien qu'il n'y eut personne après elle. Selon les clauses prévues, la maison revint de droit à Marie.

Au mois de Mars suivant, alors que le printemps tardait à s'installer, Catherine donna naissance à des jumeaux, respectivement baptisés Charlotte et Benjamin. Lucien n'avait pas d'idée précise sur le sujet, aussi avait-il laissé sa femme libre de ses choix qu'il approuva entièrement.

Ainsi la vie continuait, une vieille dame disparaissait alors que deux petits êtres montraient le bout du nez. Très vite, ces petits personnages devinrent le centre du monde. Tout naturellement, ils furent confiés à Marie quand Catherine dut reprendre son travail, les parents de la jeune femme habitant trop loin pour les y conduire tous les jours. Et puis, elle ne cachait pas qu'elle aimait beaucoup Marie et qu'elle préférait que ce soit elle qui s'occupe de ses enfants.

Le cercle de famille fondait littéralement devant les petits, aussi différents de caractère qu'il était possible. Charlotte, toujours souriante et gazouillante avait l'art de la séduction, déjà ! Benjamin était plus silencieux et captait tout ce qu'il voyait dans un regard profond, scrutateur, qui était bien celui des Valentini, ce même regard qui avait tant gêné le commissaire Valois en son temps.

Marie songeait parfois au passé, elle qui avait dû tout supporter sans faiblir, grandissant seule dans l'indifférence de son entourage, elle qui avait dû subir les assauts bestiaux d'un vieux hobereau de campagne dès l'adolescence, elle qui avait semblé trouver enfin le bonheur avec Emilio, bonheur fragile brutalement interrompu quand il avait perdu son travail après sa chute d'un toit. Puis était venu le déshonneur, la descente dans un abîme d'hostilité, d'incompréhension, la mort de son mari et la lutte journalière, âpre, sans aucun soutien pour faire vivre sa famille coûte que coûte. Maintenant comblée, elle contemplait ses premiers petits enfants avec un regard enfin exempt d'inquiétude, de peur ou de colère, un regard rasséréné, d'une douceur aussi insondable que l'avait été sa dureté.

Giulia continuait sérieusement des études qui, pour autant ne la passionnaient pas. Elle était consciente d'être la seule de la famille à avoir cette chance mais elle annonça dès le bac en poche, qu'elle voulait maintenant apprendre un métier. Consternation de ses aînés qui avaient mis tant d'espoir en elle et voyaient ainsi s'écrouler un rêve que la vie ne leur avait pas permis de réaliser. Mais ils connaissaient la détermination de Giulia. Elle avait à peine dix-huit ans, savait ce qu'elle voulait, possédant la force de caractère de leur mère.

Elle déclara qu'elle voulait apprendre le métier de la reliure et la restauration des livres anciens. Ce n'était pas courant, ni sans grand avenir pensèrent-ils, et ils l'interrogèrent sur ses motivations. Elle s'était longuement renseignée, savait que cela représentait des années d'apprentissage, aussi n'avait-elle pas l'intention de perdre son temps en d'autres études que celles nécessaires à son futur métier. Métier qui se raréfiait il est vrai, mais recherché par les collectionneurs, les bibliophiles, les musées et mêmes les institutions officielles, obligation leur étant faite de garder les archives en bon état de conservation. Elle n'envisageait pas un seul instant en effet, de se cantonner dans la simple reliure, elle voyait beaucoup plus loin que cela.

Une fois de plus, ils ne purent que constater la ferme volonté de la benjamine. Marie comprit peut-être mieux que personne ce qui pouvait motiver sa fille, elle qui vouait un véritable culte aux livres depuis qu'elle avait découvert la lecture et le savoir qu'ils pouvaient dispenser. Alors, que sa fille veuille apprendre à les conserver, les embellir et même les remettre en état la remplit de bonheur. Elle ne ferait sans doute pas fortune dans ce métier, mais au moins aurait-elle le plaisir de faire ce qu'elle aimait, ce qui pour Marie, représentait un bien plus précieux que la réussite sociale. Et puis, tout au fond d'elle-même, par une intuition qu'elle ne pouvait expliquer, elle n'était pas loin de penser, connaissant le caractère de Giulia, que cette dernière allait les étonner. Il était curieux en effet de constater combien sa dernière fille, qui lui avait donné tant de soucis de santé dans sa prime enfance, était maintenant solidement accrochée à la vie et sous une apparente fragilité recélait une énergie et une détermination dans ses décisions qui ne laissaient de surprendre son entourage.

Depuis longtemps, Giulia avait pris l'habitude de faire relier certains livres chez Jean-Marie Trameau, le relieur installé non loin de la cathédrale. Elle avait remarqué sa boutique quand elle allait au lycée. Les livres qu'elle achetait étaient brochés, les pages souvent encore non coupées, et après les avoir lus, elle aimait parer ses préférés d'une reliure personnalisée. Elle passait ainsi de longs moments à le regarder travailler dans l'atelier pas très bien éclairé, empli d'une foule de livres et de feuillets détachés, posés ça et là, séparés par des ais, sur de vieilles tables patinées par le temps. De lourdes machines, tels massicot, presse, cisaille ou étau, encombraient l'espace déjà restreint. Le vieux monsieur se prêtait volontiers à toutes ses questions ; une idée germait petit à petit dans son esprit ; et si elle prenait sa suite un jour ? Il avait lui-même pris celle de son grand-père qui avait créé l'atelier en 1911, et passionné par son métier, avait oublié de vivre et de se marier. Alors, cette jeunesse pleine de curiosité et d'enthousiasme qui arrivait au soir de sa vie représentait peut-être l'avenir, la continuité. Insensiblement, il commença à lui montrer certaines étapes du métier, posa des questions anodines sur ce qu'elle souhaiterait faire plus tard. Et tout naturellement, Giulia demanda un jour s'il pourrait lui apprendre la reliure et si elle serait capable de l'exercer, bien qu'étant une femme. Il grommela un peu pour la forme, un brin misogyne, mais fut ravi au fond de lui-même à l'idée que son savoir-faire ne se perdrait pas et que son beau métier perdurerait encore quelques décennies après lui.

Après s'être mis d'accord avec Marie accompagnée de Lucien, il fut donc décidé que Giulia commencerait son apprentissage dès la fin de l'été.

Jean et Sophia annoncèrent un jour qu'ils devaient quitter Chartres. Il avait une offre de travail particulièrement intéressante dans une société de la banlieue rouennaise. Ils allèrent voir sur place, furent séduits par la beauté de la ville et de la campagne environnante. Leur départ étant un peu précipité, ils décidèrent de louer un petit logement, préférant découvrir la région et choisir sereinement l'endroit où ils aimeraient s'installer. Dès lors, ils occupèrent leurs week-ends à sillonner chemins et bocages, prairies verdoyantes, petits vallons où se logeait toujours un cours d'eau plus ou moins vif, ou suivant les méandres langoureux de la Seine. Ils tombèrent sous le charme de ces maisons basses à colombages, parfois surmontées au faîte des toitures de chaume, d'iris bleus. Sophia était peut-être plus impatiente que Jean de trouver l'habitation de leurs rêves, car elle avait pris conscience que ce départ de Chartres était une coupure définitive avec sa vie passée, et par conséquent avec le reste de la famille. Excitée à l'idée de leur nouvelle vie, elle ne parvenait pourtant pas à chasser une certaine tristesse de son esprit. Elle s'écartait d'eux, distendait les liens qui jusque-là les unissaient tous si fortement, et chacun savait sans se l'avouer, que c'était l'évolution inéluctable de la vie. Jean avait là une opportunité qu'il ne pouvait laisser passer, et c'était le prix à payer. Elle allait certainement trouver du travail à Rouen, ils auraient des enfants qui grandiraient là, ignorant que leurs parents avaient eu une vie ailleurs. On viendrait voir les oncles et tante ainsi que les grands parents de temps à autre, pendant les vacances, mais on perdrait insensiblement le fil du quotidien de chacun, se créant des racines ailleurs.

La présence des jumeaux adoucit le chagrin de Marie. Quand elle vit partir sa fille aînée dont elle était si proche, elle eut bien du mal à dissimuler sa peine, elle aurait tant voulu garder sa tribu autour d'elle, toujours.

DEUXIÈME PARTIE

GIULIA

La chance n'est qu'un mot pour désigner
la ténacité dans les projets.

Emerson

CHAPITRE XV

Les années avaient passé, et le vieux relieur, que ses yeux commençaient à trahir, avait eu le temps de transmettre tout son savoir à Giulia. Il pressentait qu'elle ne s'arrêterait pas là, voulant ajouter à ses connaissances la restauration des ouvrages anciens qu'il ne faisait pas. Lui n'avait pas eu le temps, ou la volonté, ou l'opportunité, enfin il ne s'était pas donné la possibilité de pousser son art à ce niveau. Au cours de leurs nombreuses conversations, il avait pris conscience de son ambition.

– Je suis peut-être la seule femme relieur, mais je veux faire partie des meilleurs, disait-elle avec ce merveilleux rire cristallin qui illuminait le vieil atelier.

Elle ne cherchait ni la gloire ni la richesse, mais voulait simplement posséder au plus haut niveau la maîtrise totale de son métier. Il ne verrait sans doute pas sa réussite future, mais il savait qu'elle y parviendrait, tant il avait pu constater, au cours de ces années, son sérieux, son souci constant de la perfection du moindre geste et son inflexible exigence. Elle en était même agaçante parfois.

Il avait remarqué, non sans une légère contrariété au début, que les clients de plus en plus nombreux, s'adressaient souvent à elle, puis en avait ressenti une réelle fierté. Il lui avait appris tout ce qu'il savait et l'élève dépassait désormais le maître. Non seulement le vieil homme l'avait vivement encouragée, mais il lui avait donné toutes facilités pour profiter au mieux des diverses possibilités qui lui étaient offertes, pour faire des stages et suivre l'enseignement qui lui permettrait d'approfondir et parfaire ses connaissances. Elle avait ainsi obtenu les diplômes qui sanctionnaient des études longues et complexes. Elle avait acquis nombre d'ouvrages sur le travail des anciens, était curieuse de tout.

Puis vint le jour où le vieil homme fut incapable de maîtriser le tremblement de ses pauvres mains usées, abîmées par le maniement des aiguilles, du couteau à parer ou du poinçon. La maladie progressait depuis des mois et il comprit que le temps était venu de transmettre l'atelier à Giulia. Il s'y était préparé et avait fait le nécessaire depuis longtemps.

Ce jour-là fut un jour de tristesse. Giulia devenait autonome, mais perdait son maître, et sans doute beaucoup plus, Jean Marie Trameau ayant pris insensiblement la place qu'aurait pu avoir un grand père. Il ne voulut plus jamais remettre les pieds à l'atelier, coupant sans faiblesse tous les liens et souvenirs qui l'attachaient aux vieux murs.

Elle allait le voir régulièrement, lui racontait ce qu'elle faisait, parlait de ses projets. Bientôt, il ne voulut même plus de ses visites, tant cela déclenchait une grande mélancolie dans sa vie solitaire. Il s'enferma définitivement dans ses souvenirs et s'éteignit doucement, comme une flamme qui n'a plus rien à brûler.

Alors, et seulement à ce moment, Giulia prit réellement sa vie en main. D'abord, elle voulut rajeunir l'atelier. Elle le ferma, le temps d'un grand nettoyage et d'un coup de peinture, aidée par ses frères. Ils rénovèrent l'éclairage qui en avait grand besoin, organisèrent l'espace différemment, de façon plus rationnelle. Ils dégagèrent un appentis qui jouxtait l'atelier, le relièrent à celui-ci, permettant ainsi de gagner de la place pour le rangement des réserves de papiers, de peaux, de toiles, de fils. Elle y installa sa table de restauration et tout son matériel, ainsi que les polices de caractères et la collection de fers et de fleurons inestimables, qui datait de la création de l'atelier en 1911, certains provenaient même d'ateliers plus anciens. Ses frères lui firent des placards vitrés où elle pourrait exposer ses futures réalisations, les mettant ainsi en valeur et à l'abri de la poussière. Enfin, elle fit peindre en belles lettres dorées sur la façade de l'atelier : reliure, restauration de manuscrits et livres anciens.

Un mois plus tard, elle rouvrait, bien décidée à croquer la vie avec l'énergie qui la caractérisait. Elle avait vingt-quatre ans et une longue route s'ouvrait devant elle. Plus de dix ans s'étaient écoulés depuis sa première rencontre avec le vieux relieur, alors qu'elle n'était encore qu'une très jeune lycéenne.

Les anciens clients avaient un peu déserté l'atelier depuis la maladie de Jean Marie Trameau, n'osant faire confiance à une femme seule, ce que l'on n'avait jamais vu dans un tel métier, a fortiori si jeune. Par contre de nouveaux clients, curieux de découvrir l'atelier rénové, se présentèrent. Sous le prétexte de demander un renseignement ou un prix, ils discutaient quelques instants avec Giulia et force leur était de constater l'étendue de ses connaissances. Alors, un peu rassurés, ils laissaient un petit livre à relier, sans grande valeur, si ce n'est celle d'un souvenir que l'on tient à conserver en bon état.

Elle continuait à assurer les travaux courants qu'avait toujours accomplis son prédécesseur, mais elle entendait bien orienter son champ d'action vers des activités plus complexes et l'occasion lui en fut donnée de façon tout à fait inattendue.

Après avoir débroché un gros volume, elle en talonnait soigneusement les cahiers, en les tapant verticalement devant elle, de façon à bien les aligner pour les grecquer.

Cette opération consistait à placer le livre, dos en l'air dans un étau et à l'aide d'une scie à main, faire de légères encoches dans l'épaisseur du dos pour y placer chaînettes et ficelles, qui constituaient en quelque sorte la charpente de la reliure. Elle avait le geste précis et sûr.

C'est alors qu'un visiteur entra. Il fit un petit geste de la main, signifiant qu'il la laissait terminer son travail, s'approchant même pour voir de plus près ce qu'elle faisait, puis il se présenta.

– Jean Furstenberg. Je suis le propriétaire du Château de Beaumesnil, près de Bernay. Je viens souvent à Chartres, et c'est par hasard que je suis passé devant votre atelier. J'ai une assez belle collection de livres anciens et suis toujours à la recherche d'artisans susceptibles de réaliser de bonnes restaurations. Auriez-vous l'une de vos réalisations à me montrer ?

– Oui bien sûr, je viens de terminer celui-ci, dit-elle en se dirigeant vers la vitrine installée par ses frères.

Elle sortit un gros volume à cinq nerfs, relié pleine peau, en même temps qu'un petit fascicule qui détaillait les différentes étapes de la restauration effectuée, accompagné de nombreuses photos.

– Chaque fois, je prends des photos et fais ce genre de dossier, permettant ainsi au propriétaire de l'ouvrage de voir le travail effectué.

Il tournait le volume dans ses mains, l'ouvrait, l'observait de près, admirait la perfection du travail en connaisseur, ne pouvant discerner de différence entre la peau originale du dos et la greffe récente qui y avait été faite, comme le prouvaient les photos. La patine et le vieillissement qu'elle avait su donner à son travail étaient parfaits. Il apprécia aussi le souci qu'elle avait de conserver toutes les parties usées qu'elle avait dû changer.

– Superbe travail, vraiment. J'aimerais que vous veniez me voir, certaines de mes dernières acquisitions auraient besoin de vos soins.

C'est ainsi qu'elle se retrouva à Beaumesnil. Dès qu'elle l'aperçut, au bout de la longue allée gravillonnée que gardaient deux lions de pierre assis, elle tomba sous le charme de cette belle grande demeure de style Louis XIII, que le parc, parfaitement entretenu, mettait si bien en valeur. Tel un joyau posé sur un miroir, Beaumesnil se reflétait dans ses douves, mêlant l'appareillage de la pierre blanche à l'ocre rouge framboisé des briques qui se mariaient harmonieusement.

Le maître des lieux, à l'allure un peu sévère, l'attendait sur le pas de la porte. C'était un vieux monsieur maintenant qui avait une distinction naturelle et il l'accueillit avec une discrète galanterie. Ils échangèrent quelques mots sur la beauté de sa demeure et son écrin de verdure.

– Vous aurez tout loisir de l'apprécier plus en détail, dit-il, car je pense que cette première visite en appellera d'autres. Nous ferons un tour dans le parc tout à l'heure si vous le souhaitez. Mais je sais que votre temps est précieux, voyons donc ce pourquoi vous êtes venue.

Il la précéda dans une suite de pièces richement meublées et décorées, jusqu'à la bibliothèque dallée d'un somptueux carrelage bicolore. Une mezzanine ceinte d'une superbe balustrade en bois sculpté faisait presque le tour de la pièce et le regard admiratif de Giulia embrassait les centaines de volumes dont les reliures chatoyaient doucement sur les rayonnages. Une haute cheminée ornée d'un tableau, terminait le décor de cette pièce chaleureuse.

– Voilà ma fierté. Depuis des années, j'ai réuni cette collection qui est paraît-il, unique au monde. J'ai là des pièces rares remontant au XVIe, tel un livre de comptes ayant appartenu à Marie de Médicis ou un autre relatant l'interrogatoire de Ravaillac. Il y a aussi des reliures royales du XVIIe ou des livres ayant appartenu à des cardinaux et des papes.

Giulia était bouche bée devant tant de trésors accumulés et songeait à la somme de pensées et de connaissances humaines que cela représentait. Une idée lui traversa l'esprit, qui la fit sourire légèrement – si maman voyait tout cela… il faudrait que je puisse l'amener ici un jour.

Il la regardait, mi-sérieux, mi-amusé de son mutisme et sa surprise.

– J'ai acquis cette demeure en 1939 et mon épouse et moi n'avons eu de cesse de l'embellir et la restaurer. Vous avez sans doute remarqué cette espèce de tumulus au milieu des douves ?

– Oui.

– C'est tout ce qui reste du donjon de l'ancien château, qui datait du XIIe.

– S'ils pouvaient parler, ces murs auraient une foule de choses à raconter !

– Certainement, malheureusement, les archives du château ont été brûlées à la Révolution.

Plus tard, il lui confia qu'il avait un projet qui lui tenait particulièrement à cœur depuis longtemps, créer un musée de la reliure.(1)

Certaines reliures, particulièrement travaillées, étaient présentées sur de petits lutrins posés çà et là. La patine des cuirs anciens, soigneusement entretenus, luisait doucement.

– Voyons si vous le voulez bien, quelques-uns de mes joyaux qui auraient grand besoin de vos soins. Voilà mes dernières acquisitions. De mauvaises conditions de conservation dues à l'humidité d'une pièce qui n'était jamais aérée.

Giulia manipulait les livres avec d'infinies précautions et constatait les dégâts avec des hochements de tête significatifs, les pages jaunies, tachées de moisissures, le cuir craquelé, racorni, le dos décollé, les coiffes déchirées.

Elle resta longtemps encore dans cet antre de la mémoire et de la culture des hommes. Elle ressentait toujours une vive émotion à tenir entre ses mains des ouvrages si anciens, pensant à ceux qui y avaient laissé leur savoir ou une partie de leur vie pour le transmettre aux générations futures. Songeaient-ils alors que leurs écrits franchi-

---

(1) Cela deviendrait réalité en 1979, quelques années avant la mort de Jean Furstenberg.

raient les siècles et se retrouveraient un jour entre les mains d'une jeune femme qui n'aurait jamais dû se trouver là ?

Giulia s'interrogeait souvent sur les bizarreries du destin et restait songeuse sur ses caprices. Elle, la petite fille qui avait failli ne pas vivre, qui avait été élevée par une mère analphabète, dans une ambiance de drame qui avait accompagné toute sa petite enfance, se retrouver là, dans cette superbe demeure, tenir des écrits qui dataient de plusieurs siècles, des volumes qui avaient été manipulés par des personnages aussi importants que des rois, des papes, entrés dans l'Histoire. Elle était consciente de sa chance, mais aussi du fait qu'il lui avait fallu travailler dur pour en arriver là. Sa présence ici n'était nullement le fait du hasard, mais bien d'une volonté farouche qui lui avait permis de franchir les obstacles et difficultés rencontrés sur son chemin, obtenir les diplômes qui sanctionnaient des années d'études et lui donner ainsi accès au but qu'elle s'était fixé. Son métier, elle le dominait maintenant, restait à acquérir l'expérience et la reconnaissance de son savoir faire. L'aide que pourrait en l'occurrence lui apporter son interlocuteur était providentielle, car sa réputation de fin bibliophile n'était plus à faire et serait une sérieuse référence dans l'avenir, mais source de bien des soucis aussi.

Plus tard, alors qu'ils marchaient dans le parc, il lui en conta l'histoire. Il lui montra la longue perspective voulue par Monsieur de La Quintinie, disciple de Le Nôtre, qui y avait œuvré, et ce n'est pas sans un léger sourire de fierté qu'il lui précisa que l'on disait souvent le petit Versailles, parlant de Beaumesnil. Il est vrai qu'un charme envoûtant se dégageait de l'ensemble, parc et château étant intimement liés et indissociables.

Pendant le trajet de retour, Giulia revoyait toutes les images enregistrées au cours de la matinée et se réjouissait de décrire cela à sa mère. Marie n'avait plus qu'elle et les deux femmes s'entendaient à merveille. Mieux, Marie venait de temps à autre à l'atelier pour le plaisir de contempler ces petits joyaux de papier si savamment arrangés par les reliures qui les habillaient. Elle faisait un peu de ménage, suivant scrupuleusement les instructions de sa fille qui lui disait ce qu'il ne fallait surtout pas toucher. Quand l'hiver arrivait, qu'il n'y avait plus grand-chose à faire au jardin, et lorsqu'elle n'avait pas la garde des jumeaux, Marie venait plus souvent et Giulia lui confiait alors quelques petits travaux, tel le débrochage des livres. Cela demandait de l'attention et du soin, mais elle avait remarqué depuis longtemps avec quel respect sa mère les manipulait. Marie s'installait alors confortablement et minutieusement, elle décollait le dos du livre comme le lui avait montré Giulia, puis elle décousait avec non moins de soin les cahiers. Sa fille lui avait indiqué comment prendre le livre par la tranche, et lui faire faire le dos rond, de façon à ce que l'on distingue bien les coutures qu'elle coupait alors délicatement. Cette opération qui semble simple, était délicate. Marie l'accomplissait soigneusement, ce qui faisait gagner du temps à Giulia pour les étapes suivantes. Les volumes ainsi débrochés étaient posés bien à plat et séparés par des ais, sorte de planchettes, pour ne pas les mélanger. Lorsque les clients virent Marie les premières fois, ils s'étonnèrent de sa présence, puis très vite s'habituèrent.

– Bonjour Mesdames Valentini, plaisantaient certains.

Marie éprouvait un réel bonheur dans cet univers. Elle observait Giulia et restait toujours surprise de la parfaite maîtrise de ses gestes et du calme avec lequel elle travaillait. Elle apprenait les termes à force de les entendre, car Giulia lui commentait facilement les opérations qu'elle faisait.

CHAPITRE XVI

Sophia et Jean vinrent les voir. Ils venaient d'arriver chez Marie, et ce n'est pas sans émotion que cette dernière constata les rondeurs nouvelles de sa fille. Une naissance s'annonçait pour le printemps suivant, émotion d'autant plus grande qu'elle connaissait leurs difficultés. Depuis des années en effet, ils suivaient le long et fastidieux parcours des jeunes couples ne pouvant avoir d'enfants. Après plusieurs fausses couches, il semblait que cette fois les choses soient en bonne voie.

Marie avait réuni toute la famille ainsi que les parents de Jean, et la grande maison retentissait à nouveau de rires et de conversations animées. Sa solitude lui pesait. Bien sûr, il y avait la présence des petits, mais c'étaient de jeunes enfants, ils allaient à l'école maintenant, et les heures où elle était seule auraient été longues s'il n'y avait eu les moments passés à l'atelier avec Giulia. Elle s'était amusée à compter le nombre d'opérations nécessaires à l'accomplissement de la reliure complète d'un livre et découvrit avec surprise qu'il y en avait pas moins d'une cinquantaine. Elle n'en admira que plus cet objet précieux que peut être un livre relié, et comprit pourquoi les hommes avaient pris tant de soins à vouloir les conserver pour qu'ils perdurent à travers le temps.

L'ambiance de ces retrouvailles était animée. Ils parlaient tous ensemble ou par petits groupes, puis à nouveau les conversations redevenaient générales. On riait, on évoquait des souvenirs, on faisait des projets. Jean et Sophia décrivaient avec enthousiasme la jolie maison qu'ils avaient fini par trouver à une vingtaine de kilomètres de Rouen, nichée à mi-pente d'un petit vallon où serpentait l'Andelle, non loin du Château de Vascoeuil. La campagne y était doucement vallonnée, verte à souhait et ils espéraient bien les voir tous l'été prochain, après la naissance du bébé.

Marie était bien, regardait sa tribu rassemblée, quand elle se retrouva tout à coup plongée dans un silence cotonneux autour d'elle. Elle discerna dans une sorte de halo tous les regards braqués sur elle tandis qu'une chaleur intense l'envahissait, la couvrant d'une sueur abondante. Une nausée lui monta aux lèvres, elle déglutit plusieurs fois avec peine, et petit à petit la lumière s'atténua. Elle voulut parler, mais aucun son ne sortit de sa bouche.

– Maman ! Maman ! Qu'est-ce qui t'arrive ? demanda une voix angoissée qu'elle ne perçut pas.

– Marie, ça ne va pas ? dirent François et Irène presqu'en même temps.

Irène prit les choses en mains, demanda aux hommes de la transporter dans sa chambre. Tous suivirent.

– Dégrafons-la, dit Irène, que rien ne la gêne pour respirer. C'est peut-être la chaleur de la pièce.

Giulia apporta une serviette imbibée d'eau de Cologne, lui tamponna le front, les tempes. Sophia lui tenait la main tout en lui parlant, assise sur le bord du lit. Le malaise durait, elle respirait avec peine, sans reprendre conscience.

– Il faut appeler le médecin, ce n'est pas un simple évanouissement, dit Irène.

Ils faisaient cercle autour du lit, sauf Catherine qui avait éloigné les enfants. Soudain, le visage de Marie se crispa, elle ouvrit grand la bouche, plusieurs fois, cherchant désespérément son souffle, les yeux agrandis d'angoisse, puis elle sembla s'amollir, s'enfoncer dans le lit, tandis que ses traits se détendaient.

Giulia, dans un élan spontané qu'elle ne maîtrisa pas, se pencha sur elle. Tous étaient silencieux, refusant de comprendre ce qui venait de se passer. Giulia se releva lentement, les yeux emplis de larmes.

– Son cœur ne bat plus.

– Ce n'est pas possible, murmura Sophia, pas possible.

Jean s'était approché d'elle, la relevait doucement et la prenait dans ses bras. Le docteur arriva un peu plus tard. À leur attitude et leur visage défait, il comprit. Il s'approcha, saisit le poignet de Marie, le tint quelques secondes, se pencha sur elle, mit son oreille sur sa poitrine et se releva enfin avec un hochement de tête désolé.

– C'est fini, il n'y a plus rien à faire.

François entraîna le médecin dans la salle à manger. La table était encombrée, témoin d'une réunion familiale chaleureuse et encore si animée quelques instants plus tôt. Lucien sortit pour rejoindre Catherine dans le jardin. Les jumeaux se précipitèrent vers lui.

– Ça y est, elle est guérie Nonna ?

Tout le monde avait adopté le mot italien pour désigner la grand-mère des petits.

– Elle se repose, dit péniblement Lucien.

Catherine le dévisagea, vit les mâchoires crispées, le regard brouillé et réalisa.

– Oh, mon Dieu, non, non pas elle !

Les jumeaux étaient repartis en courant devant eux. Catherine tenait le bras de son mari et s'appuyait tendrement sur lui. Elle sentait le grand corps trembler, se crisper.

– Je ne peux pas y croire Cathy, c'est si brutal, si soudain. Il y a une demi-heure à peine, elle riait, parlait, s'activait dans la maison, ce n'est pas possible, elle avait tout préparé ce matin, elle était si contente de savoir que Sophia…

– Je sais, dit doucement Catherine, alors qu'un sanglot montait dans sa gorge. Ta mère était une femme merveilleuse, une grand-mère adorable. Je crois que je l'aimais bien plus que mes propres parents.

– C'était le pilier de la famille, Cathy. Sans elle, qu'aurions-nous fait après la mort du père. Elle a tout enduré, tout supporté. Maintenant, elle pouvait enfin être heureuse, et ça aura duré si peu de temps. Tu te rends compte, elle n'avait pas soixante ans… mais elle devait être usée, elle en avait tant fait, tant vu et enduré. Pauvre mère, murmura-t-il, la gorge nouée.

Ils veillèrent Marie à tour de rôle. Elle reposait sur le grand lit et ne sembla jamais aussi belle, comme rajeunie. Après en avoir parlé ensemble, ils décidèrent de la faire enterrer à Chartres. Ils feraient faire un caveau, et transféreraient les restes du père pour réunir les disparus de la famille en un même lieu.

Jean et Sophia restèrent quelques jours avec Giulia, puis durent repartir et elle se retrouva seule dans la grande maison. Sans le dire, tous redoutaient que le choc de cette disparition si brutale, si inattendue, ne compromette la grossesse de Sophia. Émile décida de venir habiter avec Giulia, le temps de se retourner, s'organiser, mais elle ne s'habituait pas à l'absence de sa mère. Elles ne s'étaient jamais quittées, vivaient une relation fusionnelle depuis toujours, rapprochées encore depuis que Marie venait régulièrement à l'atelier. Elle aimait tant y être et aider sa fille à de menues tâches.

Giulia s'enfermait dans le silence, travaillait tard le soir, si bien qu'Émile prit l'habitude de venir la chercher pour l'obliger à quitter son atelier. On n'entendait plus son rire joyeux, ses yeux pétillants de gaîté semblaient ternis et son visage se figeait dans un masque sans expression.

Catherine et Lucien avaient expliqué aux jumeaux qu'ils ne verraient plus leur Nonna. Charlotte avait beaucoup pleuré, tandis que Benjamin avait voulu retenir ses larmes mais avait finalement laissé couler son chagrin dans les pattes de son ours qu'il ne quittait jamais pour s'endormir. Catherine entendit les paroles de son petit garçon.

– Il faut que tu sois grand et fort, tu ne verras jamais plus Nonna. Elle est partie se reposer très loin dans un grand jardin. Non ne pleure pas, ne sois pas triste, je te dis qu'elle est bien là-bas.

Le petit homme hoquetait de chagrin et ses sanglots mouillaient le pelage de la peluche tant chérie.

Les jours s'égrenaient. Chaque heure creusait davantage le vide immense laissé par la disparition si soudaine de Marie. Giulia n'échangeait que quelques mots avec son frère, gardant toute son énergie pour son travail. Les clients avaient appris son deuil et lui parlaient avec gentillesse. Ils l'encourageaient et la félicitaient d'avoir repris son activité si vite. Elle répondait qu'elle n'y avait aucun mérite, l'atelier étant l'endroit où elle se sentait le moins mal. Il lui était de plus en plus difficile de vivre dans la maison de sa mère. Elle avait voulu qu'Émile la laisse seule pour s'habituer, mais se rendait compte que cela était au-dessus de ses forces, elle ne supportait pas cette solitude brutale, si imprévue.

Elle reçut un appel de Jean Furstenberg qui voulait savoir si elle avait terminé les travaux qu'il lui avait confiés et annonçait son prochain passage en précisant qu'il avait une surprise pour elle. Elle ne réagit pas.

Lorsqu'il passa la porte de l'atelier quelques jours plus tard, un paquet sous le bras, un rapide regard sur Giulia l'inquiéta. Elle essaya de faire bonne figure mais ne réussit à lui offrir qu'un pâle sourire terne. Elle avait préparé les trois volumes récemment restaurés par ses soins. Il les prit en main, les observa en tous sens.

– Comme d'habitude, je ne peux qu'admirer votre habileté et la perfection de votre travail, Giulia, restauration qui préserve parfaitement l'authenticité de l'ouvrage. C'est ça votre force, je crois, vous avez l'art de respecter l'ouvrage, tout en lui redonnant une nouvelle vie, vous savez vous effacer derrière le travail des anciens. C'est là je pense la meilleure façon de montrer votre grand savoir-faire. Ainsi, ici par exemple, d'aucuns auraient été tentés de rogner ces pages noircies, un peu inégales, vous avez su ne pas le faire.

– C'est la déontologie du métier, ses bases mêmes, intervenir le plus discrètement possible.

Le regard de jais se leva lentement vers lui, embué de tristesse.

– Mais je vois une jeune femme bien désemparée ce matin, que se passe-t-il ?

Elle ne put ni répondre, ni retenir les larmes qui coulaient malgré elle. Enfin, elle réussit à se reprendre.

– Je suis désolée, pardonnez-moi. Ma mère nous a quittés brutalement il y a quelques semaines et je n'arrive pas à l'accepter. Rien ne laissait présager une mort si brutale, elle n'était jamais malade. Elle me manque terriblement.

Il osa quelques questions, lui fit part de sa profonde sympathie. Les mots qu'il employa, la simplicité et la sincérité qu'il y mit lui firent du bien. Puis, silencieusement, il défit avec lenteur le paquet qu'il avait apporté.

– Regardez Giulia, je voulais vous montrer cela.

– Un incunable ![(1)] Vous avez donc de telles richesses dans vos collections ? 1487 !

Son regard s'était ravivé et un léger sourire flottait sur son visage tandis qu'elle découvrait l'ouvrage avec un réel respect, après avoir enfilé des gants de coton blanc.

– Celui-là vient d'Allemagne et comme vous pouvez le voir, il a besoin de vos soins.

– Quelle responsabilité vous me donnez là, mais en même temps quel honneur. Je suis vraiment touchée.

– J'ai pu apprécier votre maîtrise jeune femme, et j'ai maintenant une totale confiance en vous. J'en parlais du reste récemment à un ami bibliophile averti qui vous contactera sans doute prochainement.

---

(1) premiers livres sortis des presses après l'invention de l'imprimerie, jusqu'à l'année 1500.

Après le départ de son illustre client, elle se sentit soudain plus vive. Une excitation nouvelle l'habitait et elle rangea soigneusement le précieux volume dans un petit coffre discret qu'elle s'était fait installer par Émile, en attendant de pouvoir faire un inventaire précis de la restauration à accomplir. Elle souhaitait en effet mettre à l'abri des regards des pièces aussi rares que celle-ci, inutile de susciter des convoitises. Elle savait qu'elle allait devoir l'étudier longuement, tranquillement, définir autant que faire se peut, l'origine du papier, la composition des encres, la nature du cuir, pour déterminer comment elle allait procéder, ce qu'il faudrait traiter ou laisser en l'état. Il ne fallait en aucun cas le dénaturer par des interventions intempestives. Un incunable ! Elle se prit même à penser que c'était un sacrilège d'oser toucher un tel ouvrage. Elle allait devoir faire appel à tout son talent et ses connaissances, il fallait le sauvegarder car il était dans un état pitoyable, mais quelle responsabilité il venait de lui donner.

Elle reprit le travail interrompu, étant occupée à coudre un livre sur son cousoir. Cette opération était longue et minutieuse. Des ficelles étaient tendues verticalement sur une sorte de métier dont les montants latéraux permettaient d'en régler la tension, et les cahiers étaient attachés un à un sur ces ficelles par un fil de lin. Si les ficelles étaient saillantes, elles constitueraient les nerfs du dos du livre, cinq en général ; si les cahiers étaient grecqués, ces ficelles s'enfonceraient dans les encoches ainsi faites, et seraient invisibles. Il fallait veiller à la tension constante des ficelles et la régularité des points réalisés. Curieusement ce jour-là, son cœur lui sembla moins lourd. Elle pensait sans cesse au livre que venait de lui laisser le grand bibliophile et réalisait ce que cela représentait. Elle n'avait que quelques années d'expérience, et pourtant c'est à elle qu'il avait confié l'un de ses volumes les plus rares. Une bouffée de joie et de fierté l'envahit, c'est donc qu'elle approchait du but qu'elle s'était fixé, faire partie de l'élite de sa profession.

Elle alluma le petit poste installé dans l'atelier, pour la première fois depuis la mort de Marie.

En fin de matinée Émile l'appela.

– Je dois faire une livraison à une dizaine de kilomètres d'ici, entre midi et deux. Je passe te prendre et nous déjeunerons dans une petite auberge que je connais à côté. Nous serons de retour à temps, ne t'inquiète pas.

Après avoir raccroché, elle resta songeuse. Ainsi donc la vie continuait. Pourquoi aujourd'hui, et non hier ou demain? Elle commençait doucement à accepter l'absence de sa mère mais savait qu'elle serait toujours là, dans son cœur et son esprit. Elle pourrait continuer à avoir des dialogues muets avec elle et s'attendrit en repensant aux gestes délicats de Marie quand elle manipulait les livres, à sa curiosité insatiable depuis qu'elle savait lire.

L'auberge était accueillante et la cuisine savoureuse. Émile et elle bavardaient et les clients jetaient de fréquents regards sur ce jeune couple. Émile s'était laissé pousser une légère moustache à la Vittorio de Sica, qui ajoutait à sa séduction et Giulia, ayant presque retrouvé ce sourire incomparable qui illuminait tout son visage, était irrésistible. Vers la fin du repas, le patron vint faire un tour dans la salle et s'approcha de leur table.

– C'est ta fiancée, cette belle jeune femme? demanda-t-il à Émile en jetant un regard admiratif à Giulia.

– Non, ma sœur.

– Ta sœur? Et tu nous l'as cachée jusqu'à maintenant? J'ose espérer mademoiselle que vous nous ferez souvent l'honneur de votre présence ici, car vous illuminez cette salle.

Ils sourirent tous les trois. Giulia se sentait bien; la chape de tristesse qui l'accablait depuis des semaines s'était allégée et elle se surprit à apprécier le moment présent.

De retour chez elle le soir, le silence et le vide de la maison l'oppressèrent de nouveau, mais elle réagit. Elle alluma la télévision, se prépara un léger repas et vint s'installer devant l'écran. Elle suivit une émission intéressante. Puis, elle décida de commencer à ranger les affaires de sa mère. Elle entra dans sa chambre pour la première fois depuis sa mort et ne put retenir un regard vers le lit où elle avait reposé. Elle s'installa devant le petit secrétaire qui venait du mobilier de la vieille dame qui leur avait vendu la maison. Tout était rangé avec soin. Elle examina le contenu des tiroirs et trouva un gros cahier noir à petits carreaux. Curieuse, elle l'ouvrit et fit une découverte qui la bouleversa profondément. De son écriture serrée, un peu maladroite, Marie y avait consigné toutes ses recettes et remèdes, un véritable trésor. Elle y avait même joint des plantes séchées pour que l'on puisse mieux les identifier. Giulia ne put maîtriser son émotion, mais ce n'était pas de tristesse, plutôt d'un profond attendrissement pour cette femme simple, rude, malmenée par la vie, qu'avait été sa mère. Elle avait découvert l'écriture et la lecture tardivement et s'en était aussitôt servies pour transmettre aux autres les seules connaissances qui faisaient sa richesse.

Giulia décida de faire à ce testament écrit la plus belle des reliures pour le garder intact dans la famille, comme le témoignage du passage de Marie dans ce monde. Elle le consulta longuement et c'est fort tard qu'elle se coucha. Pour la première fois, elle dormit sans rêve et se réveilla dispose.

CHAPITRE XVII

Le printemps s'annonçait tôt cette année-là. Les forsythias étaient déjà en fleurs, les crocus sortis d'on ne sait où, égayaient le devant de la maison, mais l'herbe commençait à envahir le jardin qui n'avait plus reçu de soin depuis longtemps. Il était évident que Giulia ne pouvait en assumer l'entretien en plus de son travail. Par ailleurs, cette maison était bien trop grande pour elle seule. Aussi pensait-elle proposer à Lucien et Catherine de venir y vivre avec les enfants, tandis qu'elle se chercherait un petit logement près de l'atelier. Les enfants auraient ainsi un terrain de jeux sur place et de l'espace pour s'ébattre. Elle leur fit part de son idée au cours du repas dominicale qu'ils avaient pris l'habitude de partager tous ensemble. Émile avait donné son accord. Il ne participait plus à ces réunions familiales depuis longtemps, étant sous le charme d'une nouvelle conquête. L'idée fut acceptée d'emblée devant l'enthousiasme des jumeaux.

– On va habiter chez Nonna, dit Benjamin, je suis content, comme ça, elle sera toujours avec nous.

Curieux petit homme qui avait une extrême sensibilité. Quant à Charlotte, l'idée lui convint tout à fait pour d'autres raisons, papa et maman ayant répondu un jour à ses demandes répétées, que l'on aurait un chien quand on habiterait une maison, mais jamais en appartement. Ainsi, son souhait allait pouvoir se réaliser.

Le déménagement se fit en Avril, pendant les vacances de Pâques. Giulia s'était trouvé un délicieux deux pièces fraîchement refait dans une petite résidence située rue Glorietta, près de l'Eure. Elle avait une vue superbe et dégagée sur la promenade du bord de l'eau. Ses propriétaires, d'anciens bijoutiers à la retraite, avaient aménagé ce studio pour leur fils, lequel travaillait maintenant dans le Midi de la France. C'était des gens sans histoire. René Desmoulins et sa femme Marie-France, étaient ravis d'avoir pour locataire cette jeune femme au métier si peu courant. Giulia fut surprise elle-même, du plaisir qu'elle ressentit à se trouver dans ce petit espace qu'elle aménagea à son goût.

Les Desmoulins occupaient le rez-de-chaussée, et rapidement, ils prirent l'habitude d'échanger quelques mots avec Giulia quand elle rentrait de son travail. Puis, ce furent des invitations à partager leur dîner de temps à autre. Elle refusa d'abord, mais finit par céder devant leur insistance, d'autant qu'elle devait bien se l'avouer, sa solitude lui pesait, dès qu'elle quittait l'atelier. René Desmoulins était curieux de son métier et lui posait mille et une questions.

– Laisse-la donc tranquille, disait sa femme, avec un sourire indulgent. Elle est fatiguée en fin de journée.

– Non, non, ripostait Giulia. J'ai la chance de faire ce qui me plaît et je rencontre des gens passionnants. Les bibliophiles sont capables de vous parler des heures de leur collection. Et, puis, quand vous avez le bonheur de tenir entre vos mains un livre rare, abîmé par le temps, par toutes les mains qui l'ont manipulé avec plus ou moins de soins, vous l'étudiez, vous l'observez, vous l'écoutez ; petit à petit, il vous parle, vous le comprenez et savez alors comment il va falloir le traiter pour lui redonner son air de jeunesse sans altérer ni son intégrité ni sa personnalité.

– Vous en parlez comme d'une personne, constatait Marie-France.

– Mais ce sont des objets qui ont une âme. J'ai eu une fois entre les mains un incunable. Je ne peux décrire l'impression que j'ai ressentie. Je tenais un livre qui venait d'une époque entrée dans la nuit des temps et, comme dans un film de science-fiction, ce temps s'était brutalement contracté. En une seconde j'étais projetée cinq siècles en arrière. Vous viennent alors à l'esprit une foule d'images, de faits liés à cette époque, et c'est assez perturbant. Vous savez qu'il a une valeur inestimable vue sa rareté, et en raison de son état, vous devez le démonter complètement pour lui redonner une seconde vie.

– Combien de temps mettez-vous pour une telle restauration ?

– Ça dépend de l'importance du travail à faire, mais vous pouvez compter environ deux à trois semaines, parfois plus.

– Et à quoi pensez-vous alors ? N'êtes-vous pas paralysée justement par sa rareté et sa valeur ?

– Je m'efforce de ne pas y penser, sinon effectivement, je crois que je serais incapable d'y toucher.

– Qui avez-vous comme client qui puisse vous confier de tels trésors ?

– Vous me permettrez de rester discrète sur ce point, c'est un collectionneur privé.

Sous ce feu roulant de questions, les conversations s'éternisaient assez tard souvent.

– Vous me donnez envie de rechercher des vieux livres abîmés rien que pour le plaisir de vous les donner à restaurer, dit René Desmoulins.

– Quel enthousiasme vous avez, ajouta sa femme.

– Vous savez, nous étions quatre enfants à la maison. Je suis la seule qui ait eu la chance de pouvoir faire des études, qui plus est pour apprendre le métier que je voulais faire. Ma mère a eu une enfance pauvre et malheureuse. Elle était orpheline, n'avait aucune instruction et a été placée très jeune dans une ferme. Elle ne savait que ce qu'une vieille bonne a bien voulu lui transmettre, la connaissance des plantes et de leurs pouvoirs. Lorsque j'étais encore petite, ma sœur Sophia lui a appris à lire et écrire. Je viens de retrouver dans ses affaires un cahier ; elle y a noté tout son savoir… c'est pour moi le livre certainement le plus précieux que je tiendrai jamais dans mes mains.

Des larmes scintillaient au bord de ses paupières, madame Desmoulins lui tapota gentiment le bras.

– Il faudra nous montrer cela.

Depuis quelque temps, les visites d'Émile s'espaçaient. Il semblait cette fois, qu'il soit sérieusement amoureux. Quelle était donc celle qui parvenait à le retenir, lui qui avait la réputation, non usurpée, d'un cœur d'artichaut ? Lucien avait essayé de le faire parler, mais comme toujours, il était d'une extrême discrétion sur ses amours. Il souriait silencieusement aux questions de son frère ou aux allusions de Giulia, mais se taisait.

Pourtant un jour, Giulia le vit arriver à l'atelier, le visage défait. Elle était occupée avec une cliente. Il attendit un peu, regarda sa montre à plusieurs reprises, semblait agité, puis finit par dire :

– Je repasserai tout à l'heure.

– Attends, je n'en ai plus pour longtemps.

– Non, je suis pressé, je repasserai.

Et il sortit à grand pas.

– Votre fiancé ?

– Non, mon frère. Il avait certainement quelque chose d'important à me dire, car ce n'est pas dans ses habitudes de venir ainsi dans la journée.

– Ah, la famille ! Quel boulet, dit sa cliente en levant les yeux au ciel.

Choquée de cette remarque et peu soucieuse d'amabilité envers cette personne qui se piquait de connaissances qu'elle n'avait pas et lui faisait perdre un temps précieux régulièrement, Giulia répliqua que sa famille, loin d'être un boulet, lui était aussi précieuse que nécessaire. Piquée au vif, la femme commenta avec un rictus dédaigneux son peu d'amabilité et de sens commercial, ajoutant que désormais, elle devrait se passer de sa clientèle, ce que Giulia ne releva pas, trop contente d'être ainsi débarrassée d'un tel personnage. Alors que la femme sortait, arrivait René Desmoulins. Il s'effaça pour la laisser passer.

– Merci monsieur, au moins vous, vous êtes poli, dit-elle en jetant un regard méprisant vers Giulia.

– Et bien Giulia, j'ai l'impression que vous venez de perdre une cliente, dit-il après avoir refermé la porte.

– Pas une grande perte en tout cas. Elle me parle d'une foule de choses qui ne m'intéressent pas, me promet toujours des travaux fabuleux, mais ne m'a jamais rien confié ! Bon, parlons plutôt de vous. Il semblerait que vous ayez fait une découverte.

Elle feuilleta avec attention le volume broché qu'il lui tendait.

– Où avez-vous déniché cela ?

– Nous allons régulièrement dans une petite salle des ventes à Lyons la Forêt. Je fais des collections, petites cuillères, montres de gousset et quand nous avions encore la bijouterie, j'y trouvais des bijoux anciens. Ils ont souvent des pièces intéressantes, et j'avais une clientèle pour cela. Mais depuis que je vous connais, je commence à m'intéresser aussi aux livres et celui-ci a retenu mon attention.

Ils parlèrent un bon moment des richesses que l'on trouvait parfois, en dehors des grandes ventes officielles. Les greniers et les vieilles maisons de famille renfermaient souvent des trésors qui se perdaient dans le jeu des successions, les nouveaux propriétaires n'ayant pas toujours conscience de leur valeur. Combien d'ouvrages précieux avaient dû ainsi disparaître, par négligence ou manque de connaissance.

– Une édition originale de Balzac, ça ne court pas les rues tout de même !

– Il n'est pas très présentable, mais justement, je suis curieux de voir comment vous allez rattraper tout cela. J'aimerais une reliure plein cuir, c'est comme cela que vous dîtes, n'est-ce pas ? Monsieur de Balzac mérite bien cela et ce sera le premier joyau de ma future collection.

– Vous me mettez donc à l'épreuve ? dit-elle en souriant.

– Non, pas du tout, je suis simplement curieux de voir jusqu'où peut aller le savoir faire d'un professionnel. Le papier est quelque chose de fragile et j'aimerais, si ça n'était pas abusé, suivre les opérations, au fur et à mesure.

– Avant tout, j'étudie soigneusement mon patient si je puis dire, je fais un devis et dès que je commence le travail, je constitue un dossier avec des photos, étape par étape. J'en donne un exemplaire au client et j'en garde un pour mes archives personnelles.

Elle venait ainsi adroitement, de lui faire comprendre qu'elle ne souhaitait pas sa présence à ses côtés pendant qu'elle travaillait, mais qu'il aurait néanmoins toutes explications sur le déroulement des opérations. Il la regarda en silence avec un petit sourire amusé.

À ce moment, Émile entra de nouveau, visiblement préoccupé. Au regard inquiet que lui jeta Giulia, René Dumesnil jugea bon de se retirer

– Je m'en vais Giulia.

– Je vous présente mon frère Émile, Monsieur Desmoulins est mon propriétaire, ajouta-t-elle.

Dès qu'il fut sorti, elle ferma la porte à clef et entraîna son frère dans l'appentis.

– Qu'est ce qui t'arrive ? Tu as une tête à faire peur !

Après quelques tergiversations, il se lança enfin dans un récit que sa sœur écouta en silence, sans l'interrompre, sachant combien il lui était difficile de parler de lui-même. Il avait rencontré une jeune femme un an plus tôt, elle était très différente de toutes celles qu'il avait pu connaître jusqu'alors. Il envisageait un avenir avec elle. Et puis soudain, la découverte de sa maladie et de sa gravité. Elle était entrée ce matin à l'hôpital où elle devait être opérée.

Depuis longtemps déjà, Émile avait reporté sur Giulia la complicité qu'il avait eue naguère avec Sophia. Il appréciait sa vivacité, sa joie de vivre, et surtout l'érudition qu'elle avait pu acquérir au fil d'études qu'eux n'avaient pas eu la possibilité de faire. Sa curiosité naturelle et sa soif infinie de nouvelles connaissances, les lançaient parfois dans des conversations animées. Ils partageaient une foule d'idées sur les sujets les plus divers.

Mais surtout, il avait été très présent et attentionné lors de sa rupture douloureuse avec Vincent. Ils se connaissaient depuis deux ans, voulaient se marier, quand il avait disparu brutalement, du jour au lendemain, sans aucune explication. Peu de temps après, Giulia avait reçu une lettre lui annonçant qu'il s'était marié et installé aux États-Unis. C'était à la fin de ses études, elle obtint malgré tout son diplôme. Ce qui aurait dû être une période de joie s'était transformée en cauchemar. Émile, avec sa connaissance approfondie de la psychologie féminine, avait su trouver les mots, les attentions qu'il fallait. Il avait compris son désarroi devant un tel comportement. Ainsi, grâce à lui, elle était parvenue à surmonter sa terrible déception, mais n'avait connu personne depuis, se consacrant sans compter à son métier.

Aujourd'hui, c'est d'elle dont Émile avait besoin, il se trouvait désemparé face à la maladie. Elle avait remarqué depuis longtemps ce paradoxe. Les hommes étaient forts, décidés, parfois brutaux dans leurs décisions ou leur comportement, mais souvent désarmés devant ce genre de problème. Les femmes réagissaient mieux, comme si l'instinct de vie ancré au plus profond d'elles-mêmes leur donnait les ressources et l'énergie qui manquaient alors à leurs compagnons.

Profitant de la fermeture de midi, ils parlèrent longuement. Elle voulut le rassurer, les traitements maintenant, permettaient des espoirs de guérison impensables dix ans plus tôt.

Pour ne pas le laisser seul, ils dînèrent tous ensemble chez Lucien et Catherine. Personne n'osa plaisanter sur le sujet, mais tous remarquèrent le changement qui s'était opéré chez Émile. Le séducteur volage s'était transformé en compagnon attentif et sérieux. Qui était donc cette femme qui avait su si bien séduire leur frère ?

Elle avait vingt-huit ans, s'appelait Nathalie, était jolie comme un cœur ainsi que le prouvait la photo qu'Émile leur montra, parlait anglais, allemand, espagnol et travaillait comme interprète dans une société d'import-export. Elle voyageait souvent, accompagnant ses dirigeants dans leurs déplacements à l'étranger.

– Ça fait donc déjà un an que vous vous connaissez tous les deux, commenta Catherine

– Oui, ça vous étonne ?

– Ben, c'est-à-dire mon frère, dit Lucien avec un grand sourire, que tu ne nous as pas habitués à une telle fidélité.

– Je sais oui, mais quand vous connaîtrez Nathalie, vous comprendrez. Je suis sûr qu'elle vous plaira.

– On n'en doute pas. Bon, dit Lucien, pour ce soir, tu vas dormir ici, et demain tu iras la voir, reste avec elle autant de temps que tu veux. Je me débrouillerai avec Fernand au magasin. Il faut que tu t'occupes d'elle et quand elle sortira, nous ferons sa connaissance.

CHAPITRE XVIII

Giulia travaillait toujours en musique. Cela lui permettait de se concentrer davantage, disait-elle. Un client lui avait confié plusieurs volumes brochés de mêmes dimensions qu'il souhaitait relier en demi-cuir. Après avoir fini leur cousage et placé ses gardes blanches, choisies dans un papier de texture et de teinte aussi proches que possible de celle des pages imprimées, elle en avait largement encollé les dos. Cette opération terminée, elle les avait placés tête bêche pour qu'ils sèchent, en prenant bien soin de les décaler légèrement pour que la colle encore liquide ne risque pas de couler sur le volume voisin.

Elle enchaînait maintenant ces opérations naturellement, mais se souvenait de ces débuts à l'atelier. Impatiente de voir l'étape suivante, elle aurait volontiers accéléré les temps de séchage, mais le vieux Trameau lui répétait alors qu'il fallait du temps pour chaque chose si l'on voulait obtenir un travail bien fait, et ne pas confondre vitesse et précipitation.

S'il voyait son atelier aujourd'hui, clair, bien rangé, il ne s'y reconnaîtrait pas, habitué qu'il était à tout retrouver dans son fatras, disait-il. C'est peut-être ce qui avait alors le plus gêné Giulia, ce qu'elle cherchait ne se trouvant jamais à l'endroit logique où il aurait dû être. Elle sourit, attendrie au souvenir du vieux relieur qui lui avait fait découvrir ce métier qui la comblait aujourd'hui.

D'autres volumes, encollés et secs, étaient prêts à être endossés, ce qui consistait à arrondir le dos et former le creux ou mors, appelé à recevoir la couverture en carton. Après l'avoir placé entre deux ais,

Giulia serra le premier volume dos en l'air dans l'étau, en prenant soin de ne laisser dépasser que la hauteur nécessaire pour former le mors. Le volume ainsi bien serré, les longs côtés du dos faisant saillie sur les mâchoires de l'étau, elle rabattit ceux-ci à petits coups d'un marteau à manche court, de sorte qu'une fois desserré, le mors se trouva entièrement fait. Cet arrondissage du dos, outre qu'il était plus élégant qu'un dos plat, mettait davantage en valeur les ornements et la brillance des dorures. Elle se souvint de l'effroi de sa mère la première fois qu'elle l'avait vu ainsi traiter un ouvrage. Giulia ne s'interrompait pas lorsqu'elle faisait cette opération, quitte à laisser patienter un client pendant plusieurs minutes. Elle voulait que ses dos soient parfaitement symétriques, ni trop ronds, ni trop plats. Elle avait le don de savoir doser ses interventions de façon à rendre ses reliures aussi esthétiques que possible. C'est ce qui avait séduit Jean Furstenberg, lequel, en connaisseur averti, avait d'entrée perçu ces petites différences.

Suivaient alors d'autres opérations, coller les gardes blanches, placer et coller les gardes de couleur, découper les cartons pour la couverture, faire la rognure pour égaliser parfaitement les pages du livre.

Parfois, elle devait faire la tranche, c'est-à-dire colorer l'épaisseur des pages, généralement en rouge, jaune ou bleu. Mais le client pouvait demander des effets différents, telle que la jaspure ou la marbrure et même d'autres traitements plus sophistiqués.

Puis venait la fabrication de la tranchefile, ce petit ornement tissé en fils de coton ou en soie, de couleurs différentes, placé en haut et en bas du dos du livre, qui servait à consolider les coiffes. Elle aimait particulièrement cette opération dans les restaurations d'ouvrages anciens ; elle devait alors reproduire fidèlement la tranchefile d'origine, parfois en fil d'or ou d'argent, et la vieillir ensuite. Véritable travail de brodeuse où il fallait former sur un petit rouleau de papier fort, roulé, une sorte de chaînette serrée et parfaitement régulière.

Giulia, quant à elle, avait adopté la tranchefile plate qui donnait un bien meilleur effet. Elle prenait alors du carton plus ou moins épais selon la grandeur des livres à relier, sur lequel elle fixait avec de la colle de farine, du parchemin mince. Après un bon séchage, elle découpait des bandes étroites selon ses besoins. Ce souci constant du détail qui ajoutait à la qualité de son travail, la fit remarquer des bibliophiles, qui commencèrent à la rechercher. Le bouche à oreille fit tant que ses clients venaient de plus en plus loin.

C'est ainsi qu'elle vit entrer un jour dans l'atelier, un homme grand, frisant la quarantaine. Une chevelure sombre, ondulée, où s'égaraient quelques fils argentés, un regard gris, chaud et gai. Il avait un léger accent qu'elle ne put d'abord définir.

– Nils Van Kirschen, je suis envoyé vers vous par un grand ami, Jean Furstenberg.

– Ah, monsieur Furstenberg, en effet, je travaille souvent pour lui.

– Nous nous connaissons depuis longtemps, c'est un ami de mon père, et j'ai eu l'occasion d'admirer quelques restaurations que vous lui avez déjà faites. Sans avoir les raretés qu'il possède, j'ai une assez belle collection que j'ai un peu négligée ces dernières années, et j'aurais besoin de vos soins pour certains de mes malades. Je vous ai du reste apporté l'un des plus touchés, dit-il avec un sourire franc tout en coulant un regard connaisseur sur sa jeune interlocutrice.

Ils parlèrent longtemps, Giulia décrivant les diverses interventions qui seraient sans doute nécessaires au fur et à mesure qu'elle découvrait les blessures de l'ouvrage. Elle avait rarement vu un livre dans un tel état de délabrement et ne put cacher son étonnement.

– Il y a longtemps que vous possédez ce livre ?

Le ton n'était pas aimable, elle voulait faire sentir qu'elle ne comprenait pas que l'on puisse attendre si longtemps avant d'intervenir sur un ouvrage quand on se disait amateur de livres anciens.

Il perçut le reproche et précisa qu'il venait d'acquérir plusieurs volumes dans le même état, provenant de la bibliothèque d'un vieil original, complètement désargenté, qui vivait dans des conditions frisant la misère. Pour survivre, il avait vendu bibelots, livres et meubles, ne pouvant se résoudre à quitter la propriété familiale, mais il ne lui était jamais venu à l'idée de travailler pour autant. Élevé par une mère veuve trop jeune, ils avaient vécu un certain temps sur la fortune laissée par le défunt mari, puis avaient commencé à vendre des terres, des dépendances. Les réparations à faire avaient bientôt été négligées, transformant la propriété en une triste bâtisse qui menaçait ruine de tous côtés. Malade, isolé, il venait enfin de vendre le tout pour une bouchée de pain et son visiteur était le nouveau propriétaire.

– La maison est à peu près dans le même état que ce livre, mais elle m'a séduit. Je suis fou de vieilles pierres et je vais m'atteler à relever cette demeure que j'aime déjà. Mon épouse et moi rêvions d'une maison ancienne avec un parc et de grands arbres autour. Quand les travaux seront finis, je viendrai m'y installer, quittant définitivement mes cieux nordiques.

– Et votre épouse est aussi passionnée que vous ?

– J'ai perdu mon épouse voici une dizaine d'années, dans un accident, dit-il sourdement, le regard soudain lointain.

Après un court silence, il ajouta :

– Elle était jeune, belle, nous avions les mêmes goûts, nous faisions une foule de projets et l'avenir nous souriait.

– Pardonnez-moi, je suis vraiment désolée.

– Vous ne pouviez pas savoir.

Gênée, elle revint vers le livre qu'il avait apporté.

– Je vais faire une étude détaillée et vous ferai un devis.

– Inutile, faites ce qui doit être fait.

– Si j'ai besoin de vous contacter…

– Prévenez Jean Furstenberg quand vous aurez terminé. Je loge à Beaumesnil quand je viens en France, coupa-t-il sèchement.

Légèrement agacée par le changement de ton de son interlocuteur, elle écourta la conversation, s'avança vers la porte, et lui tendit la main. Il la prit, s'inclina légèrement sur elle et s'éloigna à grands pas. Elle referma la porte et le suivit du regard quelques instants. Il lui avait d'abord paru sympathique, mais le ton qu'il venait d'adopter lui déplut. Elle regarda l'heure, il était presque midi. Elle n'avait pas envie de reprendre son travail et appela Émile au magasin pour lui demander des nouvelles de Nathalie.

– Il est près d'elle, précisa Lucien. Il te rappellera.

Elle fit ensuite le numéro de Sophia. Sa fin de grossesse était un peu délicate et elle devait terminer ses dernières semaines d'attente allongée. On avait craint le pire après le choc brutal de la mort de Marie. Mais ce bébé tant désiré voulait vivre et après quelques alertes et beaucoup de précautions, il était là, bien accroché, bourrant sa mère de coups de pieds par moments, seule la musique le calmait. Jean entourait sa femme de toutes les prévenances et malgré son deuil récent, Sophia respirait une plénitude totale. La vie était la plus forte et pour ce petit être qui arrivait, elle eut vaincu tous les obstacles.

Ils se plaisaient infiniment dans leur nouvelle maison et espéraient bien voir la famille après la naissance, l'été prochain. Les deux sœurs parlèrent encore longuement, d'une foule de riens qui font le plaisir des conversations entre personnes qui se connaissent bien et s'estiment. Curieusement, Giulia n'avait pas avec sa sœur la même relation naturelle et décontractée qu'avec ses deux frères. Sophia n'avait pas eu d'enfance, devant assumer très tôt des tâches d'adulte, elle était trop raisonnable, mûrie avant l'âge et Giulia espérait que la maternité allait lui donner cette joie de vivre, dont elle-même était la vibrante incarnation.

Bien sûr sa mère restait très présente dans ses pensées, mais son caractère vif, voire même un peu pointu parfois, et sa spontanéité revenaient. Son rire cristallin jaillissait à nouveau, pour un rien. Elle n'était que vie, enthousiasme et se réjouissait de l'arrivée de ce bébé.

Émile passait la voir tous les jours en revenant de l'hôpital. Nathalie suivait maintenant une chimiothérapie, et les effets secondaires en étaient terrifiants.

– Je n'aurais jamais pensé voir la femme que j'aime dans un tel état, tu te demandes comment l'organisme peut résister. C'est effrayant et démoralisant.

– Ça l'est encore plus pour elle, dit doucement Giulia. Tu ne dois pas lui montrer ton désarroi mais au contraire ta confiance dans sa guérison.

– C'est dur tu sais… j'ai du mal à ne pas flancher devant elle.

Les sentiments sont curieux, se disait Giulia, autant elle se sentait petite devant sa sœur aînée, autant elle était adulte devant ce frère, perdu, qui souffrait et venait lui demander réconfort.

Elle continuait le travail sur les livres brochés, et arrivait à l'étape délicate du choix et du coupage de la peau. Le vieux Trameau utilisait des patrons, taillés à tous les formats, qu'elle avait gardés. Elle avait maintenant ses fournisseurs attitrés, qui traitaient encore les peaux en eau vive à l'écorce de chêne, comme autrefois. Il n'avait pas été facile de rompre avec ceux du vieux relieur, lequel avait accepté petit à petit des peaux de moins bonne qualité, traitées de façon plus industrielle et moins chères. Giulia voulait le meilleur en tout. Elle ne cédait rien sur la qualité de ses fournisseurs, ce qui lui valut des inimitiés qu'elle ignorât superbement, mais lui fit toucher une clientèle qui jusque-là, ne fréquentait pas l'atelier.

Le parage de la peau demandait beaucoup d'attention, car le moindre faux mouvement, le moindre geste un peu brusque risquait de la gâcher ou de blesser l'artisan. Il fallait avec le couteau à parer, affûté comme un rasoir, gratter doucement les bords de la peau, côté chair, de façon à l'amincir pour la rendre aussi douce et fine que possible. Une fois collée sur les cartons de la couverture, toute surépaisseur était ainsi supprimée.

Un matin d'Avril, Jean leur annonça la naissance de Margot, petite fille de deux kilos trois. La maman et le bébé se portaient bien. Giulia était curieuse d'une foule de détails et décida, séance tenante, qu'elle n'attendrait pas l'été pour aller voir sa sœur et faire la connaissance de sa petite-nièce. Benjamin voulait l'accompagner, et il fallut toute la douceur de sa maman pour lui faire admettre que ce n'était pas possible, les enfants étant rarement admis dans les maternités. Cette raison le plongea dans la plus grande perplexité puisque c'était justement là qu'ils naissaient. Les explications des grandes personnes étaient parfois surprenantes.

En entrant dans la chambre, sa première vision fut Sophia, plus belle que jamais dans un déshabillé somptueux, en train de donner le sein à sa fille, maternité merveilleuse qui eût pu inspirer bien des peintres.

– Que tu es belle ! murmura Giulia, que tu as l'air heureuse !

Sophia leva un regard lumineux.

– Giulia ! Je suis si contente de te voir, attends encore quelques instants, elle a presque fini.

Giulia les contemplait toutes deux, silencieuse, émue, pensant au bonheur qu'aurait eu sa mère à voir ainsi sa fille aînée.

Sophia lui confia le bébé et tout naturellement, elle trouva les bons gestes. Elle sentait la chaleur du petit corps contre elle, caressait doucement le léger duvet blond de sa tête, jouait avec les doigts minuscules qui la serraient avec une force surprenante. Sophia la regarda à son tour.

– Tu es faite pour avoir des enfants, sœurette, tes gestes, tes attitudes le prouvent, alors dépêche-toi de trouver leur père, dit-elle en riant.

La retenue qu'elle avait toujours eue vis-à-vis de sa sœur aînée venait de fondre, sans même qu'elle s'en rende compte ; elle se sentait merveilleusement proche d'elle.

– Margot porte les prénoms de ses deux grands-mères, Marie et Irène, dit Sophia.

Un voile de tristesse passa, vite effacé par le petit sourire béat qu'affichait le bébé qui s'était endormi.

Elles restèrent l'après-midi ensemble. Elles découvraient toutes deux le plaisir d'une affection tendre et totale ; elles parlaient de la famille restée à Chartres, des jumeaux, d'Émile et Nathalie. En apprenant ces dernières nouvelles, Sophia dit qu'elle appellerait Émile plus souvent, Émile qui était sans conteste son frère préféré, de par le peu de mois qui les séparaient et la complicité totale qui les unissait depuis l'enfance.

Jean arriva en fin de journée, après son travail. Les attentions qu'il avait pour sa femme et les regards attendris qu'il portait sur sa fille en disaient long sur sa fierté de jeune père. Lorsqu'ils quittèrent Sophia, elle suivit Jean en voiture jusqu'à leur maison, car elle repartait dès le lendemain matin pour Chartres. Elle découvrait la beauté de cette campagne normande, vallonnée, coquette, opulente, où les maisons se blottissaient dans des nids de verdure. Lorsque Jean pénétra dans la petite allée qui menait à leur maison, elle tomba immédiatement sous le charme de ce bâtiment tout en longueur, au soubassement en pierres apparentes, surmonté de colombages, au toit couvert d'ardoises vieillies, s'ornant de deux lucarnes à la française. Tous les matériaux avaient la patine du temps car ils avaient été récupérés sur un ancien pressoir qui avait été entièrement démonté et reconstruit ici par les précédents propriétaires, expliqua Jean. Il se dégageait de l'endroit une sérénité absolue. Quand ils pénétrèrent à l'intérieur, Giulia ne put retenir son admiration. Une spacieuse salle de séjour au sol carrelé en grands carreaux de terre cuite aux tons chauds, une cheminée monumentale mariant la pierre et la brique s'offrait au regard, tandis qu'un vieil escalier de meunier conduisait à l'étage. Le bois, la pierre et les étoffes s'alliaient dans toutes les pièces, conférant une chaleur douce au regard. Par une fenêtre, Giulia découvrit le paysage environnant, une vaste prairie où paissaient des vaches blanches et rousses, puis un côteau boisé qui s'élevait lentement et plus loin encore, la silhouette austère du château de Vascoeuil.

– Endroit idyllique, vraiment, dit Giulia, je comprends que vous vous y plaisiez.

– Nous avons cherché longtemps, tu sais. C'est par le plus grand des hasards que nous avons trouvé celle-ci. Ta sœur aime bien chiner dans les salles des ventes, il y en a plusieurs dans la région. On y a rencontré un architecte, on a sympathisé. Il déménageait car il avait tout refait, tout restauré ici, ça ne l'amusait plus, il voulait recommencer ailleurs, pour pouvoir s'amuser à nouveau, disait-il. Nous sommes venus voir sa maison et comme toi, sommes immédiatement tombés sous le charme.

Il improvisa un dîner rapide qu'ils prirent sur la longue table basse du salon. Elle n'avait jamais eu l'occasion de se trouver seule avec Jean, et ils parlèrent assez tard dans la soirée. Elle apprécia la gentillesse de cet homme et la place immense qu'occupait Sophia dans sa vie. Il évoqua des souvenirs lointains, qui pour Giulia, se perdaient un peu dans les brumes de sa petite enfance.

Lorsqu'ils se quittèrent le lendemain matin, elle dit :

– Vous me donnez envie de venir m'installer en Normandie, avoir mon atelier dans une vieille maison comme celle-là, tu te rends compte ? C'est le paradis ici.

– Mais quand tu veux Giulia dit-il gaiement. On t'aidera à trouver quelque chose !

Il la suivit du regard tandis qu'elle franchissait le portail, fit un grand signe de la main, et elle prit la route du retour.

Cette visite laissa des traces, l'idée de déménager lui revenait à l'esprit de temps à autre. Mais sa clientèle s'élargissait ici, et c'est finalement ce qui la retint, bien qu'une curieuse lettre reçue le matin même l'inquiétât. Elle la montra à Émile. Collées sur du papier kraft, les lettres qui formaient les mots avaient été découpées dans un journal. Le texte était court, « pour la putain de Furstenberg, pas de place dans la profession ».

– Quelle saloperie ! dit Émile. Il fallait s'y attendre, tu fais des jaloux. Mais je n'aurais pas pensé qu'ils en viendraient là tout de même !

Giulia était profondément choquée. Ses contacts avec Jean Furstenberg étaient emprunts de tant de respect mutuel, basés sur le seul intérêt commun qu'ils portaient à la beauté et la conservation des ouvrages anciens, qu'elle était particulièrement attristée que l'on puisse imaginer quoi que ce soit d'autre. Comment réagirait-il s'il apprenait cela ? Émile tenta de la rassurer du mieux qu'il put, disant que l'on ne faisait rien pour l'instant, que c'était sans doute une réaction isolée, qu'il ne fallait pas y accorder trop d'importance. Il y aurait toujours des esprits chagrins, mesquins. Elle était la meilleure dans sa profession, elle était jeune, de plus une femme, il est clair que c'était nouveau pour des métiers jusque-là uniquement masculins. Elle était une pionnière en quelque sorte, il était normal que cela provoque des réactions, certes, celle-là était particulièrement basse et ne grandissait pas son auteur. Il finit par faire renaître un léger sourire sur son visage inquiet.

– Allez, ne change rien, ils ne peuvent rien contre toi. Ça passera tout ça.

CHAPITRE XIX

À nouveau le malheur endeuilla la famille. Malgré tous les soins, Nathalie ne put vaincre la maladie, et sa jeunesse ne l'aida pas, peut-être même précipita-t-elle les évènements. Elle n'avait pas trente ans, s'était battue jusqu'à l'épuisement pour vivre, en vain.

Émile était effondré, perdu. Il avait cru tellement en leur avenir, en la force de leur amour et il se retrouvait seul. Il lutta longtemps contre son désespoir puis annonça un jour qu'il allait partir, loin, n'importe où, mais quitter cette ville où tout lui rappelait la femme aimée disparue. Ils essayèrent de le raisonner, de le retenir, mais sa décision était prise. Ils le conduisirent à la gare un matin de Décembre, sous un ciel bas, lugubre, de cette teinte jaunâtre si particulière qui annonce la neige. Il avait pris un aller simple pour l'Australie et verrait là-bas, avait-il dit, sans autre projet.

Les fêtes de Noël s'annonçaient bien tristes. Pourtant les jumeaux, avec cette force de vie des enfants, aidèrent à préparer le sapin. Sophia et Jean viendraient avec la petite Margot qui avait huit mois maintenant.

Giulia traînait un ennui qu'elle ne parvenait pas à surmonter. Elle avait construit de tels liens avec Émile depuis ces dernières années qu'il lui manquait cruellement, et pour la première fois, son travail ne la comblait pas. De plus, une seconde lettre anonyme arriva, même présentation, même texte court, « la réussite, ça se mérite catin, mais pas avec son cul et un vieux barbon ».

Elle avait maintenant la charge de la conservation des trésors de l'évêché, ainsi que de plusieurs bibliothèques d'abbayes dans la région, qui contenaient de véritables trésors. De nombreux collectionneurs lui confiaient leurs malades, certains même de l'étranger. Peut-être fallait-il y voir là l'aide discrète de Jean Furstenberg, qui ne manquait jamais de parler d'elle dans son cercle de bibliophiles. C'était sans doute cela qui gênait et dérangeait l'auteur de ces courriers anonymes. Elle avait appris récemment en effet, que lors d'appels d'offres auxquels elle avait répondu, certains confrères avaient réagi assez mal à l'annonce du choix qui avait été fait de la retenir, elle Giulia, bien que ses prix ne soient pas les plus bas, mais la qualité exceptionnelle de son travail faisait maintenant référence.

Cette fois, elle montra la lettre à Lucien et il l'engagea vivement à réagir. Elle ne pouvait laisser salir ainsi sa réputation.

– Tu devrais même en parler à Furstenberg.

– Je n'oserai jamais ! Tu imagines sa réaction ?

– Et toi, tu imagines s'il apprend cela par hasard? Il n'apprécierait certainement pas alors que tu ne lui en aies rien dit.

– Lucien, c'est quelqu'un de tellement droit, correct, je ne pourrai jamais lui montrer de tels torchons nous mettant en cause tous les deux, surtout en ces termes !

– Il le faudra bien pourtant. Tu ne peux accepter de tels agissements, et tu dois montrer ça à la police aussi. Tu ne peux donc pas laisser Furstenberg dans l'ignorance.

Elle avait été surprise au plus haut point lorsque Jean Furstenberg lui avait dit dernièrement :

– Vous savez Giulia, que vous avez fait très forte impression sur Nils Van Kirschen. Il ne jure que par vous.

– Pourtant nous ne nous sommes vus qu'une seule fois !

– Qu'importe, cela a suffi, dit-il avec un mince sourire amusé.

– Mais que fait-il dans la vie pour être si intouchable ? Le ton était un peu froid.

– Il vend des fleurs dans le monde entier, négociant en fleurs. Hollandais par son père, français par sa mère, il a la double nationalité, vit à Lisse en Hollande, près de Keukenhoff, un parc magnifique, une féerie pour les yeux, mais il compte s'installer ici, dès que les travaux dans sa maison seront terminés. Nous nous sommes connus à mon cercle de bibliophiles où son père est l'un des plus anciens membres. Je pense que lorsqu'il sera ici, vous aurez un fidèle client.

Elle l'écoutait distraitement, voulait lui parler des lettres anonymes, mais ne parvenait pas à le faire, honteuse à l'idée des images que les mots orduriers évoquaient. Elle, si décidée et énergique habituellement, était paralysée devant ce vieux monsieur un peu austère. Elle se décida pourtant, et après un profond soupir, se lança.

– Monsieur Furstenberg, il faut que je vous montre quelque chose de profondément déplaisant, mais je ne peux vous laisser dans l'ignorance.

Le regard sérieux se leva vers elle, la dévisagea. Elle tendit les deux lettres d'une main légèrement tremblante. Il les lut sans manifester la moindre réaction et les reposa.

– Qu'avez-vous fait ?

– Rien pour l'instant. Mon frère Lucien voulait que je vous en informe d'abord.

– Il a eu raison. C'est d'une bassesse ! Vous gênez à l'évidence, mais c'est aussi la réaction d'un aigri, on devrait rapidement savoir qui. Ne vous inquiétez pas outre mesure Giulia, les restaurateurs de livres anciens ne sont pas si nombreux, je les connais tous et vous êtes la meilleure sans conteste. Vous pouvez me faire une copie de cela ? dit-il en désignant les deux feuilles posées devant lui, je vais en avoir besoin.

– Mon frère pense qu'il faudrait informer la police.

– Ne faites rien, je m'en occupe.

Depuis deux jours, la neige ne cessait de tomber, lourde, épaisse, feutrant les bruits, recouvrant tout, mais en ville, la neige n'est pas féerique, elle n'est que désagrément, rendant les rues glissantes et boueuses. Dès que l'on abordait la campagne, le paysage était tout autre, transformé sous ce manteau immaculé, scintillant au moindre rayon de soleil, et les jumeaux s'en donnaient à cœur joie. Un énorme bonhomme de neige trônait au milieu du jardin, nanti d'un vieux chapeau noir qu'ils avaient trouvé on ne sait où, une carotte en guise de nez et deux boutons de culotte pour les yeux. Ils faisaient des batailles interminables de boules de neige et Catherine devait hausser le ton pour les faire rentrer, et se changer. Rouges comme des tomates, ils se laissaient frictionner vigoureusement avec de grands éclats de rire.

Les fêtes passèrent, entachées de nostalgie, les pensées de chacun tournées vers les absents, Marie et Émile, parti pour oublier ses espoirs loin d'eux. Lucien avait dû prendre quelqu'un au magasin pour le remplacer. On n'avait aucune nouvelle de lui.

Giulia était occupé au délicat travail de la dorure sur le dos et la couverture de la superbe reliure qu'elle venait d'achever pour le cahier qui contenait toutes les observations et connaissances de sa mère. Elle l'avait voulu précieuse sans ostentation et s'appliquait à une netteté et une régularité parfaites de ses titres. Exercice difficile que peu de relieurs maîtrisaient totalement, car outre l'habileté de main indispensable, il fallait des qualités que seuls possédaient les plus doués et un sens inné de l'esthétique. Avec toujours la même inflexible exigence, elle possédait les deux.

Au bruit que fit la porte d'entrée, elle sut qu'un client venait d'entrer. De l'appentis où elle se trouvait, elle dit :

– Je vous demande un peu de patience s'il vous plaît, je ne peux pas m'arrêter dans ce que je fais. Asseyez-vous, prenez une revue, je n'en ai pas pour longtemps.

Ayant fini les titres du dos, elle se leva et entra dans l'atelier. Nils Van Kirschen l'attendait, tout sourire.

– Bonjour mademoiselle, vous me reconnaissez ?

– Bien sûr, dit-elle en lui tendant la main.

– Je pense que nous nous verrons plus souvent maintenant, car les travaux avancent dans ma maison. Lorsque tout sera fini, j'espère bien que vous me ferez l'honneur d'être l'une des premières visiteuses de ma bibliothèque.

Giulia repensa à ce que lui avait dit Jean Furstenberg et resta silencieuse. Elle le découvrait différent de ses souvenirs. Il était chaleureux, direct, avec ce regard rieur qui ne le quittait pas.

– Mais je vous dérange peut-être ?

– Non pas du tout, je suis surprise, je ne m'attendais pas à votre visite.

– Je voulais vous dire aussi que je suis tout à fait ravi de votre travail, vraiment, une telle qualité de restauration ne se voit pas souvent, Jean me l'avait dit du reste, vous êtes une fée.

Elle eut ce merveilleux sourire qui illuminait tout son visage, lui plissant malicieusement les yeux et montrant une dentition parfaite.

– N'exagérons rien, je fais mon travail aussi bien que possible, mais il est vrai que je suis très attachée à la qualité du moindre détail, y compris celle de mes fournisseurs, c'est peut-être ce qui fait la différence.

Ils parlèrent longtemps, elle était bien, se détendait. Il regarda sa montre soudain :

– Mais je vous fais perdre votre temps, vous avez certainement autre chose à faire que m'écouter.

– Il faut aussi prendre le temps de vivre, se surprit-elle à dire doucement.

Il leva un sourcil étonné :

– Alors, prendriez-vous le temps de déjeuner avec moi ?

– Pourquoi pas, oui, avec plaisir.

Tandis qu'elle se préparait, elle s'interrogea sur son attitude. Elle le connaissait à peine, pourtant ils avaient bavardé comme de vieux amis pendant un bon moment et maintenant, elle acceptait sans hésitation son invitation. Elle se sentait bien avec lui et refusa de s'interroger plus avant. Prudence Giulia, ne t'emballe pas, se dit-elle.

Ils arrivèrent à l'auberge de l'Orée du Bois où l'avait menée Émile si souvent.

– Je vous donne votre table habituelle, dit la serveuse après l'avoir gratifié d'un gentil sourire, vous avez de la chance, elle est encore libre.

Ils la suivirent dans un angle de la salle, un peu à l'écart des autres tables. Nils lui tint sa chaise, tandis qu'elle s'asseyait et vint prendre place en face d'elle.

– Je suis heureux que vous ayez accepté mon invitation.

Il la dévisageait, grave maintenant, elle ne savait quelle contenance prendre. Il commanda deux coupes de champagne.

– À vous, belle jeune fille !

– À vous, beau monsieur !

Il éclata de rire.

– C'est bien la première fois que l'on m'appelle ainsi, mais, Nils, suffira.

– Alors, Giulia aussi.

Décidément, elle ne se reconnaissait plus. Que lui arrivait-il ? C'était donc vrai ce que l'on lisait dans les romans ? Deux êtres pouvaient se rencontrer, avoir très vite l'impression de se connaître depuis toujours et l'envie de ne plus se quitter ? Car elle en était là Giulia et ignorait que son compagnon éprouvait les mêmes sensations. Ils parlèrent de tout et de rien, elle posait plus de questions que lui, voulait le découvrir. Il s'y prêta de bonne grâce.

À la fin du repas, le patron vint les saluer, comme il le faisait toujours, et fut surpris de la voir en compagnie d'un autre homme que son frère. Il s'inquiéta d'Émile, qu'il ne voyait plus depuis longtemps, elle en expliqua les raisons.

– Saloperie de maladie, commenta-t-il. Pauvre gars, il ne méritait pas cela.

Puis après un court silence,

– Je vous offre quelque chose ?

– Non, merci, nous sommes un peu pressés aujourd'hui, mais nous reviendrons, dit-elle.

Ils roulaient depuis quelques minutes à peine, lorsqu'il se gara à la faveur de l'entrée d'un chemin. Avant qu'elle ait eu le temps de réagir, il la prit dans ses bras, et l'embrassa. Son baiser était un miracle de passion contenue. Elle prolongea l'étreinte, y prenant un plaisir certain.

– J'en avais trop envie, dit-il simplement. Le regard rieur qu'elle commençait à aimer la dévisageait.

– Vous avez un charme fou Giulia, comment pouvez-vous ne pas avoir tous les hommes à vos pieds ?

– Je vous attendais peut-être, dit-elle malicieuse, et cette remarque la remit dans les bras de Nils.

– Vous avez réussi un tour de force, car je crois bien que je suis en train de tomber très amoureux, ce qui ne m'était pas arrivé depuis la disparition de ma femme.

Elle restait pelotonnée dans ses bras, goûtant ce moment merveilleux où tout commence entre un homme et une femme, ce moment où le cœur bat la chamade, où les idées se brouillent, où la seule chose qui compte est l'autre, où l'on a l'impression que rien n'a existé jusqu'alors.

– Il faut vraiment que j'y aille maintenant, j'ai des rendez-vous cet après-midi, murmura-t-elle.

– Moi aussi, et c'est bien la première fois que je vais arriver en retard aux miens.

Il la déposa devant l'atelier, la regarda longuement avant de la laisser partir, emprisonnant ses deux mains dans les siennes et les baisant avec ferveur.

– Je vous appelle en fin d'après-midi.

Elle eut du mal à reprendre ses activités, flottant dans une espèce d'état second. Un premier client arriva avec une gravure de Gustave Doré, bien jaunie par le temps et piquetée de taches brunes. Elle admira la finesse du travail et sa complexité, ce qu'elle ressentait toujours devant la maîtrise incomparable de ce maître incontesté.

Pendant qu'elle expliquait ce qu'elle allait faire, une jeune femme entra, porteuse d'une seule rose rouge, somptueuse, éclatante. Elle jeta un rapide regard sur la carte jointe : Une fleur unique pour une femme unique. Nils.

Elle sourit, revint vers son client.

– Mettez là dans l'eau, je vous en prie, ce serait dommage de la faire attendre car elle est certainement porteuse de douces pensées.

Le sourire s'agrandit tandis qu'elle plaçait la rose dans un soliflore en étain qu'elle avait retrouvé dans le fatras du vieux relieur. L'après midi passa avec lenteur lui sembla-t-il, bien qu'elle n'ait pas arrêté d'avoir des visites.

En fin de journée, elle eut un appel de Nils. Il l'invitait à passer la soirée avec lui, devant repartir dès le lendemain pour la Hollande.

– Je réserve quelque chose et passe vous prendre. Au fait, où habitez-vous ?

Elle donna son adresse. Elle ferma l'atelier et rentra chez elle. Madame Desmoulins l'arrêta au passage, lui proposant de dîner avec eux. Elle refusa gentiment disant qu'elle était attendue. Puis elle monta rapidement chez elle, se doucha, choisit une petite robe noire qui mettait en valeur son décolleté qu'elle avait ravissant. Elle terminait à peine un léger maquillage que la sonnette retentissait. Un dernier coup d'œil à son image la rassura et elle alla ouvrir. Il était là, souriant, l'enveloppant d'un long regard approbateur.

– Je suis prête.

Elle se laissa conduire. Il avait retenu dans l'un des meilleurs restaurants de Chartres. L'ambiance était feutrée, cossue, la table excellente. Pendant le repas, c'est lui, cette fois, qui posa les questions. Soudain, il demanda :

– Quel âge avez-vous Giulia ?

– Question indiscrète que l'on ne pose jamais à une femme, mais je vais y répondre quand même, vingt-sept ans, et vous ?

– Trente-cinq. Suis-je trop vieux pour espérer vous séduire ?

Elle aimait cette façon directe qu'il avait de poser les questions, sans détour, sans gêne. Elle le regarda, amusée, scrutant son visage, son allure. Il souriait en silence. Elle tendit sa main par-dessus la table. Il la prit, la retourna et baisa longuement son poignet, là où bat le pouls qu'il sentit s'accélérer. Elle ferma les yeux un instant, goûtant la sensation délicieuse que provoquait ce baiser.

– Non, je ne pense pas que vous soyez trop vieux, dit-elle avec un rayonnant sourire.

Quelques instants plus tard, ils quittaient le restaurant, l'air était doux pour un mois de Février. Il la prit par les épaules, et ils s'éloignèrent dans la nuit, loin des lumières. Ils échangèrent de nouveaux baisers, toujours plus ardents et passionnés.

– Mon Dieu Giulia, comment ai-je pu vivre jusqu'à ce jour sans vous ?

– Je ne sais pas, dit-elle avec son petit rire de gorge moqueur, si sensuel.

Lui aussi était charmé par ce naturel spontané qu'il découvrait chez elle.

– Pourtant je vais devoir vous quitter et rester plusieurs jours loin de vous.

– On se téléphonera, on se parlera et nous aurons le plaisir de nous retrouver. Dans combien de jours ?

– Pas avant trois semaines, au plus tôt.

Elle resta silencieuse, trois semaines, une éternité.

– J'aimerais rentrer maintenant, j'ai un peu froid.

Il la ramena en silence, le charme était rompu, il fallait déjà casser des liens à peine ébauchés. Arrivés au pied de son immeuble, elle dit simplement :

– À quelle heure devez-vous partir demain ?

– Très tôt, j'ai rendez-vous à Bruxelles.

Elle était blottie contre sa poitrine, immobile. Elle leva la tête lentement, déposa un baiser sur ses lèvres, se sauva, entra dans son immeuble et s'engouffra dans l'escalier. Il s'en voulut aussitôt de s'être montré aussi timide qu'un jouvenceau et elle pestait contre elle-même de ne pas lui avoir demandé d'entrer. Mais elle n'avait pu au dernier moment se décider, par peur de ce qu'il penserait d'elle. Le matin, ils s'ignoraient presque encore, elle ne pouvait décemment le mettre dans son lit le soir, et pourtant tout son être désirait le contraire. Elle savait qu'il attendait dehors, n'ayant pas entendu démarrer la voiture, aussi une fois dans son appartement, resta-t-elle dans le noir et attendit le cœur battant. Au bout d'un long moment, alors qu'elle allait céder et lui faire signe de monter, elle entendit la voiture qui s'éloignait.

– C'est mieux comme cela, se dit-elle avec une pointe de regret.

Elle dormit mal, repensant à leur soirée et leur conversation. Il ne trouva le sommeil que bien tard, imaginant ce qu'aurait pu être leur nuit. Au petit matin, l'image de Giulia s'imposa dès qu'il ouvrit les yeux. Il l'avait follement désirée la veille et il apprécia cependant sa retenue, il n'eut peut-être pas aimé qu'elle se donnât à lui si vite. Il prit la route, admira le lever du soleil qui annonçait une superbe journée et fit une foule de projets où, désormais, il n'était plus seul.

Elle commença sa journée avec un entrain qu'elle n'avait plus ressenti depuis le départ d'Émile, termina le décor du livre de sa mère, « Mes recettes, mes remèdes, Marie Valentini ».

Telles étaient les inscriptions qui brillaient doucement sur la couverture plein cuir, d'un chaud ton havane, au grain satiné, lisse, d'une douceur incomparable. Elle avait choisi l'une de ses plus belles peaux, voulant ainsi donner un écrin luxueux au témoignage écrit de Marie. Lucien, en tant qu'aîné, serait le détenteur de ce précieux souvenir. Elle savait qu'il le garderait soigneusement, comme le trésor de la famille, en hommage à leur mère et peut-être, de temps à autre, aurait-on l'occasion de s'y référer.

Le téléphone sonna, elle se précipita tout en regardant sa montre. Il était déjà midi passé. Sa voix, son timbre si grave, si chaud.

– Je suis à Bruxelles, sur la Grand' Place, pleine d'agitation, et pourtant je ne cherche qu'un regard, un sourire merveilleux, que je ne trouve pas. Giulia, vous me manquez terriblement. Il y a encore tant de choses que j'aurais voulu vous dire hier.

Elle était comme une collégienne à son premier rendez-vous. Appuyée contre le mur, le téléphone à l'oreille, le cœur battant, elle se laissait bercer par les mots, si heureuse qu'il l'appelle, ayant vaguement craint qu'il ne le fasse pas à cause de sa fuite de la veille. Elle lui dit son bonheur, son impatience de le revoir, il osa murmurer des mots qui l'enchantèrent.

C'est alors qu'elle remarqua l'enveloppe qui avait été glissée sous la porte, pareille aux autres. « Alors salope, t'as toujours pas compris ? On va donc changer de méthode ». Cette fois, ce n'était plus des insultes, mais bien une menace. Elle appela Jean Furstenberg pour savoir ce qu'il avait fait, mais ne put le joindre. Elle était bien décidée cette fois à en informer la police.

Curieusement, ce troisième envoi, pourtant plus inquiétant que les autres, découvert après sa conversation avec Nils, passa vite au second plan de ses pensées.

Depuis le départ d'Émile, Giulia s'était rapprochée de Catherine. Elle appréciait la personnalité de sa belle-sœur, un peu bourrue mais un cœur d'or. Les jumeaux avaient des caractères très différents, ce qui les rendait particulièrement attachants. Charlotte, toujours aussi vive, un peu garçon manqué, ne s'intéressait qu'aux activités de plein air, et ses parents devaient veiller de près aux leçons et devoirs qu'elle avait une fâcheuse tendance à négliger. Benjamin était le contraire absolu de sa sœur. Un peu rêveur, d'une sensibilité à fleur de peau, très bon élève, il pouvait rester des heures à observer un oiseau construisant son nid, ou des fourmis vaquant à leurs occupations. Point n'était besoin de surveiller son travail scolaire. Tout en s'en défendant, Giulia ne pouvait nier la petite préférence qu'elle avait pour son neveu.

Régulièrement, elle allait voir Sophia et Jean. Margot l'accueillait alors avec de petits cris aigus d'une drôlerie irrésistible. Elle passait le week-end avec eux, goûtant toujours avec le même plaisir le charme de cette maison et de son environnement. Elle ne parla pas de sa rencontre avec Nils, voulant garder jalousement son existence pour elle seule, et craignant peut-être aussi vaguement leur jugement. Il était plus âgé qu'elle, venait d'origine et de milieu si différents, voyageait beaucoup et souvent. Elle n'avait pas envie que l'on commente son engouement un peu précipité pour le beau nordique.

Elle refusait de penser à l'avenir. Elle se sentait assez forte pour vivre une aventure agréable, si ça ne devait être que cela, car elle avait du mal à croire que Nils n'ait pas connu d'autres femmes depuis son deuil. Elle savait combien on peut mentir en amour pour obtenir ce que l'on veut, elle avait vécu tout cela avec Vincent, des années plus tôt, promesses, serments, déclarations enflammées. Elle y avait cru alors et la chute n'en avait été que plus douloureuse. Elle entendait donc vivre pleinement sa relation nouvelle sans pour autant prendre pour argent comptant tout ce qu'il lui dirait.

Cependant, les jours passant, elle prit du recul. Alors qu'après leur séparation, elle n'était qu'amour et indulgence, elle se surprit de plus en plus souvent à penser qu'ils s'étaient emballés bien vite tous les deux et qu'une telle relation n'était pas ce à quoi elle aspirait.

Aussi lorsque Nils annonça son retour, était-elle sur le point de lui dire que l'on en restait là. Il avait senti ce changement au fil de leurs contacts téléphoniques et ne le comprenait pas, lui étant si impatient de la retrouver.

Il arriva en fin d'après-midi un vendredi, et vint directement à l'atelier alors qu'elle allait fermer. Il se gara rapidement, et courut vers elle.

– À quelques minutes près, je vous manquai.

Il l'aida à baisser le rideau métallique.

– Vous êtes à pied ou en voiture ?

– À pied.

– Alors montez, je vous emmène.

Il lui tint la portière puis vint se mettre au volant. Se tournant vers elle, il la prit alors dans ses bras, impatient de retrouver sa chaleur, son odeur. Il sentit sa résistance.

– Que s'est-il passé Giulia ? J'ai senti que vous preniez vos distances depuis quelque temps.

– Nils, je n'ai nulle envie de nous faire souffrir tous les deux. Vous m'avez dit que j'étais la première femme que vous rencontriez depuis la disparition de la vôtre, je ne peux y croire et ne veux pas commencer une relation sur des mensonges. J'ai vécu, voici des années, une rupture très douloureuse que j'ai eu beaucoup de mal à surmonter. Vincent me promettait monts et merveilles, m'assurait que j'étais l'unique, la femme de sa vie. Puis il a disparu du jour au lendemain et un peu plus tard, je recevais une lettre m'annonçant qu'il s'était marié et installé aux États-Unis, alors…

– Je comprends, dit-il en plaquant doucement sa main sur sa bouche, mais je ne suis pas Vincent et je n'ai nulle envie de jouer avec vous ni de vous faire souffrir. Je peux vous assurer sur ce que j'ai de plus cher, qu'après la mort de ma femme, émergeant d'un anéantissement total, je me suis jeté comme un fou dans le travail, pour oublier, pour survivre. J'ai tout accepté, les voyages les plus lointains, les rythmes les plus fous, il fallait que je n'aie plus une minute à moi pour essayer de ne plus penser. J'ai gagné de l'argent, beaucoup d'argent. Pour quoi, pour qui, je n'avais plus personne.

Vraiment, je n'ai pas pris le temps de vivre durant toute cette période. Lorsque je vous ai vue pour la première fois, il y a quelques mois, une chose extraordinaire s'est produite en moi soudain, je vous regardais, je vous écoutais et une émotion nouvelle s'emparait de moi, émotion que je n'avais plus ressentie depuis la mort de Béatrix. J'ai eu alors l'impression que quelque chose se remettait en route en moi. Ensuite, je ne pensais qu'à vous, constamment, j'en ai même parlé à Furstenberg, qui me connaît depuis longtemps. Enfin, lorsque nous nous sommes revus, j'ai eu la certitude que vous étiez celle qui me correspondait, celle que je voulais aimer, chérir, combler.

Giulia ne s'attendait pas à un tel discours et restait silencieuse.

– Giulia, je ne suis pas du genre à m'amuser d'une femme. Je vous aime, je le sais maintenant, j'y ai beaucoup songé, je vous aime mais ne m'imposerai pas si vous ne partagez pas mes sentiments. Par contre, je ne serai pas non plus une aventure, ce n'est pas ce que je recherche ni ce que j'attends de vous. Pour cela, la première venue aurait fait l'affaire, mais c'est vous, vous seule que je veux.

Elle l'avait écouté sans réaction et ses yeux étaient maintenant brillants de larmes. Un sourire se forma lentement sur son visage, puis s'approchant de lui, elle l'embrassa avec une violence contenue, prolongeant un baiser qui le rassura sur ce qu'elle éprouvait.

Il s'écarta d'elle.

– Bon, que fait-on maintenant ?

– J'ai faim.

– Moi aussi.

Le regard qu'il coula vers elle, lui fit comprendre qu'il ne parlait pas de la même faim et elle rougit légèrement.

Ils se retrouvèrent tout naturellement à l'Orée du Bois. Pendant le dîner, pour répondre à la curiosité de Giulia, il parla de son travail. Il avait repris les activités de son père, trop fatigué maintenant pour sillonner le monde. Mais lui-même était las de cette vie d'éternel voyageur et avait envie de se fixer, raison pour laquelle il avait acheté cette maison. Pourquoi en France ? Il adorait ce pays, dont parlait si souvent sa mère qui était française. Son jeune frère Guillaume brûlait de prendre sa suite et c'est bien volontiers qu'il lui cédait la place. Il continuerait à travailler pour l'entreprise familiale, mais de façon différente, il avait des projets à ce sujet.

Ils étaient les derniers clients, le temps s'était écoulé sans qu'ils s'en rendent compte. Il la ramena chez elle. Quand elle vit qu'il garait soigneusement la voiture, éteignait les phares, et sortait pour venir lui ouvrir la portière, elle comprit que cette fois, il n'entendait pas repartir seul et fut heureuse qu'il en soit ainsi. À peine étaient-ils chez elle, il la prit dans ses bras, l'enlaça à l'étouffer, l'embrassant follement. Elle sentait la même ivresse s'emparer d'elle. Elle parvint pourtant à se dégager, s'éloigna et revint quelques minutes plus tard avec deux coupes et du champagne.

– Fêtons nos retrouvailles ! dit-elle joyeusement.

Ils trinquèrent les yeux dans les yeux et burent quelques gorgées. Il la contemplait en silence, semblant soudain intimidé. C'est elle qui prit l'initiative. Elle reposa les deux coupes, et sans lâcher son regard, commença lentement à déboutonner sa chemise. Il se laissa faire. Elle posa ses lèvres sur la poitrine dénudée, remonta lentement vers le creux du cou et murmura des mots qui l'enflammèrent.

Il sut maîtriser son impatience et lui fit l'amour comme elle s'y attendait. Il était fougueux et tendre à la fois. Elle prit conscience du pouvoir de sa féminité, et lui, fut ravie du plaisir qu'elle manifestait aux jeux de Cupidon. Sa sensualité naturelle ajoutait à la volupté de leurs étreintes et il comprit qu'il serait désormais esclave et maître de ce corps magnifique qui s'était donné si simplement.

La nuit fut ponctuée de possessions passionnées, et de somnolence. Dans les moments de repos, elle se lovait contre lui, voulant se sentir toute entière enveloppée par ce grand corps. Mais le moindre mouvement réveillait le désir de l'un ou de l'autre, et de caresses en baisers, ils se reprenaient avec toujours autant de fièvre.

Le matin les surprit profondément endormis. Habitué qu'il était aux départs matinaux, il s'éveilla le premier. Il se sentait plein d'énergie, la contempla, alanguie, de longues mèches brunes barrant son visage, les lèvres encore gonflées de volupté. Il remarqua les longs cils, la ligne des sourcils délicatement arquée, le nez petit et bien dessiné. Elle était d'une beauté à la fois sauvage et raffinée et l'amour lui allant si bien, il se dit qu'elle ne pourrait qu'embellir encore. Il resta longtemps ainsi, jouissant jusqu'au plus profond de lui-même de son bonheur tout neuf. Il était sûr de son amour pour elle et savait que Giulia n'était pas du genre à s'amuser des sentiments qu'elle inspirait.

Elle s'agita mollement, se mit sur le dos, découvrant ses seins, son ventre aux courbes si douces et il se retrouva aussitôt sous l'emprise du désir insatiable qu'il avait d'elle. D'abord mollement, elle participa bientôt à leurs ébats avec toute la santé d'un jeune corps longtemps privé de caresses.

Le soleil était déjà haut dans le ciel quand ils se levèrent. Ils prirent un copieux petit-déjeuner, et partirent se promener.

Entendant des pas dans l'escalier, madame Desmoulins regarda par la fenêtre. Elle vit bientôt le couple sortir et se diriger vers la voiture. À son attitude quand il tint la portière, au regard qu'elle lui jeta, elle eut un petit sourire satisfait. Ils s'étaient souvent étonnés son mari et elle, de la solitude de Giulia. Au cours des dîners qu'elle avait partagés avec eux, ils avaient appris le parcours difficile de cette famille marquée par des évènements tragiques et elle se réjouit à l'idée que le destin se décidât enfin à penser au bonheur de cette jeune femme.

CHAPITRE XX

Les travaux dans la maison de Nils avaient pris du retard et les semaines s'étaient écoulées. Les derniers ouvriers enfin partis, restait maintenant à la meubler et la décorer. Main dans la main, Nils et Giulia parcouraient les pièces. C'était une belle et grande bâtisse à un étage. Les fenêtres cintrées, à petits carreaux, lui conféraient une allure certaine. La toiture en ardoise, récemment refaite, scintillait sous le soleil. Le rez-de-chaussée se distribuait en cinq pièces, dont une spacieuse salle à manger prolongée par un salon où trônait une cheminée imposante. Un blason y figurait encore, seul témoin d'un passé dont ils ignoraient tout. Nils avait du reste commencé des recherches pour connaître l'histoire de sa nouvelle demeure. Enfin, une vaste cuisine claire et chaleureuse n'attendait que la préparation de savoureux repas.

– Tu aimes donc tant la cuisine que tu as si bien aménagé cette pièce ?

– J'aime en effet, c'est vrai et j'adore cuisiner. Ma mère est française, ne l'oublie pas.

Ils continuèrent la visite. À l'étage, cinq chambres spacieuses, pourvues de tout le confort. Pour l'instant vides, les pièces étaient sonores, mais la lumière y entrait à flot.

– Laquelle verrais-tu pour notre chambre ? demanda-t-il en la prenant par les épaules.

Elle les revisita une à une, regardant chaque fois par la fenêtre pour y découvrir la vue, et choisit finalement celle qui donnait sur l'est, pour jouir de la lumière du matin, dit-elle, la plus belle. De plus, un majestueux cèdre bleu ornait cette partie du parc qui entourait la maison.

– Il y a encore tant à faire avant que tu puisses habiter ici.

– Que nous puissions, car je ne dormirai pas une seule nuit ici que tu ne sois avec moi, précisa-t-il.

Il la prit dans ses bras.

– Non mon amour, je ne veux plus me séparer de toi maintenant. Je ne veux pas non plus que l'on pense que tu es ma maîtresse, cette idée m'est insupportable, je veux qu'aux yeux de tous, tu sois ma femme, celle que j'ai choisie pour m'accompagner en tout. Je vais bien sûr devoir repartir plusieurs fois quelques jours pour régler différents problèmes, mais tu vas venir avec moi, je vais te présenter à ma famille et ensuite, tu seras ici chez toi, avec moi.

– Si vite ?

– Pourquoi attendre, attendre quoi du reste ?... mais au fait, je ne t'ai même pas posé la question. Giulia, acceptes-tu de devenir ma femme ?

Elle le dévisagea longuement, et lut tout l'amour du monde dans le regard gris, lumineux qui soutenait le sien.

– Oui, je le veux, de tout mon cœur, dit-elle en l'enserrant contre elle.

Il parla de l'aménagement des pièces, allait faire venir un décorateur.

– Pourquoi un décorateur ? Il va te prendre une fortune et tu auras un intérieur qui va ressembler à une revue de décoration.

Il éclata de rire, il adorait sa spontanéité.

– Ne pouvons-nous faire cela nous-mêmes, au fur et à mesure de nos découvertes dans les salles des ventes, il y en a tant par ici. Quant aux rideaux, je peux parfaitement les confectionner moi-même, ma mère m'a appris à coudre.

– Tu as déjà assez de travail, ça te prendrait un temps fou, tu as vu le nombre de fenêtres qu'il y a ?

– Nils, je t'en prie, dit-elle de son air câlin auquel il ne savait résister. Puisque tu veux qu'elle soit à notre image cette maison…

– Quand tu me regardes de cette façon, je perds mes moyens et ne suis plus que faiblesse devant toi.

Le rire cristallin fusa :

– Faiblesse, faiblesse, je sais des moments où ce même regard ne te fait pas perdre tes moyens, au contraire !

– Tu n'es qu'une gourgandine, lança-t-il en la poursuivant alors qu'elle redescendait l'escalier en courant.

Il la rattrapa, l'enferma dans ses bras, lui donna un baiser à couper le souffle. En la relâchant, il accepta l'idée qu'ils l'aménagent ensemble, au fil de leurs trouvailles. Ils choisiraient tout. Il connaissait son goût très sûr et ne douta pas un seul instant qu'elle ne transforme cette demeure en un miracle de confort et de bien-être. Il connaissait les origines de Giulia, leur vie de misère pendant des années, le souci de l'économie qu'avaient tous les Valentini, le comprenait, mais les dix années de travail acharné qu'il venait de fournir lui avaient donné une aisance dont il entendait bien profiter en y associant la femme qu'il aimait. Puis ils partirent visiter le parc en détail. Il lui parlait de ses projets. Bientôt il constata qu'elle l'écoutait distraitement.

– Giulia, tu ne m'écoutes pas…

Elle leva un regard hardi vers lui, l'entraîna sous les ombrages complices d'un bosquet et se laissant tomber à terre, l'attira près d'elle. Point n'était besoin de mots, et aussitôt enflammé, il la prit sauvagement. Ils se roulaient sur l'herbe tendre et seuls des oiseaux indiscrets ou au contraire attirés par leurs ébats fougueux furent témoins de leur possession bruyante et passionnée. Ils restèrent longtemps ainsi, leurs corps ivres de volupté toujours renouvelée.

Toute la famille connaissait Nils maintenant. Les hommes avaient spontanément sympathisé, et tandis qu'ils visitaient le jardin, encadré des jumeaux, Catherine et Sophia donnaient leurs impressions. Elles le trouvaient bel homme, courtois, visiblement très épris. Il ne manquait pas d'humour et la façon naturelle et directe qu'il avait d'aborder toute chose, leur plut. Mais Sophia s'inquiéta pour Giulia, se souvenant de sa pénible rupture avec Vincent.

– Et que compte-t-il faire avec toi ?

– M'épouser, il n'envisage pas une seconde que nous restions comme ça, que l'on me croit sa maîtresse, une passade. Il ne supporte pas cette idée, du reste je pars avec lui la semaine prochaine, il va me présenter à sa famille.

– C'est donc sérieux ?

– Oui, dit Giulia, le regard pétillant.

Giulia découvrait le paysage avec ravissement, mais surtout était frappée par le changement de la lumière au fur et à mesure qu'ils allaient vers le nord. Celle-ci semblait de plus en plus légère, limpide. Après avoir traversé la Belgique, où ils avaient passé une journée à Bruxelles, ils atteignaient maintenant le pays de Nils, à l'ouest près de la côte, de longs espaces plats couverts de tapis de fleurs multicolores à l'infini, un ciel immense que rien n'arrêtait, qui pouvait donner tous ses effets, jouant parfois de ses reflets dans quelque canal. Dépaysement total. Nils racontait sa famille. Son père Pieter, assez rigoureux sur les valeurs morales, de vieille souche néerlandaise ; sa mère, Christine, l'ayant un jour rencontré au cours d'une conférence internationale en France, et qui ne l'avait plus quitté.

Il avait un jeune frère Guillaume, de sept ans son cadet, qui ne rêvait que de voyages et allait donc prendre sa suite.

Ils arrivaient à Lisse. Elle fut surprise par l'aspect net et propre des lieux, l'austérité des constructions, et la profusion de fleurs réparties dans toute la ville.

– Tu as de la chance, dit Nils, nous sommes à la meilleure période de l'année pour la floraison. Nous irons visiter Keukenhof, tu auras ainsi une idée de ce que peut être le Paradis.

Giulia redoutait un peu la rencontre avec sa future belle famille. Nils la rassurait, persuadé qu'elle ne pourrait que les séduire.

Pieter Van Kirschen parlait un mauvais français avec un fort accent, et émaillait sa conversation de mots qu'elle ne comprenait pas. Sa femme ou Nils traduisait aussitôt. Légèrement en retrait, il contemplait tout le monde d'un air amusé, rassuré sur l'impression que faisait Giulia. Adroitement, il amena la conversation sur la collection de son père, qui lui fit visiter sa bibliothèque. Pieter sortit quelques-uns de ses plus beaux joyaux, des raretés d'une valeur inestimable. Il se plaignit de ne plus trouver de bons restaurateurs, le métier se perdant, maintenant que les vieux artisans disparaissaient. Ils se comptaient sur les doigts d'une main ceux qui restaient, et encore !

Sûr de son effet, Nils entra dans la conversation.

– J'en ai découvert un en France, moi, exceptionnel, qui s'occupe de la collection de ton ami Furstenberg du reste.

– Il faudra que tu me le fasses connaître.

– Tu l'as devant toi, père. C'est Giulia.

Il savoura cette seconde comme on savoure un mets exceptionnel. Tous les regards se tournèrent vers Giulia qui ne savait quelle contenance prendre. Ce fut un Sésame de poids pour Pieter.

L'après-midi, Nils emmena Giulia à Keukenhof. Il lui en avait longuement parlé, mais elle ne s'attendait pas à une telle débauche de couleurs, des milliers de fleurs rassemblées en un si petit endroit. Il la conduisit loin de la foule, dans les sous-bois de ce parc unique, où les arbres centenaires jaillissaient de tapis de jacinthes, narcisses, muscaris et autres tulipes, de la plus simple à la plus échevelée, en passant par toute une palette des roses tendres aux rouges éclatants, des jaunes lumineux, des bleus intenses, des blancs étincelants. Les azalées se mêlaient à cette luxuriance parmi laquelle serpentaient de petits rus limpides et discrets. Une féerie, était le mot qui venait spontanément à l'esprit.

Lorsqu'ils revinrent à la maison familiale, Christine Van Kirschen précisa que le dîner serait à vingt heures, son mari ne pouvant rentrer plus tôt. Giulia se reposa un peu, fatiguée d'avoir arpenté le parc, puis la ville. Dès son arrivée, Christine lui avait montré sa chambre et Nils était parti dans la sienne, non sans faire une petite mimique à Giulia, signifiant que les principes de son père n'autorisaient pas qu'ils fassent chambre commune sous son toit, alors qu'ils n'étaient pas mariés. Après une bonne douche, elle mit la robe que Nils lui avait offerte avant leur départ, taillée dans une soie sauvage d'un blanc nacré qui faisait ressortir la matité de sa peau. Elle releva négligemment sa chevelure, ce qui lui donnait une grâce exquise. Un léger maquillage pour aviver son regard et elle fut prête. Un coup discret frappé à sa porte et Nils entra. Il s'arrêta sur le seuil, la main encore sur la poignée.

– Dieu que tu es belle !

Il avança, la prit dans ses bras, déposa un long baiser dans son cou où flottait l'odeur de son parfum. Ils échangèrent un long regard, si intense qu'elle murmura :

– On dirait que tu me fais l'amour…

– Viens, on nous attend, dit-il vivement pour échapper au désir fou qu'il sentait monter en lui.

Beaucoup plus tard, revenue dans sa chambre, elle ne pouvait trouver le sommeil. Trop d'émotions avaient ponctué cette soirée. Au début du repas en effet, Nils lui avait offert une bague, un somptueux rubis, qui venait de famille. Jamais elle n'oserait le porter, se dit-elle, encore peu habituée à l'aisance que lui offrait Nils. Il avait précisé qu'il la choisissait pour femme et qu'il voulait que tous le sachent et la considèrent comme telle désormais. Ils s'étaient levés et avaient porté un toast aux futurs mariés. Giulia remarqua très vite que Christine avait imposé le mode de vie à la française dans sa maison.

Le lendemain, elle ne vit guère Nils, occupé avec son père et son frère. Les deux femmes en profitèrent pour faire plus ample connaissance. Christine confia combien elle était soulagée de voir Nils sortir enfin de cette longue période où il ne vivait plus, dit-elle. C'était un robot, sans sentiment, sans âme, ne voyant personne. Il s'abrutissait littéralement dans le travail.

– Ce fut affreux pour nous et encore plus pour lui. J'ai cru qu'il ne sortirait jamais de ce trou noir.

– Comment a-t-il perdu sa femme ? demanda doucement Giulia

– Un accident, un stupide accident. Elle patinait sur un canal gelé quand la glace a soudain cédé. Elle a disparu aussitôt. Des gens se sont précipités, en vain. Les secours sont arrivés, des plongeurs ont fait des recherches, mais quand ils l'ont retrouvée, il n'y avait plus rien à faire. Ils étaient mariés depuis à peine deux ans, et elle attendait un enfant.

– C'est terrible.

L'émotion de Giulia était sincère.

Le regard de Christine erra un moment dans le vide.

– Mais maintenant, vous êtes là Giulia, et je vois qu'il est heureux.

Giulia leva son beau regard sombre et ce qui vit Christine valait tous les mots qu'elle aurait pu prononcer.

– Parlez-moi de vous, de votre famille.

Giulia se sentait bien avec cette femme, un peu alourdie, mais qui avait dû être très belle. Ses manières douces, le ton mélodieux de sa voix la mirent en confiance. Elle raconta son enfance, le drame de Lucien, sa mère trop tôt disparue, le désespoir d'Émile qui vivait sensiblement la même histoire que Nils, son métier. Christine écoutait, posant quelques questions par moments. Quand ce fut fini, elle dit simplement :

– Je souhaite de tout cœur que ce chemin douloureux soit loin derrière vous deux et je sais que Nils et vous ferez tout pour qu'il en soit ainsi.

CHAPITRE XXI

De retour en France, ils s'occupèrent activement de l'aménagement de la maison. Christine et Pieter avaient tenu à leur offrir quelques beaux meubles qui venaient de famille et ils attendaient le camion qui les apportait. Ils avaient déjà aménagé plusieurs pièces, Nils ne supportait plus de la savoir seule dans son appartement, et rechignait à venir s'y installer, ne fût-ce que quelques semaines.

– J'ai l'impression d'être un amant qui vient te voir en douce, je n'aime pas cette situation, et ta propriétaire est trop curieuse.

Elle quitta donc son petit logement sans regret. René Desmoulins dit qu'il continuerait à lui porter des livres et sa femme ajouta qu'elle l'accompagnerait parfois. En fait, elle ne les revit jamais à l'atelier.

Un soir, le visage grave, Nils dit :

– Je voudrais que nous allions à Beaumesnil, rapidement. Jean Furstenberg est très mal, j'ai peur qu'il n'en ait plus pour longtemps, et j'aimerais qu'il nous voie ensemble. C'est quand même grâce à lui que nous nous sommes rencontrés.

Ils trouvèrent en effet le vieux monsieur bien affaibli. Les traits tirés, le regard lourd, amaigri. Il leur accorda un peu de temps, dit qu'il se réjouissait d'être à l'origine de leur rencontre. Plus tard, il s'absenta quelques instants, revint à pas lents dans le salon où il les avait reçus, et leur tendit un volume dont la reliure patinée, luisait doucement.

– Ce sera mon cadeau de mariage, car je ne crois pas que je serai là encore bien longtemps.

Nils le reçut comme une relique, le contempla longuement puis le tendit à Giulia.

– Un Majoli, murmura-t-elle, en voyant les sujets peints sur la tranche, spécialité de ce grand relieur du XVIe siècle.

Elle leva un regard embué sur le vieux monsieur.

– C'est un cadeau somptueux, monsieur Furstenberg, comment vous remercier ?

– En restant ce que vous êtes Giulia, vous faites honneur à votre profession et je suis certain que vous n'avez pas fini de nous étonner.

Il ferma les yeux un instant, s'appuyant d'un air las sur son dossier.

Nils fit un signe discret à Giulia. Ils prirent congé avec un lourd pincement au cœur, conscients qu'ils le voyaient sans doute pour la dernière fois.

Il s'éteignit deux semaines plus tard. On était en 1982, Beaumesnil devenait orphelin et ne pourrait survivre désormais que par la Fondation qu'il avait créée des années plus tôt.

Leur mariage était fixé au mois de Juin. Ils essayèrent vainement de joindre Émile qui n'avait donné qu'une fois des nouvelles depuis son départ. La veille de ce grand jour, après le mariage civil, Giulia tint à aller sur la tombe de ses parents avec Nils.

– Que de chemin parcouru, dit-elle pensive après un long moment de recueillement.

– Ils seraient si fiers de toi, de vous tous, leurs enfants, ajouta-t-il.

Les parents et le frère de Nils étaient arrivés la veille. Il faisait un temps superbe et le repas se ferait dehors. Comme Jean l'avait souhaité des années plus tôt avec Sophia, Nils aurait voulu un grand mariage, montrer à tous leur bonheur, la beauté et la grâce de sa femme, mais là encore, il dut céder à la tendre résistance de Giulia qui souhaitait une cérémonie sobre, sans dépense superflue. Il en fit quand même.

Lorsqu'elle entra, radieuse au bras de Lucien dans la nef de la grande cathédrale, lorsqu'elle vit Nils debout devant l'autel qui l'attendait, lorsqu'elle sentit tous les regards de ses proches tournés vers elle, elle ferma les yeux un instant, submergée par l'émotion. Charlotte et Benjamin encadrant la petite Margot, marchaient devant elle, prenant leur rôle de garçon et filles d'honneur très au sérieux.

Après le oui mutuel qui les unissait, après le baiser fougueux que lui donna Nils au regard de tous, elle réalisa qu'une vie nouvelle commençait réellement pour eux deux. Giulia Van Kirschen, cela sonnait bien tout de même, songea-t-elle non sans une petite pointe de fierté.

L'ambiance dans le parc était bon enfant. On riait, on plaisantait, les enfants couraient dans tous les sens, s'en donnaient à cœur joie, et Margot n'était pas en reste, bien que ses petites jambes aient du mal à suivre les cavalcades de ses aînés.

On admira les premiers aménagements qu'avait faits Nils, voulant reproduire ici à une moindre échelle, l'ambiance fleurie du célèbre parc de Lisse. Bien sûr, la saison des bulbes était passée, mais il avait planté nombre d'azalées et autres arbustes à fleurs qui pourraient s'épanouir tout au long de l'année. De voyageur, il se faisait jardinier, mais avait bien d'autres projets, entre autres celui de créer de nouvelles variétés. Depuis longtemps cette idée lui trottait dans la tête, et il avait eu tout loisir d'observer et de bavarder avec les jardiniers du Keukenhof.

Lorsque le jour déclina, on alluma des torchères, qui donnaient une ambiance irréelle dès que l'on sortait du cercle de lumière. On dansa tard dans la nuit. Les enfants repus de fatigue étaient couchés depuis longtemps et les jeunes mariés s'étaient éclipsés si discrètement que personne n'aurait pu dire quand ils avaient quitté l'assemblée.

Giulia n'était pas encore habituée à ce changement de vie et s'effrayait des dépenses que faisait Nils, mais il avait tenu à marquer ce grand jour et c'est dans la suite somptueuse d'un relais château que s'éveilla la jeune madame Van Kirschen le lendemain matin. De là, ils partirent au Tyrol, non loin d'Innsbruck. Habitués à de plat pays tous les deux, ils aimaient ce paysage montagneux, parsemé de petits chalets fleuris semblant sortis tout droit d'un décor d'opérette, et Nils découvrit avec un plaisir non dissimulé, la résistance étonnante de Giulia dans leurs longues promenades. Elle lui parla de celles, nombreuses, qu'elle avait faites avec Émile et de leurs séjours à la montagne lorsqu'il l'emmenait skier. Il se promit d'ajouter cela à leurs activités hivernales.

La fatigue de la journée ne gênait nullement leurs ébats nocturnes. Giulia faisait preuve là aussi d'une santé étonnante et Nils se surprit même à penser qu'il n'avait jamais éprouvé une telle plénitude avec sa première femme. Giulia aimait l'amour et le prouvait, sans fausse pudeur. Elle avait un corps parfait et se plaisait à le montrer. L'un de ses jeux favoris consistait à enfiler un peignoir qu'elle nouait négligemment et avançant de façon langoureuse vers son mari, l'agaçait de mille baisers, s'offrait puis se refusait dès qu'il s'enhardissait, amenant ainsi leur mutuel désir à un degré tel qu'il les jetait l'un sur l'autre dans un corps à corps tumultueux.

Revenus chez eux, elle dut se remettre rapidement au travail, elle avait pris un sérieux retard. Mais une mauvaise surprise l'attendait. Elle fut convoquée par le Père Abbé de l'une des abbayes pour laquelle elle travaillait.

Avec des pudeurs de langage habiles, il lui fit comprendre que son comportement et son indécence étaient incompatibles avec la morale chrétienne que l'on est en droit d'attendre d'une honnête femme.

Giulia ouvrit des yeux ronds.

– Précisez votre pensée Monsieur l'Abbé, car je ne vois vraiment pas en quoi j'ai pu offenser la morale chrétienne, dit-elle en essayant de garder son calme.

– Madame, je ne suis ni votre confesseur ni votre directeur de conscience, ne m'obligez pas à rentrer dans des détails que je ne souhaite pas aborder. Vous savez fort bien à quoi je fais allusion, je fais confiance à votre intelligence que je sais vive.

Giulia eut beau s'interroger sur ce qu'elle avait pu faire ou dire durant les mois écoulés, elle ne vit rien qui soit de nature à justifier le discours de cet homme sévère qui se tenait en face d'elle et se levant, lui faisait comprendre que l'entrevue était terminée. Il précisa qu'une fois achevée la dernière restauration en cours, leur collaboration prendrait fin. De plus, ajouta-t-il, on viendrait chercher le travail fini car il entendait qu'elle ne franchisse plus jamais la porte de son abbaye, ne pouvant souffrir qu'elle salisse de sa présence impure ce lieu de prière et de recueillement.

Elle sortit de cet entretien anéantie, tout en sentant une sourde colère monter en elle. Cette fois, c'en était trop. D'où venait ce coup bas? Qui pouvait avoir répandu de tels bruits sur elle et avoir, de plus, assez de crédit pour influencer le Père Abbé Hubert de Vélines?

Brusquement, une angoisse l'étreignit. Elle repensa à ce qu'avait vécu sa mère. Elle avait peu de souvenirs, étant encore bien jeune à cette époque, mais avait appris par la suite le climat lourd dans lequel sa famille avait dû survivre pendant des années, les médisances, les non-dits, les sous-entendus. Tout cela ne pouvait pas recommencer tout de même ! Un mot s'imposa à elle, calomnie ! Elle avait en tête ce célèbre air d'opéra, cette rumeur d'abord sournoise, imperceptible, qui enfle, qui gronde, qui s'infiltre partout, finit par submerger et anéantir celui qui en est l'objet. Ainsi, c'était bien cela, les vieux démons se réveillaient. Giulia en pleura de rage.

Elle mit Nils au courant, les choses prenaient un tour nouveau, sérieux maintenant, il n'était plus temps de tergiverser. Dans la mesure où Jean Furstenberg n'en avait jamais reparlé et n'ayant plus eu de nouveau courrier anonyme, elle s'était persuadée que l'incident était clos. Ce grand ami de Nils n'étant plus là maintenant, elle devait agir seule. Accompagnée de son mari, ils se rendirent au commissariat du quartier de l'atelier de Giulia. Elle expliqua l'objet de sa visite, montra les trois lettres. Le préposé partit dans un bureau proche et revint accompagné d'un homme grand, élancé, à l'allure sportive, un rien commando. Il se présenta.

– Commissaire Dessanty, veuillez me suivre je vous prie, dit-il en les précédant d'un pas rapide vers son bureau.

– Asseyez-vous.

Il étalait les trois lettres devant lui, sans un mot. Des cheveux sombres, drus, coupés en brosse, un visage osseux marqué déjà de profondes rides, un regard de glace sous des sourcils broussailleux, il n'offrait pas une image engageante et n'incitait pas à la plaisanterie. Il leva ses yeux d'un bleu si clair qu'ils en étaient inquiétants.

– À quand remontent ces envois ? Mettez-les-moi par ordre d'arrivée.

Giulia s'exécuta.

– Pourquoi avoir attendu si longtemps pour nous en informer ?

Giulia expliqua l'intervention de Jean Furstenberg. Dessanty connaissait bien le propriétaire de Beaumesnil, ayant été invité plusieurs fois lors de réceptions. Elle continua en précisant qu'elle croyait l'affaire terminée, n'ayant plus reçu de lettres depuis longtemps, mais que son entretien avec le Père Abbé avait tout relancé, car elle y voyait forcément une relation avec ces courriers anonymes.

– Il y en a peut-être une en effet. Dorénavant, je vous demande de m'informer immédiatement de tout fait nouveau, O.K. ? Nous allons nous occuper de cela. Depuis quand connaissiez-vous Jean Furstenberg ?

– Trois ans environ.

– Alliez-vous souvent à Beaumesnil ?

– Non, c'est plutôt lui qui passait à l'atelier. Je crois qu'il aimait voir les travaux en cours.

– Et vous, monsieur, dit-il en s'adressant à Nils, connaissiez-vous Jean Furstenberg ?

– Très bien, c'était un ami de notre famille. C'est par lui du reste que j'ai connu ma femme, dit-il en tournant un regard rassurant vers Giulia qui ne se sentait pas très à l'aise.

– Pardonnez la brutalité de ma question, mais avez-vous eu l'impression qu'il pouvait y avoir une relation particulière entre eux ?

– Absolument pas. Jean vivait dans le souvenir de sa femme qu'il avait adorée, l'amour de ses livres et de son château. L'organisation de sa Fondation et de son musée de la reliure étaient ses grandes préoccupations. Il s'est montré du reste enthousiaste quand je lui ai parlé de mes intentions concernant Giulia, pas du tout l'attitude d'un homme qui se voit enlever sa conquête du moment par un concurrent. Que ce soit avant ou après la mort de sa femme, je ne lui ai du reste jamais connu une quelconque liaison.

– Et vous madame, voyez-vous dans votre entourage quelqu'un qui soit susceptible d'être à l'origine de tout ça ? Un amoureux éconduit ? Un confrère avec qui vous auriez eu un différend ? Un fournisseur mécontent ? Un client insatisfait ?

– Non, si ce n'est quelques réactions de certains fournisseurs de mon prédécesseur à l'atelier. Je les ai quittés car ils ne me donnaient pas satisfaction sur la qualité des produits qu'ils me vendaient, mais c'est déjà de l'histoire ancienne, ça remonte à plusieurs années maintenant, au début de mon installation.

– Bon, vous faites la liste de tous vos fournisseurs. De mon côté je vais me pencher sur tout cela, O.K. ? Rien d'autre ?

– Je pense aussi à un détail, dit Giulia. Un confrère m'a dit un jour qu'il y avait eu des réactions assez vives lors d'un appel d'offres, quand on avait su que j'étais retenue. Cela remonte à plusieurs mois.

Un flot de questions, de plus en plus précises, retint Giulia et Nils encore un bon moment dans le bureau du commissaire. Quand enfin il se leva pour les raccompagner, et qu'il leur dit au revoir, pas un trait de son visage ne changea, seule peut-être une vague grimace en les quittant, que l'on pouvait éventuellement interpréter comme l'esquisse d'un sourire.

– Il est réfrigérant cet homme, dit Giulia, alors qu'ils quittaient le commissariat.

– Tu as raison, il ne doit pas faire bon être du mauvais côté de la barrière avec lui.

– Même du bon côté, il arrive à te mettre mal à l'aise.

Un soir de Novembre, à l'issue d'une longue journée qui avait commencé tôt, Nils remarqua les yeux cernés de Giulia, son air las. Elle dissimulait mal une fatigue qui visiblement l'accablait.

– Il va falloir que l'on s'organise autrement Giulia. Ce trajet que tu dois faire matin et soir, par tous les temps, pour aller à ton atelier, ça ne va pas. Tu ne penses pas que tu pourrais travailler ici ? Il suffirait de te créer un espace rien que pour toi, il ne manque pas de place, et puis, ajouta-t-il tendrement, je t'aurais ainsi près de moi. Qu'en penses-tu ?

– Oui, ce serait une idée, j'y ai déjà pensé. Mais les gens connaissent l'atelier là-bas depuis si longtemps, est-ce qu'ils prendraient la peine de venir jusqu'ici ?

– Certainement. Les bibliophiles sont des gens passionnés, ils n'hésiteront pas à faire quelques kilomètres pour faire soigner leurs chers livres. Je suis bien venu de Hollande, moi ! Il faut te ménager ma chérie, je te trouve très fatiguée.

Elle le regarda longuement avec un léger sourire.

– Pourquoi me regardes-tu ainsi ?

– C'est que j'essaie d'imaginer quel père tu vas pouvoir être.

Il la fixa un instant, interdit.

– Tu veux dire que je vais être père ?

– Tout me le fait penser.

– Depuis quand le sais-tu ? Pourquoi n'as-tu rien dit avant ?

– Je voulais en être sûre.

Il la prit dans ses bras, la fit tourner en riant, la reposa doucement et l'embrassa longuement.

– Un enfant de toi, ma Giulia, je suis le plus heureux des hommes. Et pour quand la naissance ?

– Début Mai.

Dès lors, il accéléra l'aménagement d'un atelier, et prit l'habitude de la conduire quand elle se sentait trop lasse. Elle menait sa grossesse avec une insolence déroutante, n'éprouvant aucun des désagréments accompagnant généralement cet état. Quelques semaines plus tard, elle s'installait dans l'une des pièces du rez-de-chaussée. Les machines les plus lourdes, presse, massicot ou étau furent amenées par des déménageurs, mais Giulia ne laissa à personne le soin de s'occuper de la collection de fers aussi précieux que rares qu'elle possédait, enrichie récemment de quelques pièces trouvées par Nils chez des antiquaires hollandais ou allemands.

Le vieil atelier fut mis en vente. C'est alors qu'elle venait d'en fermer la porte pour la dernière fois qu'un grave incident se produisit. Une moto arriva, ralentit devant l'atelier, s'arrêtant presque, tandis que Giulia se dirigeait vers sa voiture garée quelques mètres plus loin. Par un réflexe curieux qu'elle ne contrôla pas, elle se mit à courir et s'engouffra dans une porte cochère. Elle put distinguer le passager de la moto qui lançait quelque chose et l'instant d'après, un énorme vacarme retentissait, accompagné de bruits de verre brisé. Tétanisée, elle se tenait appuyée contre le mur, incapable du moindre mouvement, le cœur en folie. La moto était repartie à vive allure. Bientôt, des curieux commencèrent à s'avancer prudemment, on l'entourait, on posait des questions.

– Que s'est-il passé ? Vous avez vu quelque chose ? Mon Dieu, mais c'est votre atelier qui brûle !

– Ils auraient pu vous tuer ! Madame, ça va ?

Giulia percevait tout dans un brouillard qui s'épaississait, tandis qu'un bourdonnement intense emplissait ses oreilles. Puis, ce fut le silence et le trou noir.

– Elle a perdu connaissance la pauvre petite !

– Elle quittait son atelier aujourd'hui pour s'installer chez elle au Mesnil, dit un voisin. Vous parlez d'un cadeau d'adieu !

Giulia reprenait ses esprits tandis que les secours arrivaient. Elle refusa de se laisser emmener.

– Ça va, ça va maintenant, je vous assure, c'est l'émotion, je n'ai rien. Par contre, je voudrais appeler mon mari et le commissaire Dessanty.

Les pompiers, arrivés très vite, maîtrisaient l'incendie. Voitures de police, badauds maintenus à l'écart, encombraient l'espace, coupant toute circulation dans la petite rue. Nils était là et réconfortait Giulia, en pleine possession de ses moyens maintenant et qui ne décolérait pas, sentant une rage froide monter en elle contre ces inconnus qui visiblement ne reculaient devant rien.

Le commissaire Dessanty, toujours aussi impénétrable, parcourait l'atelier sinistré, donnait des instructions précises à chacun de ses hommes, puis revenait à grands pas vers Giulia et Nils.

– Tout est OK ? demandait-il à Giulia, tandis que cette fois, un semblant d'humanité animait son visage.

– Ça va, merci. Heureusement, je quittais l'atelier. Quand j'ai entendu la moto, je ne sais pas pourquoi, je ne peux pas l'expliquer, une impression, un pressentiment, bref, j'ai immédiatement senti un danger, c'est pourquoi j'ai couru me mettre à l'abri dans cette porte cochère. Mais enfin, commissaire, là ça devient grave. Qui peut m'en vouloir à ce point ?

Le commissaire la dévisageait.

– Je ne sais pas madame, mais je vous assure que nous allons trouver. Je vous demanderai de passer au commissariat, dès que possible, pour faire une déposition précise. D'ici là, essayez de rassembler vos souvenirs, le moindre détail a son importance, O.K. ?

Nils était très inquiet de la tournure que prenaient les évènements et se félicitait de leur décision d'installer Giulia au Mesnil, près de lui. Ils passèrent un long moment à faire une déposition détaillée. Il fut difficile de donner un signalement du conducteur de la moto, vu qu'il portait un casque intégral, mais son passager avait lui un casque en cuir, comme on en portait autrefois. C'était un détail important qui avait frappé Giulia et qui retint l'attention du commissaire.

Pendant quelques jours, Nils craignit que le choc subi par Giulia mette en péril la grossesse en cours, mais elle était décidément d'un tempérament solide et si elle ressentait une inquiétude suite à ce qui s'était passé, elle était surtout animée d'une colère sourde et se creusait les méninges pour essayer de retrouver le moindre souvenir d'un fait, si minime soit-il, qui pourrait désigner éventuellement le ou les auteurs des divers désagréments qu'elle subissait depuis des mois maintenant.

Giulia n'eut aucun mal à prendre ses habitudes dans son nouvel espace. Placé sur l'arrière de la maison, il possédait une porte-fenêtre qui s'ouvrait sur une longue pelouse cernée de chênes et châtaigniers. De temps à autre, elle voyait Nils, brouette en mains, circulant dans son domaine. Il avait installé des serres, non loin d'un bâtiment situé au fond du parc, dissimulé au regard, qui avait sans doute été la maison du gardien. De gros travaux restaient à y faire. Il passait le plus clair de son temps à faire ses croisements, ses recherches, ses expériences, voulant créer de nouvelles variétés de tulipes.

Le déménagement de Giulia eu des suites imprévues. Les premiers clients ne s'attendaient pas à la trouver dans un tel cadre. Ils commentaient d'abord l'incendie de son ancien atelier, car l'évènement avait bien sûr fait grand bruit dans le quartier, et après s'être occupés de ce qui les amenait, il n'était pas rare de les voir s'attarder dans le parc, et discuter longuement avec Nils, s'ils le rencontraient. Ce qu'il était en train de faire de cet espace laissé si longtemps à l'abandon les intéressait.

Le soir, ils se racontaient leur journée, profitant d'eux-mêmes, s'étonnant encore des changements qui s'étaient produits dans leur vie.

– Ma mère me disait souvent que le bonheur est dans les livres, comme elle avait raison ! disait Giulia, sans eux, je ne t'aurai jamais connu.

Allongée sur le canapé, la tête posée sur les genoux de Nils, elle se reposait ainsi de ses journées. Elle soutenait le même rythme de travail, restait fraîche et active. Sa grossesse lui allait à ravir et Nils en conclut dans un grand rire qu'elle pourrait ainsi lui faire une douzaine d'enfants !

Noël approchait et les jumeaux étaient encore plus impatients que les autres années car on allait passer cette fête dans la nouvelle demeure de tante Giulia et oncle Nils, qui avaient invité tout le monde au Mesnil. C'est un nom que l'on retrouvait souvent dans la région, désignant à l'origine une ferme, une maison de campagne. Située à l'orée de la forêt, à cinq minutes à peine du village le plus proche, elle était enchâssée au milieu des frondaisons giboyeuses de Rambouillet. La campagne alentour était plaisante, agrémentée de petites rivières, d'étangs et de bocages.

Il y avait suffisamment de pièces pour les loger tous et chacun se réjouit de renouer avec les grandes réunions familiales d'avant, quand Marie était encore là. Nils installa un immense sapin dans le hall d'entrée. Catherine et Sophia, délaissant leur mari, vinrent avec les enfants deux jours avant pour aider à tous les préparatifs.

Charlotte ne lâchait pas Nils, s'intéressant à tout ce qu'il faisait, visitant les serres avec lui, suivant attentivement ses moindres faits et gestes, posant mille et une questions, l'aidant avec un plaisir évident.

Benjamin et Margot restèrent avec les femmes, voulant participer à la décoration du sapin. Excités par tout ce remue-ménage inhabituel, ils les accompagnèrent ensuite pour préparer les chambres. Le lendemain, devaient arriver les parents et le frère de Nils.

Après une journée bien remplie, ils étaient tous attablés, refaisant leurs forces avec l'énorme marmite de pâtes à la carbonara préparée par Giulia, quand le téléphone sonna. Nils alla répondre. Il écouta en silence avec juste quelques hochements de tête. Une drôle d'expression se peignit sur son visage.

Tous le regardèrent.

– Un problème ? demanda Giulia.

– Émile est revenu, il est avec Lucien, ils viennent ensemble ici demain.

Giulia et Sophia laissèrent éclater leur joie.

– Il a été blessé… est à moitié aveugle, ajouta-t-il doucement.

Un silence pesant tomba aussitôt.

– Qu'est ce qui lui est arrivé ?

– Je ne sais pas, on saura ça demain.

Les conversations, interrompues un instant, reprirent.

On coucha les enfants, mais il fallut que Nils vienne raconter l'une de ces histoires extraordinaires dont il avait le secret, histoire de lutins, de patinage sur les canaux gelés, dans un paysage peuplé de moulins transis de froid, à moitié mangés par le brouillard.

Réunis au salon, ils commentaient la nouvelle, mais Giulia ne voulut pas attendre le lendemain et rappela pour parler à Émile.

Assise au bureau de Nils, entourée de son mari, sa sœur et Catherine, ils écoutaient Émile. Il ne semblait pas trop affecté et se disait ravi et impatient de les retrouver tous. Puis, pressé de questions, il expliqua.

Il travaillait dans un chantier naval à Sydney, c'était dur, mais ça payait bien. Un jour, sans que l'on sache exactement ce qui s'était passé, alors qu'il maniait un chalumeau, il y avait eu une bousculade près de lui, un objet était tombé et lui avait fait perdre son casque de protection. Suite à un mouvement brusque, il s'était ainsi retrouvé quelques secondes en contact avec la flamme. Il avait protégé ses yeux comme il avait pu, mais avait été brûlé au visage et aux bras. Aussitôt transporté à l'hôpital, il avait été bien soigné, mais s'était vite rendu compte qu'il ne voyait presque plus. Il avait alors demandé à rentrer en France. Rapatrié et transporté dans un service spécialisé, on lui avait laissé entendre qu'il pourrait peut-être recouvrer partiellement la vue au fil du temps.

Feignant d'être en partie rassurée, Giulia dit avec entrain :

– On vous attend demain, et nous serons tous heureux de te retrouver. Jean et les parents de Nils arrivent aussi demain.

Après avoir raccroché, les yeux embués de larmes, elle laissa voir son angoisse.

– Ils ont dit qu'il pourrait récupérer en partie, dit Nils, nous allons tout faire pour qu'il soit pris en main par les meilleurs spécialistes.

Elle jeta un bref regard à Sophia. Elles s'étaient comprises, et dirent que si leur mère avait été là, elle aurait peut-être eu une solution. Lorsqu'ils furent seuls dans leur chambre, Nils reprit la conversation avec Giulia. Il était surpris par leur réaction et dit maladroitement que l'on n'était plus à l'époque des remèdes de…

– De sorcières ? coupa brutalement Giulia, le regard noir. C'est cela que tu veux dire ?

– Mais non, pas du tout, ma chérie. Je veux simplement dire que l'on dispose aujourd'hui de moyens que l'on n'avait pas autrefois. Ta mère a dû certainement soulager bien des maux, je n'en doute pas un instant, j'en suis même persuadé. Mais aujourd'hui, la recherche, la médecine ont fait d'énormes progrès. Chez moi aussi, il y avait des femmes qui possédaient une science exceptionnelle d'une foule de remèdes anciens et tout le monde les respectaient.

Il dut faire preuve de douceur et de persuasion pour calmer Giulia. Fatiguée par l'activité de la journée et son état sans doute aussi, l'énervement des préparatifs et le choc en apprenant l'état d'Émile, elle finit par s'endormir, pelotonnée dans ses bras.

L'agitation était grande au Mesnil. Chacun vaquait à des tâches bien précises, et une joyeuse ambiance régnait en cuisine. Les parents de Nils venaient d'arriver. Ils faisaient le tour du parc et des serres avec lui, accompagnés des enfants. Les deux sœurs, un peu nerveuses attendaient l'arrivée de leurs frères, redoutant sans le dire, l'état dans lequel elles allaient trouver Émile.

– On entre comme dans un moulin ici ! dit soudain la voix joyeuse de Lucien.

Elles levèrent la tête, virent leurs frères côte à côte, souriants. Émile portait des lunettes noires. Sophia et Giulia se précipitèrent. Ce furent des embrassades émues.

– Montre ton visage, dit doucement Sophia un peu plus tard.

Il retira ses lunettes et elles découvrirent avec soulagement que ses cicatrices étaient déjà bien atténuées. Giulia passa doucement ses doigts sur le front où elles étaient le plus visibles.

– C'est douloureux ?

– Non.

– Mais tes brûlures étaient légères ou tu as été si bien soigné que l'on ne voit presque plus rien ? demanda Sophia.

– Dès mon arrivée à l'hôpital, ils m'ont mis des compresses très fraîches, épaisses, imprégnées de la substance d'une plante(1), ont-ils

---

(1) pulpe d'aloe vera, fréquemment utilisée maintenant dans les soins aux brûlés.

répondu à mes questions. Même ici à Paris, ils ont été surpris de la cicatrisation.

– Heureusement que tu as pu protéger tes yeux.

– Je ne sais pas comment j'ai fait, tout cela a été si rapide. Tu as des réflexes surprenants parfois. J'ai même l'impression que ma vue s'améliore déjà, mais je ne supporte pas la grande lumière.

– Tes lunettes noires te donnent un charme fou, ajouta Sophia, ton teint halé, tes cheveux un peu longs, un vrai play-boy !

– C'est vrai, dirent-elles en riant.

– Tu vois ce que je te disais, enchérit Lucien, tu leur plais toujours autant !

L'après-midi fut consacrée aux derniers préparatifs. Les enfants ne tenaient plus en place. Émile fit la connaissance de Nils, et de sa famille. Le courant passa d'entrée, tant les Van Kirschen étaient spontanés et naturels. Il s'absenta un moment avec Nils qui l'emmena dans le parc. Giulia les vit parler avec animation, tandis que Nils faisait de grands gestes en montrant le sol où sommeillaient les centaines de bulbes qu'il avait plantés à l'automne.

Les fêtes passèrent. On évita de faire allusion aux évènements récents concernant Giulia, devant Émile et les parents de Nils, inutile de les inquiéter. Déjà, chacun devait repartir, le travail n'attendait pas. Les Van Kirschen promirent de revenir au moment de la naissance.

Lorsque frères et sœurs se retrouvèrent ensemble, on aborda l'avenir d'Émile. Que comptait-il faire ? Où allait-il habiter ?

Il était évident qu'il ne pouvait reprendre son travail au magasin avec Lucien, la lumière des néons, l'obligation de garder des lunettes noires, du moins pour l'instant, ses cicatrices visibles qui risquaient de gêner la clientèle, étaient autant d'obstacles.

C'est alors que Nils, qui avait eu plusieurs conversations avec lui au cours de ces journées, dit qu'il y avait peut-être une solution, en attendant son complet rétablissement. Qu'il reste avec eux quelque temps, il allait bientôt y avoir plus de travail qu'il ne pourrait en faire à lui seul.

– Qu'est-ce que tu en penses toi ? demanda Lucien à son frère.

– On en a discuté pas mal avec Nils, j'en pense que ça me plairait même assez. J'ai repris l'habitude de travailler dehors, la terre n'est pas quelque chose de nouveau pour moi, mes yeux ne se fatigueront pas et je pourrai garder mes lunettes sans gêner personne. Il est sûr qu'avec tous ses projets, il ne pourra pas tout assumer le beau-frère, dit-il en adressant un sourire complice à Nils.

– Qu'est-ce que vous avez mijoté tous les deux, demanda Giulia, pressentant qu'ils ne disaient pas tout.

Et Nils fit part de ses projets. Il avait un réseau bien établi en France, envisageait de fournir directement les bulbes qui seraient cultivés sur place. Il faudrait pour cela agrandir le domaine. Il avait contacté le notaire qui s'était chargé de la vente de la propriété. Celle-ci ayant été démantelée au fil des années par l'ancien propriétaire, il espérait pouvoir en racheter quelques parcelles et lui redonner ainsi sa splendeur d'antan. Mais avant tout, il fallait qu'Émile poursuive les soins dont il avait encore besoin.

Les conversations allèrent bon train, chacun donnant son avis. La solution proposée sembla la meilleure, bien qu'Émile l'eût sans doute refusée si elle n'était venue de Nils lui-même, ne voulant en rien imposer sa présence à quiconque. Dès que son état le lui permettrait, il chercherait logement et travail ailleurs, précisa-t-il.

Aux premiers jours de Février, alors qu'il faisait un froid sibérien et que chacun se calfeutrait volontiers dans la chaleur de la maison, le commissaire Dessanty passa au Mesnil. Giulia était à son atelier et c'est Nils qui lui ouvrit. Ignorant tout préambule de politesse, il demanda :

– Votre femme est ici ? J'aimerais la voir, j'ai quelques questions à lui poser.

– Giulia, appela Nils, tu peux venir ? C'est le commissaire Dessanty.

Giulia arriva d'un pas rapide, bien qu'un peu alourdie par sa grossesse qui devenait bien visible. Elle était souriante et dit d'une voix enjouée :

– Bonjour commissaire, vous avez du nouveau ?

Il ignora délibérément la question.

– Vous ne m'aviez pas tout dit Madame, vous avez omis de me parler de votre liaison avec Richard Verneuil.

– Pardon ? cria presque Giulia au comble de la surprise. Mais de quoi parlez-vous ?

– Je comprends très bien madame que ma question soit gênante, surtout en présence de votre mari.

– La question n'est nullement gênante commissaire, elle est parfaitement incongrue. Je n'ai aucune liaison avec personne et ne connais nullement ce monsieur Verneuil. Je devrais ?

– Ne le prenez pas sur ce ton madame. Lui vous connaît parfaitement et plusieurs témoins ont attesté la véracité de ses dires. Vous avez une liaison qui dure depuis presque un an maintenant, et vous lui devez une forte somme d'argent.

– Mais c'est insensé ! Je vous affirme que je ne connais absolument pas ce monsieur. Du reste, ce n'est pas compliqué, mettez-moi en sa présence et vous verrez.

– C'est ce que nous allons faire, madame, et c'est la raison pour laquelle je vais vous demander de m'accompagner.

– Commissaire, dans son état, intervint Nils.

– Vous pouvez venir si vous voulez.

– Alors là, on est en plein délire, commenta Giulia.

Après s'être habillée chaudement, elle monta dans la voiture du commissaire, tandis que Nils les suivait dans la sienne. Il avait eu juste le temps de prévenir Émile de leur absence.

– Qu’est ce qui se passe ? demanda ce dernier.
– Je t’expliquerai.

Lorsque Giulia se trouva dans le bureau du commissaire, seule, Nils ayant été prié de rester dans le couloir, elle ressentit une pointe d’inquiétude, mais surtout de la curiosité. Qui était ce Richard Verneuil, dont elle n’avait jamais entendu parler, qui prétendait avoir une liaison avec elle. Assise face au commissaire, elle le regardait, et il l’observait, attentif, sans un mot. Un bruit de porte qui s’ouvre derrière elle, des pas, une voix d’homme inconnue qui l’apostrophe grossièrement.

– Alors, garce, il va falloir t’expliquer maintenant, ici on rigole plus.

Elle se retourna vivement, dévisagea l’homme qui s’assit à côté d’elle. Décidément non, elle ne le connaissait pas, ne l’avait jamais vu. Curieusement, il évitait son regard. Le commissaire les observait tous deux. Au bout d’un temps qui sembla infiniment long, il rompit le silence.

– Alors ? Les retrouvailles ne sont pas chaleureuses, on dirait. Monsieur Verneuil, connaissez-vous cette femme ?

– Oh ! Oui, très bien même.

Giulia eut un vif mouvement de protestation, aussitôt interrompu d’un geste péremptoire par le commissaire.

– Quand l’avez-vous vue pour la dernière fois et à quelle occasion ?

– Il y a quelques mois.

– Précisez.

L’homme se lança dans de vagues détails, c’était un week-end, non un vendredi peut-être, oui, c’est cela, jour de marché dans le quartier où était Giulia. Il était venu la voir à son atelier pour lui demander de lui rembourser la somme importante qu’elle lui devait.

– Mais… s’agita Giulia.

Le commissaire lui intima le silence.

– Je vous entendrai après.

– Pourquoi ce prêt ?

– Elle voulait faire des travaux dans son atelier. Elle avait plus le vieux barbon du château pour l'entretenir, alors…

– Ah ! Non, cette fois c'est trop ! réagit Giulia. Je ne peux pas laisser dire ça !

– Madame, pour la dernière fois, je vous demande de vous taire !

Soudain, le mot qu'il avait utilisé la frappa, barbon, le même que dans l'une des lettres anonymes. Ce n'était plus un mot d'usage courant. Dès lors, elle l'écouta sans réagir, attentive à relever le moindre mot, le moindre détail qui pourrait la servir.

Enfin, le commissaire s'adressa à elle.

– Alors madame, qu'avez-vous à répondre à tout cela ?

– Que voulez-vous que je vous dise, c'est un tissu de mensonges ! Je ne connais pas ce monsieur, je ne l'avais jamais vu jusqu'à aujourd'hui ; quant à lui devoir de l'argent pour faire des travaux dans mon atelier, vous savez parfaitement vous-même, commissaire, ce qu'il en est. Je crois plutôt que toute cette mise en scène est faite pour m'intimider et m'extorquer de l'argent, ça oui, je le croirais plus volontiers, surtout maintenant.

Elle se tourna vivement vers l'homme assis à ses côtés. Il était jeune, une trentaine d'années, habillé de façon ordinaire, des traits mous, un regard fuyant.

– J'aimerais assez que vous ayez le courage de me regarder en face, monsieur, et que vous me disiez pourquoi vous faites ça.

Une vague réaction, qui n'échappa pas au commissaire, le fit se dandiner sur sa chaise.

– Répondez monsieur Verneuil !

– On était bien tous les deux, mais j'ai vu rouge quand j'ai su qu'elle était aussi avec le vieux du château.

– Comment l'avez-vous appris ?

– Ben, on me l'a dit.

– Qui, on ?

– Des gens que je connais.

– Soyez plus clair, qui ?

– Des confrères à elle, des fournisseurs du château.

– Voilà une information intéressante, donnez-moi les noms de ces gens.

Richard Verneuil resta silencieux, le regard obstinément baissé. Le silence s'éternisait. Giulia regardait tour à tour le commissaire et son voisin, chacun se taisait. Tranquillement, le commissaire sortit alors les trois lettres anonymes, les étala sur le bureau.

– Et ça ? Ça vous dit quelque chose ?

L'homme jeta un rapide coup d'œil, esquissa un vague sourire.

– Ça me dit rien non, mais en tout cas, c'est quelqu'un qui la connaît bien la salope.

– Verneuil, je vous demande de modérer votre langage !

– Ben quoi, c'est vrai, elle se sert de son cul pour arriver !

Giulia ne put se retenir plus longtemps, et avant que quiconque ait pu intervenir, elle était debout et le gifla à toute volée, avec une force inouïe, qui le fit chanceler sur sa chaise.

– Désolée commissaire, mais je ne pouvais supporter plus longtemps de me laisser insulter de cette façon.

Le commissaire ne répondit pas et dit seulement.

– Garde, emmenez madame Van Kirschen et mettez-la en cellule. Aucun contact avec quiconque, j'ai dit avec quiconque, O.K. ?

Giulia se laissa emmener sans résistance, passa devant Nils dans le couloir. Il voulut lui parler mais le garde le repoussa fermement. Giulia lui fit son merveilleux sourire :

– Ne t'inquiète pas, ce n'est rien.

Nils était bouleversé, voir sa femme ainsi emmenée le mettait hors de lui. Lorsque le garde revint, il l'aborda.

– Mais que se passe-t-il enfin ?

– Calmez-vous monsieur, le commissaire a dit que vous rentriez chez vous. Il vous tiendra au courant.

Nils ne put en savoir davantage. Il dut repartir, en proie à une froide colère. C'est Giulia qui était victime et qui se retrouvait retenue ici, sans qu'il sache pourquoi. Il rentra au Mesnil, mit Émile au courant.

Assis devant Richard Verneuil, le commissaire Dessanty l'observait sans un mot, son regard d'une froide limpidité ne le quittait pas. Il le sentait nerveux, tandis que de temps à autre, il frottait sa joue qui avait viré au rouge violacé. Ses gestes étaient un peu tremblants.

– J'espère que vous n'allez pas laisser passer ça commissaire, vous avez vu ce qu'elle m'a fait ? Ça, c'est une agression en règle.

– Et lancer un cocktail Molotov dans son atelier, c'est quoi à votre avis ? Une visite de courtoisie ? Et écrire ces ordures anonymement ?

– Mais c'est pas moi !

– Ah, oui ? C'est curieux alors, vous avez employé les mêmes mots tout à l'heure.

– Ben, c'est le hasard…

– Bien sûr, et bien, on va le vérifier le hasard, et tout de suite, on va faire une petite visite chez vous.

– Ah, ben, elle est forte celle-là, c'est moi qui me fais agresser, et c'est moi qui…

– Taisez-vous Verneuil ! À votre place, je ne ferais pas trop le malin.

Richard Verneuil se tenait debout au milieu de la cuisine du logement qu'il occupait, étroitement surveillé par deux gardes, tandis que les hommes du commissaire fouillaient minutieusement chaque pièce. Soudain, l'un d'eux s'approcha en silence du commissaire et lui montra une grande enveloppe qui retint visiblement son attention, mais il ne fit aucun commentaire, disant simplement :

– Mettez cela avec le reste. Vous avez une cave, un garage ? demanda-t-il à Verneuil.

– Un abri au fond du jardin où je gare ma moto.

– Allons-y, dit Dessanty.

La moto était rouge, une grosse cylindrée, d'un modèle ancien, celle décrite par Giulia était bleu sombre. Ils cherchaient quelque chose de précis, retournaient tout le fatras qui encombrait ce réduit. Verneuil restait de marbre, suivant chaque mouvement avec attention, sans inquiétude apparente. C'est alors qu'un bruit de moteur se fit entendre, celui d'une moto, ralentit, puis repartit, poussé dans les aigus, sous l'effet d'une vive accélération. Dessanty sortit rapidement.

– Vous avez vu quelque chose ? demanda-t-il à l'un de ses hommes resté dehors.

– Oui, une moto bleue, elle semblait vouloir s'arrêter ici puis est repartie très vite.

– Vous avez pu relever le numéro ?

– Pas bien, commissaire, la plaque était sale, 688 RD 27 ou 699.

– C'est mieux que rien, dit Dessanty visiblement agacé.

Il revint dans l'abri de jardin.

– Alors ? demanda-t-il enveloppant ses hommes d'un regard circulaire.

– Alors rien, commissaire.

– Monsieur Verneuil, dit calmement Dessanty, vous roulez sans casque ? Je ne le vois pas.

– Je ne le laisse pas ici, on pourrait me le faucher.

– Je ne l'ai pas vu non plus dans la maison. En général, un motard laisse son casque à portée de main. Vous avez les clefs de la moto ?

Richard Verneuil fouilla ses poches et lui tendit un petit trousseau.

– Non, ouvrez vous-même le coffre.

Devant l'hésitation de Verneuil, il le prit par le bras, l'approcha vivement de la moto.

– Ouvrez, monsieur Verneuil !

Il s'exécuta avec lenteur, les hommes du commissaire avaient resserré le cercle autour d'eux.

– Videz-le, et mettez-en le contenu bien en vue.

Le premier objet qui apparut fut un casque en cuir, ancien, craquelé, marqué par le temps et les intempéries, une antiquité. Puis des chiffons enveloppant quelques outils. Le commissaire avait pris le casque en mains, le tournait, l'observait.

– Bon on embarque tout ça et on retourne au commissariat.

De retour dans son bureau, le commissaire Dessanty fit asseoir Richard Verneuil puis demanda d'aller chercher madame Van Kirschen.

Les traits tirés mais le regard noir, Giulia entra et reprit sa place à côté de Verneuil.

– Madame, veuillez me redire ce qui a attiré votre attention lorsque vous avez aperçu la moto ralentissant devant votre atelier.

Giulia répéta ce qu'elle avait déclaré lors de sa déposition, insistant sur la singularité du casque du passager. C'était le seul détail marquant, tout s'était passé si vite.

– Pouvez-vous donner plus de détails sur ce casque ?

Verneuil s'agita légèrement.

– Un casque ancien, tout en cuir, comme on en voit aux motards allemands dans les films de guerre.

– Comme celui-ci par exemple ? demanda Dessanty en faisant signe à l'un de ses hommes qui posa le casque sur le bureau.

– Tout à fait, commissaire, comme celui-ci.

– Merci madame.

Le commissaire se leva, demanda à Giulia de le suivre, tandis qu'il disait : je reviens.

Il appela l'un de ses hommes.

– Tu reconduis madame Van Kirschen chez elle.

Puis se tournant vers Giulia,

– Madame, je vous demande de bien vouloir comprendre, j'avais besoin de vous confronter avec Verneuil, et bien que votre réaction soit compréhensible, je ne pouvais l'accepter. Je pense que nous avons suffisamment d'éléments contre lui maintenant avec les résultats de cette perquisition. Reste à démêler ses mobiles. Je passerai au Mesnil vous tenir au courant.

La même grimace-sourire anima son visage un instant et il repartit dans son bureau.

CHAPITRE XXII

Si l'enquête avait été longue à démarrer, elle s'était brutalement accélérée après la perquisition chez Richard Verneuil. L'enveloppe contenant des lettres de journal découpées, des feuilles de papier identique à celui utilisé pour les courriers anonymes, étaient explicites. C'était un faible. Il jouait gros, et avait amassé des dettes dont il ne savait comment se sortir. Ne pouvant en parler à son père, c'est alors qu'il avait accepté l'aide d'un sien copain, une vague connaissance de mœurs peu recommandables, Gilbert Robin, dont le père était relieur. Jusqu'à l'arrivée de Giulia dans la profession, l'atelier de celui-ci était l'un des plus actifs. Mais au fil des mois, les choses avaient changé, et il avait fini par afficher une véritable hargne contre Giulia, n'acceptant ni sa présence, ni surtout sa réussite. Une femme n'avait rien à faire dans ce métier. Et lorsqu'il apprit qu'elle avait toute la confiance de Jean Furstenberg, lorsqu'elle remporta l'appel d'offres qui l'amena à travailler pour l'Évêché, le relieur émit plusieurs fois des propos peu amènes sur Giulia, disant à qui voulait l'entendre, qu'il « fallait faire quelque chose pour casser les reins à la putain de Furstenberg ». Les mots avaient fait leur chemin dans l'esprit de son fils Gilbert. Pour rentrer dans les bonnes grâces de ce père qui avait fort à se plaindre de sa conduite pour le moins dissolue, il avait conçu ce plan pour déstabiliser Giulia. D'abord quelques lettres anonymes, puis des confidences croustillantes à son oncle l'abbé, qu'il savait confit en principes d'une rigidité digne de l'Inquisition. Cet oncle ayant l'oreille du Père Abbé Hubert de Vélines, il n'avait pas été difficile de semer le doute dans l'esprit de ce dernier, lequel n'avait pas jugé utile de vérifier quoi que ce soit de ce qu'on lui confia sous le sceau d'une sainte indignation.

Cependant, cela ne sembla pas suffisant à Gilbert Robin qui ne faisait décidément pas dans la dentelle, et c'est ainsi qu'il avait conçu le plan de détruire purement et simplement l'atelier de Giulia. Il ignorait alors qu'elle en déménageait, pouvait-on en déduire qu'il avait eu l'idée même d'attenter à sa vie ? Le commissaire Dessanty ne sembla pas vouloir ignorer cette hypothèse. Richard Verneuil, pris au piège de sa dette, n'avait pas eu d'autre solution que suivre Robin dans la réalisation de son plan.

Le commissaire Dessanty achevait de mettre Giulia et Nils au courant des conclusions de l'enquête. Maintenant la justice allait suivre son cours. Giulia le regardait en souriant.

– Il vous arrive d'être content Commissaire ? Et surtout de le montrer ? demanda-t-elle avec son rire malicieux. Car enfin, ce doit être une satisfaction quand on a mené une enquête à bonne fin, non ?

Dessanty la dévisagea, regarda Nils un instant, songeur, esquissa sa fameuse grimace-sourire :

– Vous êtes un heureux homme monsieur Van Kirschen !

Il leur dit au revoir et partit.

Un énorme bouquet de muguet trônait sur la table de l'atelier de Giulia et emplissait la pièce de ses fragrances si délicates. Avec les pivoines, c'était sans nul doute sa fleur préférée et Nils n'avait pas manqué de lui en faire de superbes massifs.

Assise à sa table, elle tissait une tranchefile complexe, faite de fils d'or et de soies multicolores, destinée à remplacer celle, bien abîmée, d'un gros volume du XVIIe traitant de la culture des bulbes, que lui avait confié son beau-père. Elle ne comprenait rien au texte, mais les aquarelles illustrant ce volume étaient d'une beauté à couper le souffle. C'était le premier travail qu'elle faisait pour lui et elle avait à cœur de montrer que son savoir-faire égalait maintenant celui des meilleurs artisans hollandais.

C'est alors qu'elle sentit soudain une impression bizarre et se rendit compte qu'elle venait de perdre les eaux. Le bébé arrivait, on ne l'attendait que dans une quinzaine de jours.

Elle se leva lentement, s'avança jusqu'à la fenêtre ouverte sur le parc et chercha Nils ou Émile du regard. Personne. Elle appela à plusieurs reprises, mais occupés sans doute dans les serres, ils ne l'entendirent pas.

Une douleur fulgurante la plia en deux. Elle revint tant bien que mal dans la pièce, sentant une angoisse monter en elle. Rester calme, ne pas s'affoler. Elle n'avait rien sous la main, pas de linge, pas de couverture, pas d'eau. Elle n'était pas préparée à une telle naissance, alors que sa chambre était retenue depuis longtemps dans une clinique de Rambouillet.

Maman, pensa-t-elle, aide-moi, que faut-il faire ? Nils, j'ai besoin de toi.

Elle parvint à se laisser glisser sur le petit canapé qui occupait un angle de la pièce, installé par son mari pour qu'elle puisse s'y reposer de temps à autre. Le soleil, seul témoin de la scène, entrait effrontément dans la pièce tandis que les oiseaux s'égosillaient de plaisir dans cette douce et belle lumière printanière. Une contraction plus forte, un cri de Giulia. Émile, qui venait vers la maison à ce moment, l'entendit. Il ne sut dire pourquoi, avant de se précipiter vers l'atelier, il appela Nils de toutes ses forces.

Il entra dans la pièce inondée de lumière, bientôt suivi de Nils, et ils découvrirent tous deux une Giulia encore haletante mais souriante, soutenant entre ses jambes une petite forme qui remuait doucement mais donnait vigoureusement de la voix.

Nils, saisi de stupeur, ne bougeait pas. Émile, qui avait déjà vu nombre de mises bas dans les fermes, savait ce qu'il fallait faire.

– Vas vite chercher de l'eau chaude, de l'alcool, une paire de ciseaux, du linge, dépêche-toi, il faut couper le cordon, et appelle le docteur, ajouta Émile.

Les deux hommes s'activaient maintenant autour de la jeune maman.

Giulia reposait dans le grand lit de leur chambre, radieuse et détendue. Le médecin n'avait pu que constater l'efficacité des deux hommes et les félicita.

– Et bien, voilà un jeune homme qui était pressé de voir le soleil, dit-il en regardant le bébé qui dormait à poings fermés dans son berceau. Comment s'appelle ce petit impatient ?

– Yohann, répondirent-ils en même temps.

La naissance mouvementée de Yohann fit rapidement le tour de la famille et alimenta les conversations jusque dans la bonne ville de Lisse.

– Quand je te disais que tu es faite pour avoir des enfants, plaisantait Sophia, non seulement tu les fabriques sans l'ombre des désagréments que ressentent la plupart des femmes enceintes, mais tu les mets au monde en cinq minutes !

Heureuse de remettre les tenues d'été abandonnées jusque-là, Giulia arborait une féminité nouvelle que Nils découvrait avec ravissement ; sa poitrine, ses hanches s'étaient légèrement épanouies, faisant paraître plus fine encore sa taille retrouvée, jamais sa femme n'avait été aussi belle et jamais il n'avait été si épris d'elle. Il le lui manifestait avec ardeur et Giulia répondait avec autant de fougue à leurs longues étreintes retrouvées. La relative chasteté qu'avait imposé ses dernières semaines de grossesse et le temps nécessaire après la naissance, leur avait pesé à tous deux.

– Je ne veux pas que la présence de Yohann prenne tout mon temps et mes attentions, je veux aussi rester ta femme, ton amante comme avant.

Il fut comblé par ses paroles. Il ne cessait de la photographier avec Yohann et envoyait régulièrement des photos à Lisse, en attendant que les grands parents puissent venir découvrir leur premier petit-fils.

Alors que l'on croyait Émile en bonne voie de guérison, sa vue s'étant améliorée au point qu'il parvenait maintenant à ôter ses lunettes noires lorsqu'il était dans la maison, on se rendit compte qu'il perdait son entrain, passait de longs moments seul et inactif. Giulia s'inquiéta.

Maintenant que le bébé était là, il ne voulait pas prolonger son séjour au Mesnil, souhaitant les laisser tous les deux seuls avec leur fils.

– Je ne vais pas m'incruster chez vous toute ma vie. Vous avez besoin de vous retrouver ensemble, sans moi.

– Mais enfin Émile, tu ne nous gênes pas du tout, tu le sais très bien, et Nils a besoin de toi, comment ferait-il seul pour assumer tout ce qu'il a entrepris. Nous avons de la place, tu fais largement ta part de travail, et…

– Il n'y a pas que cela, Giulia. Votre bonheur me fait mal, j'en suis presque jaloux. Je repense sans cesse à Nathalie, à sa jeune vie fauchée salement. Je croyais avoir réussi à enfouir ce passé, mais tout remonte à la surface, je ne peux plus rester ici, Giulia, comprends-moi, je ne peux plus, c'est au-dessus de mes forces. Je n'ai plus goût à rien.

– Et alors, que comptes-tu faire ? demanda-t-elle sèchement, clochard, ivrogne ?

Elle le fixait durement, ne semblant nullement attendrie par ce qu'il venait de dire.

– Tu as accepté d'être le parrain de Yohann et tu te défiles déjà ? Tu t'enfermes dans le passé, tu cours après un souvenir. Nathalie a lutté jusqu'à la limite extrême de ses forces pour survivre, nous donnant à tous une sacrée leçon de courage, tu le disais toi-même. Tu es jeune encore, tu n'as pas le droit de te laisser aller comme ça.

– La belle donneuse de leçon ! Et toi, dans quel état tu étais après ta rupture avec Vincent ?

– Ça n'a pas duré des mois ! Et je n'ai pas tout laissé tomber ! Au contraire, j'étais même en plein examen à l'époque et j'ai obtenu mon diplôme.

– Et ton mari ? Il lui a fallu dix ans pour se remettre de la perte de sa femme !

– Il s'est jeté à corps perdu dans le travail et n'a pas cherché à rompre les liens avec sa famille. Toi, tu baisses les bras et veux tout abandonner.

Nils entra à ce moment, les vit tous deux dressés comme des coqs de combat.

– Qu'est-ce qui se passe ici ?

– Émile va t'expliquer, je vous laisse, dit-elle en s'éloignant rapidement vers son atelier dont elle ferma brutalement la porte, au risque de réveiller son fils qui dormait à l'étage.

– Je n'ai jamais vu ta sœur comme ça, qu'est-ce qu'il y a ?

En haussant les épaules, Émile s'éloigna à grands pas vers le parc, fuyant délibérément une conversation qu'il ne voulait pas poursuivre avec Nils.

Encore frémissante de colère et d'inquiétude aussi, il faut bien le dire, les mains tremblant légèrement, Giulia ne se remit pas à son travail. Elle arpentait nerveusement la pièce, ne parvenant pas à se calmer. Il faudrait reprendre tranquillement cette conversation avec son frère. Fallait-il qu'il ait aimé Nathalie pour que ressurgisse ainsi un passé que tous croyaient surmonté. Cette phrase aussi la tourmentait – votre bonheur me fait mal, j'en suis presque jaloux.

Incapable de maîtriser son agitation, elle monta voir son fils, le contempla longuement. Profondément endormi, il respirait calmement. L'ambiance était douce dans la chambre où les volets fermés ne ménageaient qu'une semi-pénombre, tant était vive la lumière extérieure. Elle redescendit enfin, et commença à préparer le repas du soir.

L'heure tournait, Nils était rentré depuis un moment, seul.

– Émile n'était pas avec toi ?

– Je ne l'ai pas revu depuis votre discussion. Vous sembliez bien énervés tous les deux. De quoi parliez-vous ?

Elle le mit au courant, il resta silencieux, hochant la tête de temps à autre. Finalement il dit :

– Je peux le comprendre tu sais, j'étais un peu dans le même état d'esprit après la mort de Béatrix.

– Mais il avait l'air bien jusqu'ici, pourquoi tout d'un coup, c'est depuis la naissance de Yohann. Il faut que l'on arrive à parler avec lui.

Il faisait maintenant presque nuit et ils l'attendaient toujours. Inquiets, ils se décidèrent à prévenir Lucien. Il ne sembla pas s'affoler outre mesure. Les réactions de son frère étaient parfois excessives et imprévues. Il avait dû marcher un peu pour se calmer, était peut-être allé à Rambouillet pour se changer les idées et reviendrait le lendemain. Depuis son retour, il ne conduisait pas, compte tenu de son handicap visuel, donc il ne pouvait pas avoir été bien loin.

La journée du lendemain s'étira lentement, sans apporter de nouvelle. Ils appelèrent l'hôpital, la gendarmerie pour savoir s'il n'y avait pas eu d'accident. Ils parlèrent du départ brutal d'Émile et de son état dépressif depuis quelque temps. Des recherches furent lancées. Son signalement fut donné. Et l'attente recommença, angoissante. Impuissants, ne sachant que faire, ils s'appelaient de temps à autre, espérant quelque nouvelle, se réconfortant mutuellement. Sophia et Jean avaient été avertis ; Émile étant l'ami d'enfance de Jean, peut-être allait-il le contacter.

Les jours passèrent, une semaine s'écoula, puis deux et bientôt un mois.

Giulia s'en voulait terriblement des propos qu'elle avait tenus, elle avait sans doute été trop dure, trop vive, c'était l'un de ses traits de caractère. Elle n'avait pas su comprendre la profondeur du mal de son frère. Pourtant, elle voulait croire qu'il ne lui était rien arrivé. Il s'était peut-être réfugié dans une abbaye. À plusieurs reprises, elle l'avait vu parlé avec les moines qui lui apportaient du travail. Ils appelèrent à plusieurs endroits, personne ne l'avait vu.

CHAPITRE XXIII

Maison de santé Sainte-Lucie. Le bâtiment moderne, au milieu d'un petit parc cerné d'un mur surmonté d'une grille, était coquet. Discrètement placé au bout d'une route sans issue, il était à l'écart du village, loin de tout. Chacun savait pourtant que les termes pudiques de maison de santé, cachaient en réalité une clinique psychiatrique où l'on accueillait aussi bien des personnes souffrant de dépressions passagères que des patients atteints de pathologies beaucoup plus lourdes. Ce que beaucoup ignoraient cependant, c'est que l'on pouvait s'y faire admettre de son plein gré et demander le secret absolu sur sa présence en un tel lieu. Ni la famille, ni le médecin de famille, ni même un prêtre ne parvenaient alors à obtenir le moindre renseignement.

Émile s'y était fait admettre une semaine plus tôt, accompagné du docteur Lancien, après quelques jours d'errance où dix fois il avait pensé mettre fin à ses jours. La vie le faisait souffrir à un point tel qu'elle lui devenait insupportable. Il avait longtemps longé une voie ferrée, attendu les rapides qui la sillonnaient, imaginant le choc inouï et l'anéantissement immédiat, mais in-extrémis, il avait flanché, se retrouvant assis par terre, lamentable. Il avait erré sur les ponts, le long de l'autoroute, et chaque fois le courage lui avait manqué. Une lueur avait fini par se frayer un fragile chemin dans son esprit. S'il ne parvenait pas à franchir le pas vers la mort, c'est peut-être que son instinct de survie était le plus fort. Il prit conscience alors du désordre profond qui régnait en lui. Il avait une adoration pour le petit Yohann, il aimait sa famille, ne voulait pas les faire souffrir, aucun d'eux. Un éclair de lucidité, un soupçon de courage le conduisirent chez le docteur Lancien qui venait de temps à autre au Mesnil. Après l'avoir longuement écouté, ce dernier lui proposa un séjour en maison de santé. Il devait se faire aider, ne parviendrait pas à s'en sortir seul. Émile finit par accepter, sous la promesse formelle, absolue, que personne ne soit au courant de sa démarche.

– Votre famille est certainement inquiète de votre disparition. Je peux les mettre au courant sans leur dire où vous êtes.

– Non ! Ce non avait claqué comme une mâchoire d'acier qui se referme. Jurez-moi docteur, que vous ne direz rien, jurez-le ! Sinon, je disparais et cette fois je vous assure que j'irai jusqu'au bout.

Le médecin comprit que le désordre dans lequel se débattait Émile exigeait ce silence. Il promit de se taire.

Giulia fit venir le docteur Lancien pour le petit qui n'était pas bien. Elle savait combien sa propre santé avait été fragile dans sa prime enfance et ne voulait pas que son fils pâtisse de la moindre négligence en ce domaine. Il commençait à faire ses dents, rien de grave, dit le médecin. En voyant les yeux cernés de Giulia, son air préoccupé, il ne put s'empêcher de lui en faire la remarque. Elle parla de son frère, de l'inquiétude dans laquelle ils étaient tous. Il dit des mots d'encouragement, tenta de la rassurer, mais ne put rien faire d'autre.

L'entretien du parc, le travail dans les serres, demandaient des soins constants que Nils avait un mal fou à assumer seul. L'absence d'Émile se faisait cruellement sentir. Aucune nouvelle de lui depuis deux mois. Ils voulaient se rassurer en se disant que s'il lui était arrivé malheur, on l'aurait maintenant retrouvé. Les jumeaux vinrent mettre un peu d'animation, ayant souhaité venir passer quelques jours au Mesnil avant la fin des vacances scolaires. Charlotte était toujours aussi intéressée par les activités de Nils et ne rechigna pas à l'aider quelque peu.

Avec sa sensibilité habituelle, Benjamin était proche de Giulia. Il la regardait avec ravissement s'occuper du bébé, et demandait souvent s'il pouvait le promener dans le parc. Alors installé dans son landau, gazouillant dans l'air doux qui régnait en cette fin d'été, Yohann faisait des assouplissements acrobatiques avec ses pieds qu'il portait à sa bouche sans effort, riant aux éclats quand Benjamin faisait des grimaces ; ils faisaient le tour de la grande pelouse jusqu'aux serres, puis ils revenaient vers la maison. Image simple d'un bonheur simple ; pourquoi fallait-il qu'Émile n'ait pu le supporter, songeait Giulia.

Les premières semaines passées à la clinique Sainte Lucie se perdaient dans un brouillard pour Émile. Plongé en cure de sommeil, il n'avait qu'une vague conscience des moments où on le réveillait. Petit à petit, on le fit revenir dans la réalité. Il commença à avoir de courts entretiens avec le médecin qui le suivait. Les médicaments l'abrutissaient, son élocution était embrouillée. On le fit venir à l'atelier d'ergonomie. Il se trouvait bien ici, ne pensait plus à rien. Le docteur Lancien, seul admis à prendre de ses nouvelles, le faisait régulièrement et bavardait alors avec le psychiatre.

Visiblement Émile s'installait dans un état de semi-conscience, déchargé de toute responsabilité, docile, indifférent à ce qui l'entourait. Il s'enfermait délibérément en lui-même, perdant lentement le contact avec la réalité, dit ce dernier.

– On ne peut pas le laisser se perdre ainsi, dit Lancien. Sa famille ne sait rien depuis des mois. Ne pensez-vous pas qu'il faudrait maintenant la mettre au courant, qu'elle vienne le voir ?

– Sa volonté était claire là-dessus, nous ne pouvons pas y contrevenir, nous sommes tenus par le secret professionnel, vous le savez très bien, cher confrère.

– C'était avant sa cure de sommeil. Est-il toujours dans le même état d'esprit ? Avez-vous essayé de lui parler des siens ? Ne le maintenez pas dans ce néant qu'il n'a pas souhaité, au contraire. Sa démarche ici était claire, nous en avions discuté. C'était l'aider à retrouver un équilibre, surmonter la mort de son amie, pas le conduire doucement vers l'inconscience. Peut-être faudrait-il créer un choc, quelque chose qui le ramène dans la réalité ?

– Ne vous inquiétez pas, cher confrère, nous faisons ce que nous croyons bon de faire pour lui, dit le psychiatre en écourtant la conversation téléphonique.

Décidément, Lancien n'appréciait pas cet homme, ni son ton suffisant. Il restait persuadé quant à lui, qu'il était temps d'agir. Plus on attendrait, plus Émile s'enfoncerait. Il avait juré le silence… juré de ne pas trahir la volonté de son patient. Mais son patient n'était plus en état de décider maintenant, abruti de calmants. Il réfléchit longuement, finit par en parler à l'un de ses amis, Bruno Lacombe, qu'il avait connu pendant son internat.

– Je ne sais pourquoi, dit-il, mais j'ai l'impression que Delattre, son psy, se complaît à le maintenir dans cette sorte d'état végétatif où il est plongé.

– Ce serait grave si c'était le cas, mais ça s'est déjà vu. Certains confrères voient d'abord l'intérêt de leur portefeuille avant celui du patient, hélas. Ce Delattre, tu le connaissais avant ?

– Non. Je connaissais bien son prédécesseur, le vieux Gamelotte, qui a pris sa retraite maintenant, ce que j'ignorais. Je n'aurais peut-être pas alors orienté mon patient vers Sainte Lucie.

– Tu as des doutes sur Delattre ?

– Pas vraiment, mais une impression bizarre. Je pense à la famille de mon patient. Ils ont quand même le droit de savoir que leur frère n'est pas mort, ça fait plus de trois mois qu'ils se rongent les sangs à se demander ce qu'il est devenu.

– Ton patient t'a demandé le secret.

– Je sais, parce qu'il ne voulait pas qu'on le voit en état de dépression totale, mais là, on est en train d'en faire un légume.

Ils se quittèrent là-dessus. Le docteur Lancien avait son idée. Il connaissait l'une des infirmières, qui travaillait à Sainte Lucie. Il l'appela, expliqua la situation et lui demanda de voir Émile, de lui parler de sa famille, du petit Yohann qu'il adorait, pour voir sa réaction. Elle refusa tout net.

– Je ne travaille pas à son étage, je regrette de ne pouvoir vous aider docteur. Au revoir.

Avant qu'il ait pu dire un mot, elle avait raccroché. On dirait qu'elle a peur, pensa Lancien.

Quelques jours plus tard, Bruno Lacombe le rappela et lui fit part de la conversation qu'il avait eue avec son père, chef de service à l'hôpital de Chartres.

– Il n'a pas semblé tellement surpris. Il y a des bruits qui courent sur Sainte Lucie. Il parait même que plusieurs familles de patients se seraient étonnées des méthodes employées depuis le départ de Gamelotte. On ne lésine pas sur les calmants et anxiolytiques pour prolonger le séjour au maximum.

– Mes impressions n'étaient donc pas fausses.

– Il faudrait que tu rencontres ton patient, que tu parles avec lui. Tu es son médecin, tu l'as accompagné là-bas, ça ne devrait pas poser de problème.

Petit à petit, les semaines, les mois passant sans apporter de nouvelles d'Émile, la famille s'était faite à l'idée qu'il avait dû repartir loin, pour oublier, se refaire une vie ailleurs. Il aurait quand même pu donner signe de vie, ne serait-ce qu'une fois, que l'on sache au moins qu'il était vivant. L'inquiétude du début se transformait parfois en colère contre lui, qui ne s'était pas soucié une seconde de l'angoisse qu'il avait provoquée. Giulia s'était longtemps sentie coupable et responsable de cette fuite. Puis son travail, son mari, son fils qui poussait comme un petit champignon l'aidèrent à surmonter ce sentiment de culpabilité.

Nils, qui découvrait un peu tardivement la paternité, avait souvent des indulgences que désapprouvait Giulia. Elle souhaitait que son fils soit élevé librement, joyeusement, comblé d'amour et de tendresse, mais avec des règles à respecter, tels étaient ses principes. Il savait qu'elle avait raison.

Le docteur Lancien vint voir son patient. Il avançait dans le parc vers le banc, à l'ombre, où Émile était assis, seul, le regard dans le vide. Il ne portait pas ses lunettes noires.

– Bonjour, dit la voix grave du médecin. Je suis le docteur Lancien.

– Bonjour, répondit Émile faiblement.

– J'ai une foule de messages à vous transmettre de la part de votre famille, Giulia, son mari, le petit Yohann, qui a bien grandi.

Le regard vague se leva lentement vers lui, le dévisagea avec insistance, s'étrécit, comme s'il cherchait à percevoir quelque chose d'invisible.

– Giulia, Yohann…

– Votre sœur et son fils.

– Je sais, oui.

Un long silence suivit.

– Comment vous sentez-vous maintenant? reprit la voix grave. Vous semblez mieux.

– Oui.

– Vous allez bientôt sortir d'ici alors, retrouver tous ceux que vous aimez.

– Oui.

– Vous devriez leur demander de venir vous voir, ça leur ferait plaisir et à vous aussi certainement.

– Personne n'est venu… me voir.

Il se frotta les yeux, lentement, puis le front, comme quelqu'un qui essaie de chasser un mal de tête.

– C'est vous qui aviez demandé que personne ne soit au courant. Ils ne savent pas que vous êtes ici. Voulez-vous que je les prévienne maintenant ?

– Oui.

– Et votre vue, ça va mieux ? Je vois que vous ne portez plus vos lunettes noires.

– Ils ne… veulent pas.

Un infirmier s'avançait vers eux, prenait délibérément Émile sous le bras, l'aidant à se lever.

– Je pense qu'il ne faut pas le fatiguer davantage, docteur, dit-il en entraînant Émile.

Alors qu'ils avaient fait quelques pas, Émile se retourna et cria presque :

– Dites-leur… où je suis… je veux… partir.

– Allons, allons, venez, calmez-vous, dit l'infirmer en l'entraînant plus fermement.

Lancien voulut voir Delattre sur le champ, mais il n'était pas disponible, lui répondit-on. Il passa au Mesnil à son retour. Nils devait être dans les serres, car on ne le voyait nulle part. Giulia, en grande conversation téléphonique, lui fit signe de s'asseoir. Dès qu'elle eut raccroché, elle s'inquiéta.

– Bonjour docteur. Que nous vaut cette visite imprévue ?

– J'ai des nouvelles de votre frère Émile, il veut vous voir.

Le visage de Giulia s'éclaira comme une scène de théâtre, tandis que son merveilleux sourire lui plissait les yeux, y allumant des myriades de soleils.

– Vous allez nous expliquer tout cela, dit-elle joyeusement. J'appelle mon mari.

Elle prit une sorte de gros téléphone muni d'une antenne télescopique et parla à Nils.

– Rejoins-moi s'il te plaît, je suis avec le docteur Lancien qui nous apporte des nouvelles d'Émile.

Devant l'air surpris du médecin, elle expliqua :

– Ce sont des talkies-walkies, des émetteurs-récepteurs. Mon mari en a un et moi aussi. Quand nous avons besoin de nous parler, l'un appelle l'autre, c'est très pratique et ça évite de s'égosiller à travers la pelouse. Nils a acheté cela depuis mon accouchement pour éviter de se retrouver dans la même situation, ne pas pouvoir se joindre en cas d'urgence.

Ils étaient assis dans le salon, devant une tasse de café. Lancien venait d'expliquer tout ce qui s'était passé depuis la disparition d'Émile, en précisant qu'il attendait maintenant leur visite avec impatience.

Stupéfaite, Giulia écoutait le docteur Delattre.

– Je pense que mon confrère, le docteur Lancien a commis une grave erreur en vous parlant de votre frère. Celui-ci a expressément précisé sa volonté lorsqu'il s'est fait admettre ici de son plein gré : aucune visite, de qui que ce soit. De toute façon, madame, son état ne lui permet pas de sortir. Il souffre d'une forme aiguë de dépression morbide, et nous sommes obligés…

– Docteur, je ne comprends pas, coupa Giulia. Le docteur Lancien, auquel je fais entière confiance, a vu mon frère voici deux jours, ils se sont parlés, mon frère a demandé à nous voir, disant même qu'il voulait partir d'ici.

– Je sais, madame, je sais, dans leurs rares moments de lucidité, les patients ont cette attitude, mais votre frère est incapable d'affronter le monde extérieur dans son état.

– Mais quel état ? Il n'est pas fou tout de même ! N'importe quelle personne abrutie de calmants, aurait un comportement curieux, vous comme moi, docteur, vous le savez très bien. Alors, je veux voir mon frère…

– Et lui ne veut pas, madame. Je suis obligé de respecter sa volonté, je suis désolé.

– Ce n'est pas vrai, je ne vous crois pas! Appelez le docteur Lancien, il vous confirmera mes dires. Mon frère lui a dit qu'il voulait voir sa famille maintenant.

Le praticien la dévisageait, un regard fureteur, sournois, qu'elle n'aimât pas.

– Vous l'aurez voulu madame, je ne voudrais surtout pas que vous pensiez que je séquestre mes patients, dit-il en décrochant lentement le téléphone, tout en la fixant avec un petit sourire qu'elle trouvât profondément déplaisant.

Il demanda que l'on vienne chercher madame Van Kirschen dans son bureau pour la conduire à monsieur Valentini, son frère.

Après une attente qui lui sembla longue, Giulia suivit en silence l'infirmier qui marchait devant elle. Il arriva à une chambre, ouvrit la porte, fermée à clef.

– Je vous laisse madame, sonnez ici quand vous voudrez sortir, dit-il en montrant la sonnette.

Émile était recroquevillé dans un fauteuil, les bras inertes posés sur ses genoux. Elle se précipita vers lui, l'embrassa, le prit dans ses bras.

– Tu es vivant, quelle inquiétude tu nous as donnée!

Il garda la même attitude inerte. Elle l'observa en silence.

– Regarde-moi Émile, dit-elle en lui levant doucement le menton.

Ses yeux semblaient flous, la pupille dilatée, ses traits ramollis.

– Mon pauvre frère, je n'aurais jamais imaginé te voir comme ça un jour. Parle-moi, je t'en prie. Je suis Giulia, ta petite sœur, la maman de Yohann, ton filleul. Il grandit tu sais, et a six mois déjà. Il gazouille comme un moineau.

Émile s'agitait, voulait visiblement se redresser et parler.

– Giu… lia, parvint-il à articuler avec d'énormes difficultés, comme s'il avait de la bouillie dans la bouche.

– Oui, parle-moi.

– Par… tir.

Il faisait des efforts énormes pour s'exprimer, mais son élocution était hachée, presque inaudible. Inquiète de le voir dans cet état, elle répondit le plus doucement possible :

– Mais tu ne peux pas Émile, tu es trop malade.

Il remua la tête lentement d'abord, puis plus vite. Dans le regard levé vers elle, elle perçut une lueur désespérée, il lui avait pris les mains et les serrait, elle sentit qu'il voulait lui faire comprendre tant de choses qu'il ne parvenait pas à exprimer.

– Trop… médi… caments…

– Émile ne dis pas cela, tu as besoin…

– Non… t'en… supplie…

Elle était profondément troublée, ne savait plus quoi penser. Émile tenait des propos curieux.

– Je vais en parler avec le docteur Lancien, je te le promets et je reviens te voir très vite.

La clef tourna dans la serrure. Émile s'affaissa légèrement, regarda Giulia avec une telle intensité qu'elle en fut bouleversée. Elle comprit qu'à cet instant, il bandait toute sa volonté dans son regard, voulant qu'elle comprenne ce qu'il n'avait pu dire.

– Madame, il ne faut pas fatiguer votre frère. Venez maintenant.

Elle se pencha vers lui, l'embrassa et murmura à son oreille :

– Tu vas partir d'ici, je te le promets.

Elle sortit à reculons ; ils se suivirent du regard jusqu'à ce que la porte se referme.

– C'est terrible de voir ceux que l'on aime dans cet état, je comprends ce que vous pouvez ressentir, madame.

Elle resta silencieuse et sortit de l'établissement sans un regard pour son accompagnateur. Une désagréable impression s'était insinuée en elle et sans pouvoir se l'expliquer, elle fut à ce moment précis, convaincue qu'Émile avait dit vrai, qu'il fallait donc agir vite et le sortir de là.

De retour au Mesnil où était resté Nils pour garder le bébé, elle lui raconta sa visite, ses impressions, et la presque interdiction du docteur Delattre de voir Émile. Puis elle informa Lucien et Sophia. Tous eurent la même réaction. Comment se faisait-il que Lancien ait pu bavarder avec Émile dans le parc quelques jours plus tôt ? Ne l'aurait-on pas « préparé » à la visite de sa sœur pour que celle-ci soit convaincue de la nécessité de prolonger longtemps encore son séjour à Sainte Lucie ?

Ils décidèrent d'un commun accord de contacter le docteur Lancien et de lui faire part de leurs préoccupations. Celles-ci corroborant ce qu'il avait lui-même ressenti et les remarques de son ami Lacombe, ils décidèrent d'agir. Émile avait demandé à sortir de là, et en dehors de la difficulté qu'il avait à parler, due certainement aux médicaments, ses propos étaient sensés.

Accompagné de Lucien, le docteur Lancien se présenta quelques jours plus tard à Sainte-Lucie pendant les heures de visite. Il demanda à voir le docteur Delattre, tandis que Lucien, muni des indications données par Giulia, montait directement à la chambre d'Émile, bien décidé à forcer la porte si nécessaire. Elle était ouverte. Étendu sur son lit, Émile regardait le plafond. Il tourna la tête, vit Lucien qui aussitôt lui intima le silence en mettant un doigt sur ses lèvres.

– Ça va ?

– Oui. Depuis la visite de… Giulia, je… prends le moins de médicaments possibles… et tu vois, je… je parle presque bien.

– Tu peux marcher ? Chausse-toi, je prends tes affaires et tu viens avec moi. Il faut que l'on fasse vite. C'est tout ce que tu as ? dit-il en voyant le peu d'effets qu'il possédait.

– Oui.

– Alors, on laisse ça ici.

– Il y a une autre sortie, celle… des livreurs et… et de la lingerie.

– On y va. Tu ne dis rien, tu vas directement à cette sortie, je suis à tes côtés. Si on rencontre quelqu'un, ne t'occupe pas de moi, file. La voiture est garée devant la clinique, elle est ouverte. Tu t'y installes et tu te caches si tu vois quelqu'un venir vers toi.

Ils ne rencontrèrent qu'une aide-soignante qui entrait dans une chambre avec un chariot de soins. Ils franchirent la porte de service sans encombre.

– La sortie ?

– Par là, dit Émile en avançant, contournant ainsi l'arrière de la clinique et se retrouvant dans le parc. Ils s'enfoncèrent rapidement vers la clôture, la longèrent et franchissaient le portail quand il leur sembla discerner une certaine agitation dans le hall d'entrée.

– Vite à la voiture ! Lancien nous rejoindra au Mesnil. Il était avec moi et a retenu Delattre pendant que j'allais te chercher.

– C'est un… enlèvement ! dit Émile en souriant.

– Il n'y avait pas d'autre solution, car Delattre ne semblait pas disposé à te lâcher de sitôt. On réglera ça plus tard.

Ils arrivèrent au Mesnil où ils étaient attendus avec impatience. Giulia se précipita, ouvrit la portière et se jeta dans les bras de son frère, ses larmes coulaient malgré elle. Lucien les contempla, soudain immobile, le regard lointain. Il y a bien longtemps, c'est lui qui revenait au logis après cinq années d'absence, et la même Giulia, alors petite fille, s'était précipitée dans ses bras en pleurant. Nils s'approcha de lui, vit son émotion, lui tapa amicalement sur l'épaule.

– Entrons, tu vas nous raconter comment ça s'est passé.

Ils appelèrent Jean et Sophia ainsi que Catherine, pour les rassurer, tout allait bien.

Le docteur Lancien arriva plus tard. L'excitation retombée, Émile semblait perdu au milieu de cette agitation et son regard s'égarait dans le vide par moments, mais un vrai sourire détendit son visage tandis que Giulia amenait Yohann qui s'était réveillé.

Lancien expliqua qu'il ne fallait surtout pas arrêter son traitement du jour au lendemain. Il avait pris rendez-vous pour lui avec un neuropsychiatre de ses amis, à l'hôpital de Chartres de façon à faire un bilan. Lui-même le suivrait. Il resterait au Mesnil et passerait sa convalescence parmi les siens.

Ils furent tous surpris de la rapidité avec laquelle Émile récupérait. Il recouvrait une élocution normale, son entrain habituel, et voulut reprendre ses activités auprès de Nils sans tarder.

– Ce sera la meilleure des thérapies, dit-il. Être dehors, et surtout avoir une occupation. Depuis plusieurs semaines, je me sentais mieux et je l'avais dit. Dès le lendemain, on me changeait les médicaments et je commençais à avoir de plus en plus de mal à parler. J'avais l'impression d'évoluer dans un brouillard. Alors, après la visite de Lancien et de Giulia, chaque fois que je le pouvais, je faisais semblant de les prendre et les recrachais ensuite, mais certains infirmiers me faisaient ouvrir la bouche pour vérifier que je les avais bien avalés.

Il se fatiguait vite cependant et se ménageait quelque repos dans la journée, généralement pendant la sieste de Yohann.

Giulia, enfin libérée de son angoisse travaillait d'arrache-pied, d'autant qu'elle effectuait maintenant de fréquents déplacements à Chartres, le conservateur de la bibliothèque lui ayant demandé de faire un point précis des mesures conservatoires des fonds anciens.

La bibliothèque avait en effet énormément souffert lors du dramatique incendie subi pendant la guerre, où plus de deux milles manuscrits avaient été détruits ou sérieusement endommagés. Elle possédait alors une collection inestimable due au rôle de l'École de Chartres dans l'histoire intellectuelle de la France lors de la Renaissance du XIIe siècle.

Pourtant, le 5 septembre 1939, les manuscrits avaient été mis en caisses et transportés au château de Villebon. Mais en décembre 1940, l'occupant donna l'ordre de les réintégrer, la Municipalité essaya de résister mais fut finalement obligée d'obtempérer. Le 26 mai 1944, un violent bombardement sur la ville, faisant plus de cinquante morts, éventra la bibliothèque qui s'embrasa aussitôt. L'action du feu conjuguée à celle de l'eau pour éteindre l'incendie, causèrent des dégâts inestimables.

On put finalement récupérer 976 manuscrits, plus ou moins abîmés. Des restaurations délicates et très complexes furent effectuées à la Bibliothèque Nationale, mais à ce jour, il restait encore nombre d'ouvrages attendant une restauration.

La sortie intempestive d'Émile n'avait pas été sans provoquer des turbulences dans le petit monde de Sainte Lucie. Le clan Valentini s'était agité, et le docteur Delattre fut bientôt sommé d'expliquer ses méthodes de travail devant le Conseil de l'Ordre. De nombreuses plaintes arrivaient de toutes parts. Les meilleurs patients étaient ceux qui, comme Émile, étaient venus de leur plein gré, demandant de surcroît le secret absolu sur leur présence dans l'établissement. Ignorantes du sort de leur parent, les familles ne pouvaient intervenir. On découvrit avec horreur que certains patients étaient là depuis plus d'un an, maintenus artificiellement dans un état de semi-conscience. Le nécessaire avait été fait pour que les frais de séjour et de soins soient prélevés directement sur leur compte. En effet, lors de leur admission, quelques questions adroitement posées, renseignaient sur leur situation financière, et les moins chanceux étaient alors ceux dont le compte bancaire présentait le plus de garanties. L'affaire fit grand bruit, des actions en justice furent introduites. Delattre, radié à vie, dut rendre compte de ses actes, et sa clinique fut fermée. Certains membres du personnel, par leur acceptation tacite de méthodes contraires à la déontologie, furent également inquiétés. Les patients furent tous examinés, et dirigés vers les établissements compétents pour les aider à recouvrer une vie normale. Certains, plus sensibles ou moins résistants, étaient devenus tellement dépendants de leur traitement, qu'il fallut de longs mois pour les réinsérer dans une normalité toute relative. Quelques-uns furent placés définitivement dans des structures spécialisées.

CHAPITRE XXIV

Les déplacements fréquents que devait faire Giulia, la somme de travail qu'elle avait en charge, ne lui laissaient plus guère de temps libre. Elle envisageait sérieusement de prendre quelqu'un avec elle, mais son exigence pointilleuse sur la qualité du travail, décourageait les différents candidats qui se présentaient. Nils et Émile l'incitaient à plus de souplesse, mais elle avait un tempérament entier, excessif parfois et l'habitude de travailler seule n'avait rien arrangé. Autant elle pouvait être agréable, charmante par ailleurs, autant elle ne voulait rien céder quand il s'agissait de son travail.

Elle finit pourtant par trouver une jeune femme, Sylvette Benoît, qui avait exercé quelques années dans un grand atelier de reliure où les machines remplaçaient le savoir-faire des anciens artisans. Elle avait entendu parler de Giulia et n'avait eu de cesse de faire un stage chez elle. Sérieuse et attentive, elle découvrit le plaisir d'un travail artisanal, peaufiné jusque dans les moindres détails. La recherche de qualité en tout, qui était le credo de Giulia lui plut, et très vite, elle acquit les nouveaux réflexes et exigences qui faisaient la réputation de l'atelier du Mesnil. Giulia lui proposa de rester et se déchargea sur elle des travaux de reliure classique, pour ne se consacrer qu'à la restauration, tout en gardant un œil attentif sur ce qui sortait de l'atelier, intervenant si nécessaire lorsque la charge de travail était trop importante.

Sylvette avait été adoptée d'emblée. Sa relation avec Émile était par contre plus délicate. Son aspect un peu sauvage, maintenant qu'il maintenait plus longs ses cheveux bouclés pour masquer les cicatrices de son front, l'habitude de porter en permanence des lunettes teintées pour protéger ses yeux fragilisés, ce sourire narquois parfois, quand il la regardait évoluer, et surtout ce charme inné qui émanait de lui, l'avaient séduite d'entrée. Giulia s'était rendu compte de l'intérêt de la jeune femme pour son frère. Elle avait expliqué le drame d'Émile, et Sylvette n'en avait été que plus attirée encore, la femme ressentant souvent ce besoin maternel de consoler, et l'amoureuse, celui d'être celle qui fera oublier les douleurs passées.

Pourtant Émile semblait peu désireux de se lancer dans une nouvelle relation. Son travail au Mesnil le comblait. Tout à fait rétabli maintenant, il travaillait en parfaite harmonie avec Nils, qui l'avait du reste associé à son affaire. Yohann et Aurore, la petite sœur née depuis un an, captaient toutes ses attentions, à tel point que Giulia devait parfois le gronder de trop les gâter. Lui qui avait tant séduit et tant aimé, semblait devenu indifférent aux femmes.

Ce fut un incident banal, l'une de ces choses anodines de la vie de tous les jours, qui modifiât la situation.

Nils et Giulia étaient tous deux absents, ce qui arrivait rarement. Ils s'arrangeaient généralement pour que l'un d'eux soit présent pour s'occuper des enfants en l'absence de l'autre. C'était alors une femme du village qui faisait fonction de nounou. Elle et son mari avaient élevé une nombreuse famille, dispersée maintenant, et ils étaient ravis de retrouver la présence de jeunes enfants dès que cela se présentait. Les Barbier étaient un couple de braves gens. Mémé Barbier, comme l'appelait Yohann, avait l'art de distraire et intéresser son petit monde. Elle faisait des goûters de crêpes ou beignets que les enfants adoraient, tant et si bien que ce couple étranger prit petit à petit la place de grands parents dans la vie de Yohann et Aurore. Pépé Barbier s'activait dans son jardin et venait souvent discuter avec Nils et Émile. Il lui arrivait même de leur donner un coup de main, s'il le fallait.

Giulia avait l'habitude d'aérer longuement les chambres, mais la pluie menaçant ce matin-là, Sylvette monta à l'étage fermer les fenêtres. C'est alors qu'elle voulait ressortir de la chambre des enfants que la poignée de la porte lui resta dans la main, cassée net. Elle regarda si elle apercevait Émile dans le parc, l'appela, mais sans doute occupé dans les serres, il n'entendit rien. Elle prit son mal en patience, tout en surveillant son passage. Enfin, elle le vit venir vers la maison. Elle ouvrit la fenêtre, l'appela, lui fit part de la situation. Quelques instants plus tard, la porte s'ouvrait. Elle le remercia et dit :

– Je vais vous préparer un café et me dépêcher maintenant, tout cela m'a beaucoup retardée.

– Généralement, lorsque l'on est délivrée de sa prison, on remercie son sauveur, dit-il en la retenant par le bras.

C'était une invite dont elle profita timidement. Elle lui baisa la joue en se haussant sur la pointe des pieds car il était nettement plus grand qu'elle. Mais il la prit dans ses bras et d'un air moqueur ajouta :

– C'est peu de chose que ce baiser, je vais vous montrer moi comme je l'entends.

Et avant qu'elle ait pu faire un mouvement, il l'embrassait avec une fougue et une science qui la firent fondre. À peine libérée des bras qui l'avait emprisonnée, elle s'échappa vivement, rougissante.

Troublée, Sylvette était ailleurs. Ce baiser l'avait plongée dans une sorte de rêve éveillé. Était-ce seulement par jeu qu'il avait agi ainsi, ou éprouvait-il des sentiments pour elle ? Elle fut incapable de répondre à cette question, tant jusqu'à présent, elle avait semblé ne pas exister pour lui.

Quant à Émile, il n'avait pu résister à l'envie de prendre la jeune femme dans ses bras. Elle était si fraîche, si gaie. Depuis quelque temps déjà, il l'observait à la dérobée, pensait de plus en plus souvent qu'elle pourrait être une compagne agréable. Mais par peur de souffrir peut-être à nouveau, il n'avait rien manifesté. Alors pourquoi aujourd'hui ?

Question idiote, se dit-il. Pourquoi une fleur s'ouvre-t-elle aujourd'hui et non demain? Pourquoi fait-il beau aujourd'hui et non la veille? Elle sentait bon, son corps souple s'était lové sans résistance dans ses bras, ses yeux avaient parlé pour elle.

Il avait eu tout loisir de la regarder vivre depuis le temps qu'elle venait au Mesnil. Sa conversation était plaisante, elle faisait preuve d'humour et de drôlerie souvent. Alors, peut-être était-il venu le temps de repenser à vivre avec une femme qu'il chérirait, fonder une famille, lui qui aimait tant les enfants des autres.

Tandis que le repas de midi s'achevait et qu'elle s'apprêtait à retourner à l'atelier, il la retint.

– Arrêtez un instant Sylvette, venez vous asseoir. Il faut que l'on parle.

Elle interrompit ses tâches et reprit place à table en face de lui.

– Nous nous connaissons depuis combien de temps maintenant?

– Presque deux ans.

– Déjà deux ans… et nous n'avons jamais pris le temps de nous parler…

Elle le regarda intensément, silencieuse, visiblement mal à l'aise.

– Je ne sais rien de vous, ni comment ni où vous vivez, si vous avez vos parents, un fiancé, des frères, des sœurs?

De plus en plus surprise, elle resta muette. Soudain, reprenant un peu d'aplomb, elle demanda, agacée:

– Mais pourquoi toutes ces questions aujourd'hui? J'avais l'impression jusqu'ici que je faisais partie des meubles, vous ne me voyiez même pas…

– Vous le savez, je n'ai pas une bonne vue, dit-il doucement avec une pointe d'ironie. Il retira ses lunettes teintées, tout en arborant son sourire enjôleur. Son regard était doux et perçant à la fois, ce regard dont Sophia disait qu'aucune femme ne pouvait y résister. Sa voix se faisait caressante, il retrouvait les anciens réflexes. Depuis quand n'avait-il pas eu envie de séduire une femme… Nathalie… un instant, l'image tant chérie revint puis s'effaça. Il dévisageait

Sylvette et surpris, lui trouva des ressemblances avec la jeune femme disparue. Elle était brune aussi, avec un profond regard dont on ne savait dire s'il était bleu ou vert, tant il changeait avec la lumière.

– Sylvette... je crois que je suis amoureux de vous.

– Comme ça, tout d'un coup, vous me voyez et vous êtes amoureux ?

Le ton était moqueur. Alors qu'elle avait tant soupiré devant l'indifférence d'Émile, maintenant qu'il se déclarait, elle avait envie de le faire languir.

– Et vous pensez qu'il suffit de le dire pour que tout se passe comme vous le souhaitez ?

Le brusque changement de ton surprit Émile qui, vexé, dit simplement :

– C'est bon, n'en parlons plus et pardonnez-moi si je vous ai froissée.

– Je ne suis pas froissée, surprise, c'est tout. Généralement quand on est amoureux de quelqu'un, on le montre par des regards, des petites attentions, je ne sais pas moi, mais vous, rien, et puis tout d'un coup, voilà, vous êtes amoureux !

Elle se leva, peu désireuse de poursuivre cette conversation.

– J'ai du travail, vous aussi je suppose, alors allons-y, et elle se dirigea d'un pas ferme vers l'atelier.

Il prit sa veste, remit ses bottes et sortit sans un mot. Une fois dans l'atelier, Sylvette resta songeuse. Elle avait tant désiré entendre un jour ce qu'il venait de dire, alors pourquoi cette réaction vive qu'elle avait eue ? Elle ne se connaissait ni coquette ni aguicheuse, pourquoi réagir ainsi, au risque de tout gâcher, car Émile n'était pas du genre à se voir traiter de la sorte. Il était fier, avait vécu maintes aventures et ne serait pas en peine, si le goût des femmes le reprenait, d'en trouver une dans la région.

Dès lors, elle évita de se trouver seule avec lui, ne comprenant pas ses propres réactions. Depuis longtemps il l'attirait, et maintenant, elle ne savait plus démêler ses sentiments. Elle finit par comprendre qu'elle craignait simplement le poids du souvenir de l'absente, de cette femme tant chérie, disparue tragiquement. N'allait-elle pas empoisonner leur relation ? Il avait eu tant de mal à renaître, lui avait expliqué Giulia.

– Que s'est-il passé avec mon frère ? J'ai l'impression que tu fais tout pour l'éviter. S'il y a un problème, il faut me le dire Sylvette.

Elle plongea son regard dans celui de Giulia et ne put empêcher une vive rougeur de monter à son visage, tandis que ses yeux devenaient humides. Sylvette parvint à se dominer et parla de la conversation qu'elle avait eue avec Émile. Elle avait appris à connaître Giulia, une amitié profonde s'était établie entre elles, basée sur une confiance absolue et une sincérité réciproque.

Giulia arbora un franc sourire.

– Mais cela devrait au contraire te combler de bonheur. Émile a beaucoup changé et s'il t'a dit cela, c'est qu'il éprouve un réel sentiment pour toi, qu'il a enfin réussi à surmonter son passé.

Le jour des cinq ans de Yohann fut un grand jour. Ses parents, grands parents, oncles et tantes étaient là. Les grands cousins couvaient Aurore qui était ravie de toutes ces attentions. Mignonne à croquer, elle faisait la joie de tous.

Le parc était à l'apogée de sa floraison. Les azalées, pivoines, rhododendrons de toutes couleurs disséminés en somptueux massifs, commençaient à succéder aux centaines de bulbes qui avaient fleuri dans le moindre recoin. Nils et Émile voyaient leurs efforts enfin récompensés et pouvaient être fiers de leur travail. Il avait été possible de racheter deux terrains qui jouxtaient le parc et un cultivateur avait accepté de louer l'une de ses parcelles à Nils, ce qui lui avait permis de disposer de suffisamment d'espace pour lancer ses cultures de bulbes. Cela n'avait pas manqué de surprendre au printemps, les autochtones étant plus habitués à voir germer les céréales que fleurir des tulipes.

Enfin, le clou de la journée fut la présentation par Nils de la nouvelle variété de tulipe qu'il couvait depuis des mois dans ses serres. Rouge intense dans le cœur, elle s'adoucissait doucement le long des pétales délicatement ourlés, pour arriver à un rose immatériel. Elle était superbe, somptueuse.

– Pour toi ma femme, dit Nils, elle te ressemble et portera ton nom, Giulia.

Elle ne s'y attendait nullement et fut envahie d'une telle émotion que, blottie dans les bras de son mari, elle resta de longs instants silencieuse, incapable de prononcer le moindre mot, tandis que l'assistance applaudissait et félicitait chaleureusement Nils.

Plus tard, alors que chacun savourait des rafraîchissements, Émile, tenant Sylvette par la main, annonça simplement :

– Nous profitons de votre présence à tous pour vous annoncer notre prochain mariage. Elle a longuement hésité, ajouta-t-il en riant, mais il faut croire qu'elle aime les caractères difficiles, car elle m'a enfin dit oui.

Des sourires parcoururent l'assemblée et Sylvette, intimidée des nombreux visages tournés vers eux, ajouta :

– Il a peut-être un caractère difficile, mais il sait surtout être très convaincant.

Sophia et Giulia échangèrent un regard entendu, sachant les trésors de séduction que leur frère pouvait déployer pour vaincre les résistances d'une femme.

En cette fin de journée où il avait fait très chaud pour un mois de Mai, l'orage menaçait et l'on préféra se réfugier dans la maison. Quelques gouttes, énormes, commençaient à tomber, les nuages de plus en plus sombres et lourds s'amoncelaient, conférant au paysage une lumière curieuse, inquiétante, le soleil essayant de passer encore quelques ultimes rayons à travers un ciel couleur d'ardoise. Le vent se levait.

– Nous allons avoir une fin de journée agitée, dit une voix.

– Oui, j'en ai l'impression, fit une autre en écho.

Les enfants étaient énervés et l'on décida de les faire manger et de les coucher. C'est à ce moment que surgit le premier éclair suivi aussitôt d'un énorme coup de tonnerre, puis ce fut un autre et encore un autre. C'était maintenant un feu roulant en même temps que s'abattait une violente pluie. Soudain, le bruit changea.

– Mais c'est de la grêle, dit Émile parti voir dehors ce qui se passait.

Le bruit s'amplifiait, les grêlons de plus en plus gros, sautaient partout, tambourinaient furieusement. Les regards devinrent inquiets, chacun pensant aux dégâts qu'ils allaient provoquer. Puis, ils se retrouvèrent dans le noir. Les conversations se turent, tandis que Giulia cherchait des bougies. Alors que les jumeaux restaient stoïques, les plus petits commencèrent à pleurer, effrayés par ces bruits et cette obscurité brutale. On les rassura. Il faisait presque nuit tant le ciel était sombre et l'on ne percevait que le bruit furieux de cette grêle qui tombait drue, tandis que le tonnerre roulait ses grondements continus, ajoutés aux rafales d'un vent violent.

Émile et Nils, de plus en plus préoccupés et silencieux, étaient sur le pas de la porte et, impuissants, ne pouvaient que regarder ces grêlons énormes qui rebondissaient et jonchaient la pelouse. Enfin, la fureur du ciel sembla se calmer, la grêle se transforma en pluie soutenue pendant quelques minutes encore. Et brutalement, ce fut le silence, un silence qui sembla d'autant plus profond qu'il succédait à un vacarme assourdissant. Petit à petit, la lumière s'aviva. Le ciel se libéra de ses nuées tourmentées. À perte de vue, la pelouse était blanche, la température avait brutalement chuté.

Sans se consulter, Nils et Émile avaient enfilé une veste, des bottes, et se dirigeaient d'un même pas pressé vers les serres, leur sujet d'inquiétude.

Un spectacle de désolation les attendait. Sous la violence des éléments, les panneaux de verre avaient volé en éclats, les plants si jalousement soignés n'étaient plus que tiges déchiquetées, le sol était recouvert de bris de verre qui se mêlaient aux grêlons dont certains atteignaient la grosseur d'une balle de tennis. Ils contemplaient tous deux l'anéantissement de leur travail, impuissants, relevant de temps à autre un pot, miraculeusement intact.

– On rangera ça demain, au jour, dit Nils d'une voix sourde, viens, on fera rien de bon ce soir, il fait trop sombre maintenant.

Ils revinrent lentement vers la maison, ne cherchant même pas à évaluer les dégâts dans le parc lui-même. Ils étaient accablés.

– Alors ? demandèrent plusieurs voix lorsqu'ils entrèrent dans la maison.

– Alors, tout est fichu. Les serres ont littéralement explosé et tout ce qui était dedans est déchiqueté, comme passé à la moulinette.

– Et le parc ?

– Il faisait trop sombre pour se rendre compte, on verra demain.

Ce qui avait commencé comme un jour de fête, joyeux et souriant, se terminait en cauchemar. Ils mangèrent en silence pendant un moment, puis soudain Pieter prit la parole, parlant dans sa langue, ce qui chez lui dénotait une grande émotion ou de la colère.

Il dit que l'on allait faire le point précis des dommages. Il proposa d'envoyer des jardiniers pour les aider à remettre le parc en état si nécessaire.

Dès le lendemain matin, tous partirent voir l'ampleur des dégâts. À certains endroits que le soleil n'avait pas encore réchauffés, subsistaient des amas de grêle, ce qui prouvait, s'il en était besoin, la violence du phénomène. Ils prenaient conscience gravement de ce qu'ils découvraient. Tous les parterres de fleurs étaient anéantis, les buissons d'azalées et autres arbustes à fleurs, n'étaient plus qu'un hachis de feuilles et de pétales mêlés, les arbres eux-mêmes tendaient des ramures qui semblaient avoir été dévorées par une armée de chenilles voraces. Plusieurs grosses branches, cassées par les rafales de vent qui avaient accompagné l'orage, jonchaient le sol. Le spectacle des serres, éventrées, tordues, était impressionnant. En revenant vers la maison, ils virent que le toit lui-même avait souffert.

Le spectacle dans la campagne environnante n'était guère plus réjouissant. Les céréales encore tendres qui verdissaient le sol la veille, n'étaient plus qu'une sorte de bouillie mêlée de terre. On voyait des groupes d'hommes abattus, parcourir les champs, hochant la tête en un geste d'impuissance et de colère contenue. En quelques minutes, la démesure du déchaînement céleste avait détruit le travail des hommes. Et ce matin pourtant, plus un nuage, un ciel immensément bleu, un soleil qui réchauffait cette terre blessée avec toute l'ardeur d'un joli mois de Mai.

Par la radio et la presse, ils apprirent que le phénomène, bien que d'une rare violence, avait été très localisé, ce qui les inquiéta davantage, car allait-il être déclaré catastrophe naturelle. Il le fut.

Pieter tint parole. Dès son retour à Lisse, il envoya deux jardiniers au Mesnil. Ils ne parlaient pas un mot de français, ce qui réjouit fort les enfants qui étaient les seuls, en dehors de leur père, à les comprendre. Nils en effet parlait naturellement sa langue maternelle avec ses enfants, lorsqu'il était seul avec eux, leur permettant ainsi de communiquer facilement avec leur grand père et les autres membres de la famille. Giulia faisait des efforts de son côté, mais ne semblait pas très douée. Elle parvenait à suivre les conversations, mais difficilement à s'exprimer.

Grâce à leur travail acharné, les serres furent rapidement déblayées et remises en état. Les ressources insoupçonnées de la nature, la force de la vie végétale firent que certains buissons réparaient déjà leurs blessures, mais beaucoup devraient attendre l'année suivante pour retrouver leur beauté. Au mois d'août, le parc avait presque recouvré un aspect normal pour qui ne l'avait pas connu avant. Nils avait réussi à sauver quelques exemplaires de ses nouveaux croisements. Il faut dire que le jour où il avait présenté sa variété « Giulia » à la famille, il avait mis de côté, à l'attention de son père qui devait l'emporter à Lisse, un carton de bulbes de sa nouvelle création.

Ce violent orage eut d'autres répercussions dans le temps. Dès que le ciel s'assombrissait et que le tonnerre grondait, Aurore se fâchait très fort. Elle se plantait devant une fenêtre et levant les yeux vers le ciel, disait de sa petite voix enfantine qu'elle voulait sévère :

– Zeker niet ! u gaat toch niet weder het werk van papa en onkel breken ; ik wil dat niet !(1) adoptant d'emblée la langue de son grand père pour exprimer sa colère.

Nils et Giulia avaient beaucoup ri en entendant leur petite fille lancer des imprécations à l'encontre de la colère de Zeus. L'histoire avait fait le tour de la famille et Pieter en avait été profondément attendri. Si jeune qu'elle soit, Aurore manifestait déjà la force de caractère de sa mère, tempérée par le calme inébranlable de son père.

Le temps était loin où les Valentini devaient se battre pour survivre, survivre à la misère, au déshonneur, au mépris ou à l'incompréhension. Emilio et Marie pouvaient reposer en paix. Chacun de leurs enfants était parvenu à conquérir sa place, au prix de larmes, de douleurs, de joies aussi. Le chemin en avait été parfois chaotique, la quête douloureuse et semée d'embûches, mais ils avaient su faire face et vaincre.

---

(1) Ah, non ! Tu ne vas pas encore casser le travail de papa et tonton, je ne veux pas !

Remerciements à :

Madame Duval, Responsable du Service Préservation, Restauration des collections à la Bibliothèque Municipale de Bordeaux, pour sa disponibilité et ses précieuses informations,

Mélodie Hanssen, restauratrice de livres et manuscrits anciens,

Catherine Marteau-Gaboreau, relieur, qui m'a ouvert les portes de son atelier avec tant de simplicité et de gentillesse.

Et un grand merci à Annie, Aurore et Chantal.

Bibliographie :

Manuels Roret – nouveau manuel complet du relieur – S. Lenormand aux Éditions Émotion Primitive, 2007

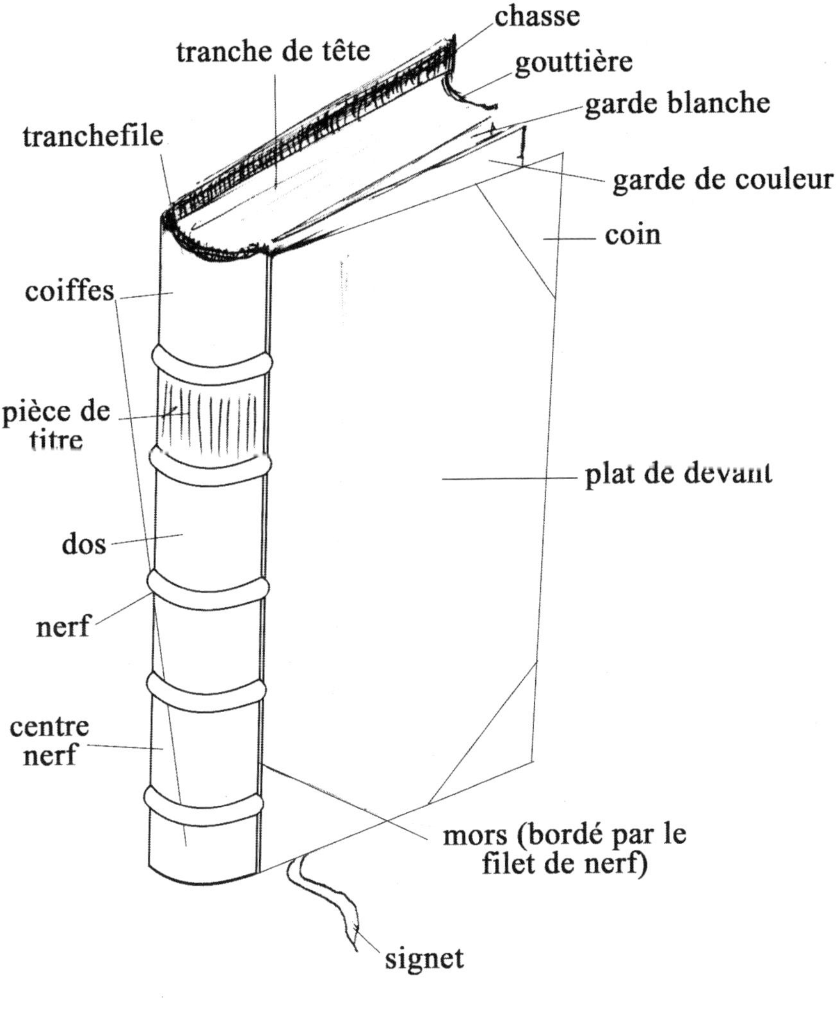
chasse
tranche de tête
gouttière
garde blanche
tranchefile
garde de couleur
coin
coiffes
pièce de titre
plat de devant
dos
nerf
centre nerf
mors (bordé par le filet de nerf)
signet

Imprimé en France
ISBN 978-2-7563-2291-9
Dépôt légal : 1er trimestre 2012